U0530911

汉译世界文学名著丛书

第一人

［法］阿尔贝·加缪 著

闫素伟 译

商务印书馆
The Commercial Press

Albert Camus
LE PREMIER HOMME

汉译世界文学名著丛书
出 版 说 明

1902年,我馆筹组编译所之初,即广邀名家,如梁启超、林纾等,翻译出版外国文学名著,风靡一时;其后策划多种文学翻译系列丛书,如"说部丛书""林译小说丛书""世界文学名著""英汉对照名家小说选"等,接踵刊行,影响甚巨。从此,文学翻译成为我馆不可或缺的出版方向,百余年来,未尝间断。2021年,正值"汉译世界学术名著丛书"出版40周年之际,我馆规划出版"汉译世界文学名著丛书",赓续传统,立足当下,面向未来,为读者系统提供世界文学佳作。

本丛书的出版主旨,大凡有三:一是不论作品所出的民族、区域、国家、语言,不论体裁所属之诗歌、小说、戏剧、散文、传记,只要是历史上确有定评的经典,皆在本丛书收录之列,力求名作无遗,诸体皆备;二是不论译者的背景、资历、出身、年龄,只要其翻译质量合乎我馆要求,皆在本丛书收录之列,力求译笔精当,抉发文心;三是不论需要何种付出,我馆必以一贯之定力与努力,长期经营,积以时日,力求成就一套完整呈现世界文学经典全貌的汉译精品丛书。我们衷心期待各界朋友推荐佳作,携稿来归,批评指教,共襄盛举。

商务印书馆编辑部
2021年8月

目　　录

第一部　寻父……………………………………………1
　　马车………………………………………………3
　　圣布里厄…………………………………………18
　　圣布里厄和马朗（雅克·科尔梅利）……………27
　　孩子的游戏………………………………………35
　　父亲，父亲的死。战争，谋杀……………………51
　　家庭………………………………………………73
　　艾田………………………………………………91
　　学校………………………………………………125
　　蒙多维：移殖民与父亲…………………………162

第二部分　儿子或者第一人……………………………183
　　中学………………………………………………185
　　鸡窝与杀鸡………………………………………211
　　星期四和假期……………………………………217
　　面对自己的懵懂…………………………………254

附录……………………………………………………263
　　活页一……………………………………………265

iii

活页二·····················266

活页三·····················268

活页四·····················269

活页五·····················270

第一人（笔记与提纲）···············271

两封信······················311

一个族群的史诗············黄晞耘 318

第一部

寻　父

马　车

说情人：未亡人加缪

献给你，这是一本你永远无法读的书。[1]

马车行驶在一条颠簸的路上。天空中，团团乌云在暮色中向东飞去。三天前，云团是在大西洋上空形成的，等到刮起西风，乌云便开始涌动，起初还只是慢慢地伸展开来，而后很快便加大了动作的幅度，而且飞得越来越快，在秋天波光粼粼的海面上掠过，直向大陆而去。经过摩洛哥的山脊时[2]，被割成长条状，到了阿尔及利亚的高原上，再次聚集成云团；快到突尼斯的边界时，又试图取道第勒尼安海方向，欲到海上寻求安身之所。这里类似一个巨大的海岛，北面是起伏动荡的汪洋大海，南面是一片沙丘，沙丘貌似静止的海浪，以令人难以察觉的速度在这个无名的国度向前推进，正好比各个帝国和民族在数千年间让这里发生的似有似无的变迁。就这样，一片动荡的

---

[1] 增加不明确指出的地理位置。大地与海洋。（如无特殊说明本书脚注都是作者加缪在手稿页边增加的内容）

[2] 索尔弗里诺（Solférino）。

海和一片静止的海一南一北，从两边守护着这个地方。天上的乌云奔波了数千公里，到了这里的上空精疲力竭了，有的变成了稀稀拉拉的大雨点，落下来，在马车里四名旅客头顶的篷布上发出砰砰的响声。

马车吱吱扭扭地在路上行驶。路是一条直路，只是路面没有经过很好的压实。包了铁圈的车轮或者马蹄铁下时而迸发出点点火星，便有一块碎石飞起，砰的一声敲击在马车的木梆上，或者噗地一响，扎进水沟软绵绵的泥地里。尽管如此，两匹驾车的小马还是稳稳地向前走着，挺起胸脯拉着沉重的大车，只偶尔趔趄一下。车上装载的是家具。两匹马的步调并不一致，但不妨碍它们不停地向前奔驶。其中的一匹马有时打个响鼻，步调跟着就乱了。于是，赶车的阿拉伯人在它背上啪啪地抖动用旧了的缰绳[1]，那马便振作精神，重新恢复了步调。

与赶车人一起坐在前排板凳上的，是个三十来岁的法国人，脸上表情坚毅，眼睛一直盯着前面两匹马扭来扭去的屁股。他腰身粗壮，敦实，长脸盘，高耸的额头见棱见角，下颌骨透着坚强，一双眼睛炯炯有神；尽管季节已是深秋，他仍然穿着三粒纽扣的人字斜纹布上衣，纽扣一直扣到领口，衣领是当时很时髦的样式。他的头发剪得很短[2]，头上戴一顶轻便的鸭

---

[1] 因磨损而散开（了的缰绳）。
[2] 穿着笨重的鞋子。

舌帽[1]。当雨滴开始在头顶的车篷上发出噼里啪啦的响声时，他转身向后面大声问道："你没事吧？"第二排凳子上坐着一个女人，衣服有些寒酸，裹着一条宽大的粗毛围巾，前排的凳子和身后堆积的老旧箱子、家具将她挤在局促的一隅。她朝前排的男人笑笑，说："没事，没事。"说着，又轻轻地挥挥手，表示歉意。一个四岁的小男孩依偎在她身上睡着了。她的表情柔和，五官端正，西班牙人的黑头发呈好看的波浪状，鼻子纤秀而挺拔，一双栗色的眼睛美丽而热情。但是，她脸上的神色中，总有种让人感到惊讶的东西，俏丽的脸庞隐隐表露出的，不仅是一时的疲惫或者类似的不适所导致的憔悴，还有某种心不在焉的神情，某种超然物外的温柔，就像有些天真无邪的人脸上常见的表情一样。她的目光表露出显而易见的善良，时而闪现出毫无来由的惊恐，又转瞬即逝。她的手因劳作而变得粗糙，骨节略显肿大。她用手掌轻轻拍拍丈夫的后背，说："没事，没事。"说完，脸上的笑容霎时收起，眼睛仍然盯着前边的道路。路面上已经有水洼闪出片片亮光。

男人转向阿拉伯人，问道："还远吗？"面无表情的阿拉伯人头裹缠头巾，缠头巾用细细的黄色绳子系着，身穿肥大的七分裤，宽大的裤腿在小腿肚子上方系紧，满脸灰白的大胡子。只见他咧开嘴笑了笑，说："还有八公里就到了。"男人转过身，脸上不见一点儿笑模样，很认真地看看妻子。她的目

---

[1] 或者某种样式的瓜皮帽。

光并没有从路面移开。男人说:"把缰绳给我。"阿拉伯人说:"好吧。"一边说着,一边把缰绳递给他。男人从阿拉伯人身上跨过去,阿拉伯老头同时从男人身下挪过来,坐在他刚刚离开的位置上。男人抖两下缰绳,控制着驾乘。两匹马抖擞精神,加快了步伐,车被拉得猛地一颤。阿拉伯人说:"你是赶车的行家呀。"男人只冷冷地回道:"是啊。"眉宇间并不见丝毫笑意。

天光西下,夜色突然间笼罩下来。阿拉伯人从装在左侧的灯匣里抽出方形马灯,转身向着车里面,用了好几根粗头火柴,才把马灯里的蜡烛点亮。而后,他又将马灯放进灯匣里。现在,雨水悄悄地落着,绵绵不绝,雨丝在马灯微弱的灯光前闪着亮光,也在四周的一片黑暗中发出轻轻的、密集的雨滴声。四轮马车有时沿着荆棘树丛行驶;路边低矮的树丛在灯光的照射下显现那么几秒钟,随即便又消失了。而后,马车的四周便是一片旷野,黑暗使空间显得更加寂寥。只有烧草的气味,或者一股强烈的粪肥味突然传来,让人想到马车是在沿着耕地前行。女人在赶车人身后喃喃说着话,赶车人让马放慢步伐,向后俯过身来。女人反复说:"连个人影都没有。""你害怕了吗?""怎么会呢?"男人又问了一遍,只不过这次是大声喊着问的。"没有,没有,跟你在一起,我不怕的。"但是,她仍然显得忐忑不安。"你不舒服吗?"男人问道。"有点。"男人催马前行,只有车轮轧在车辙里的辚辚声,以及马蹄铁敲击路面的哒哒声,除此之外,再也听不到任何声响。

这是1913年秋季的一天夜里。一家三口是从阿尔及尔乘坐三等火车，在硬板凳上坐了一夜又一天，到了波尼火车站，在火车站找到赶着马车来接他们的阿拉伯人。一行人两个小时之前才从波尼火车站出发，要到内地二十多公里之外的一座农庄去，农庄离一个小村子不远，男人是被指派去管理那个农庄的。他们把箱子和一些物品装上大车花了不少工夫，后来路况不好，又耽误了一些时间。阿拉伯人似乎看出旅伴有些不安，便对她说："不要害怕，这里没有强盗。""强盗到处都有，"男人说，"不过，我这里有对付他们的家伙。"说着，他拍拍自己右边的口袋。"你说得对，"阿拉伯人说，"疯子总是有的。"这时，女人对丈夫说："亨利，我觉得好难受。"男人嘴里嘀咕两句，便又赶马，让马跑得更快[1]。"马上就到了。"他说。过了一会儿，他又看看妻子："还难受吗？"她冲他笑笑，奇怪的是，她好像心不在焉，似乎并不难受，嘴里却说："对，很难受。"他仍然很认真地看着她。于是，她再一次表示歉意。"没什么，有可能是坐火车的缘故。"阿拉伯人说："你看，前面就是村子。"在路的左侧稍远处，的确依稀可以看到索尔弗里诺在雨中朦胧的灯光。"要走右边那条路。"阿拉伯人说。男人迟疑了一下，转身对妻子说："我们是去家里，还是去村子里？""噢，去家里吧，在家里会更方便。"马车又往前走了一段路，向右转，向他们期待的陌生

---

[1] 鼓励了小男孩几句。

的家而去。阿拉伯人说:"还有一公里。"男人对妻子说:"马上就到了。"她弯着腰身,将脸孔埋在他的臂弯里。"露茜",男人说。她一动不动。男人用手摸摸她。她在无声地啜泣。他打着手势,一字一顿地说:"你过一会儿就可以躺下了。我去找医生。"阿拉伯人看看他们,觉得奇怪:"我看是应该去找医生。""她要生孩子了,"男人说,"村里有医生吧?""有,有,你要是愿意,我去叫医生吧。""不,你留在家里。关照一下。我去叫医生,我去会更快一些。农庄里有车或者马吗?""有一辆车。"继而,阿拉伯人又对女人说:"你会生个男孩,一定是个漂亮的娃娃。"女人冲他笑笑,但看样子并没有听懂他的话。"她听不见,"男人说,"你在家里说话时要大声点,还得比划手势。"

突然,马车在行驶中变得悄无声息,路变窄了,路面上铺了一层凝灰岩。路两侧的棚子上盖着瓦,棚子后面可以看到葡萄园最近处的几排葡萄架。一股浓烈的发酵葡萄汁气味扑面而来。他们走过几幢屋顶高耸的大房子,进入一个没有树的院子,车轮碾轧着煤渣。阿拉伯人默默地接过缰绳,用力拉着。两匹马停下,其中一匹马打个响鼻[1]。阿拉伯人伸手指指一座用石灰刷白了的小房子。一棵葡萄的藤蔓绕着低矮的小门攀爬,门的四周因喷洒杀菌的硫酸铜而泛着蓝色。男人跳下车,冒雨向房子跑去。他打开房门,里面是一间黑乎乎的屋子,空

---

1 天已经黑了吗?

荡荡的，炉膛里很久没有烟火了。紧跟着进来的阿拉伯人在黑暗中直冲壁炉而去，点着一根引火柴，又去点亮挂在屋子中间一张圆桌上面的煤油灯。男人这才看清楚，认出用石灰刷白的厨房，里面有个贴了红色瓷砖的洗碗池子，一个旧碗柜，墙上还贴着一张褪了色的旧日历。通往楼上的楼梯也贴着同样的红色瓷砖。男人说："点着壁炉的火。"说完，他又转身回车上去了。（他来抱小男孩？）女人默默地等着。结果他将女人抱下车，待了一下，扶着她后仰的头。"你能走吗？""能。"她说。说着，还用骨节粗大的手摸摸他的手臂。他扶着她向房子里走去。"等一下。"他说。阿拉伯人已经将壁炉的火点着了，动作熟练而准确地将干葡萄藤塞进炉膛，将炉膛里填得满满的。她站在桌子旁边，两手捂着肚子。好看的脸孔向上仰起，在煤油灯的光线照射下，时时流露出短暂的痛苦表情。屋子里散发着潮气，像是被遗弃的贫寒陋舍，但她似乎并没有注意到这一点。男人在楼上的屋子里忙碌。继而，他出现在上面的楼梯口。"卧室里没有壁炉吗？""没有，"阿拉伯人说，"另一间卧室里也没有。""你过来一下。"男人说。阿拉伯人到楼上的屋子里去，紧接着又倒退着出来，和男人一人一边，抬着一张床垫走下楼梯。他们将床垫放在壁炉旁边。男人将桌子拉到屋子角落，阿拉伯人则再次上楼，又抱着一个长枕头和一床被子下来。"你就躺在那上面。"男人对妻子说。他一边说，一边扶着她向床垫走去。她有些迟疑，因为能闻到床垫散发出一股潮湿的鬃毛味。"我没法脱衣服啊。"她说，一边担忧地向四周看

9

看，好像终于发现了这地方的状况……"把内衣脱了吧。"男人说。他又重复道："把内衣脱了。"继而，他对阿拉伯人说："谢谢了。你卸下一匹马，我骑着去村里。"阿拉伯人出去了。女人急忙行动。她背对着丈夫，丈夫也转过身。接着，她躺在床垫上。刚一躺下，拉起被子盖在身上，她便发出一声喊，一声悠长的、张大嘴巴发出的叫喊声，好像要把因痛苦而积聚在身体里的郁闷之气一股脑全都发泄出来。男人站在床垫旁边，任她叫喊。等她的喊声停了，他摘下帽子，单膝跪在地上，吻了吻她紧闭的双眼上方好看的额头。然后，他又戴上帽子，冒雨走出门去。从马车上卸了套的马已经在原地转圈了，前面两只蹄子稳稳地站在煤渣地上。"我去找副鞍子来。"阿拉伯人说。"不用了，让它带着缰绳，我就这样骑。你把车上的箱子和东西搬到厨房去。你有老婆吗？""她死了，上年纪了。""有女儿吗？""没有，感谢上帝。不过我有个儿媳妇。""那你让她过来。""好。你放心去吧。"男人看了看站在细雨中一动不动的阿拉伯人。透过被雨淋湿的大胡子，阿拉伯人冲他露出笑容。男人脸上仍然没有笑意，却用明亮而关注的眼睛看着阿拉伯人。继而，他向阿拉伯人伸出手，那人以阿拉伯的方式，只用手指尖拉住他的手，送向唇边吻了一下。男人转过身，向马走去，脚下的煤渣发出咯吱咯吱的响声。他飞身跃上没有马鞍的马背，在沉重的马蹄声中策马远去。

出了农庄之后，男人向来时看到村庄灯火的三岔路口奔去。灯火现在显得更亮了。雨已经不下了，右边通往灯火方向的路笔直穿过葡萄园，葡萄架上的铁丝时时闪烁着亮光。大约走到半路上，马自主放慢了速度，缓步向前走去。前面是一幢长方形的棚子，其中有一部分是砖砌的，盖成了一间房子，其他部分更大，是用木板搭建的，带一个长长的雨檐，雨檐下是一排突出的台子，类似柜台。在砖砌的部分开了一扇门，门上写着"雅克太太乡村饭店"。门下的缝隙透出灯光。男人在门前停住，下马敲门。里面即刻响起洪亮而坚定的声音，问道："谁呀？""我是圣阿波特农庄新来的管理员。我妻子临产，需要帮助。"里面没有任何回答。过了一会儿，门锁开了，有人抬起并拉开粗大的门闩，门开了一条缝。从门缝里可以看清一张欧洲女人的脸庞，黑发卷曲，脸颊丰满，嘴唇厚厚的，鼻子略显扁平。"我叫亨利·科尔梅利。你能去照看一下我妻子吗？我去叫医生。"她目不转睛地盯着他看了一会儿，那是一双惯于打量男人和不怀好意者的眼睛。男人神态坚定地与她对视，并不多加一句解释。"我这就过去，"她说，"你赶快去叫医生吧。"他表示了谢意，用脚后跟踢踢马腹，疾驰而去。片刻之后，他来到村边，从泥土垒成的土墙之间穿过。前面显然就是村子唯一的街道，两边各有一排小平房，一座座小房子的样式千篇一律。他顺着街道一直来到铺了凝灰岩的小广场；令人感到意外的是，小广场上竟矗立着一座金属框架的音乐亭。广场和街上一样空无一人。科尔梅利向一座房子走去，刚走几步，马猛地向旁边一闪，黑暗中突然冒出一个阿拉伯人。只见那人身上披一件呢绒斗篷，斗篷是深色的，而且破旧不堪；那人向他走来。科尔梅利立刻问道："请问医生的家在哪里？"那人审视着骑在马上的人，过了片刻才说："跟我来。"他们在街上又往回走。只见一座底层架高了的房子，有刷成白色的楼梯通到上面；墙上写着"自由，平等，博爱"。与房子毗邻的，是一个小花园，花园用灰泥墙围着。阿拉伯人指着花园尽头的房子，说："这家就是。"科尔梅利跳下马，动作并未表现出丝毫倦怠；他健步走过花园。花园正中间只有一棵矮矮的棕榈树，树叶已经干枯，树干也朽烂了。他敲敲门，里面毫无动静[1]。他转回身。阿拉伯人默默地等着。男人再一次敲门。门里传来脚步声，有人走到门后停下，但是门并没有开。科尔梅利再次敲门，同时说："我在找医生。"这时，门闩立即被拉开，紧跟着门也开了。一个男人露出脸，是一张年轻的娃娃脸，但是头发几乎全白了，身材高大而壮实，小腿上紧紧打着绑腿，上身穿一件类似猎装的衣服。"啊，您是从哪儿来的？"他笑着说，"我从来没有见过您呀。"男人解释了一番。"噢，对了，村长跟我说过您要来的事。不过，怎么赶到穷乡僻壤来生孩子？"男人回答说，本以为是晚些时候的事，他大概算错了日子。"好吧，这种事人人都会遇到。您先走，我给'斗牛士'装上鞍子，随后就来。"

雨又下了起来。科尔梅利往回走到半道上，医生骑一匹

---

[1] 我和摩洛哥人打过仗（目光迷离）摩洛哥人可不是好惹的。

灰斑马追了上来。科尔梅利全身上下湿透了，但他依然挺着腰板，骑在笨拙得只会干农活的马上。"您来得不是时候啊，"医生喊道，"不过，您明白吧，这地方也有好的一面，虽然地处僻远，蚊子猖獗，盗贼盛行。"他让马与同伴的马齐头并行。"您知道，蚊子嘛，到春天之前还不会有，您尽管放心；至于盗贼……"说着，医生笑了笑。科尔梅利仍然一言不发地只顾向前走。医生好奇地看看他，说："您不用怕，一切都会顺利的。"科尔梅利将明亮的目光望向医生，平静地看看他，用略带几分真诚的口吻说："我不怕。我一向习惯了艰难困苦的生活。""这是您第一个孩子吗？""不是，我还有个四岁的男孩，留在阿尔及尔了，由岳母照料。"[1]他们来到三岔路口，走上去农庄的那条路。不久，马蹄下便有煤渣飞溅起来。当马停下脚步，四周再一次万籁俱寂时，突然听到房子里传来大声的喊叫。两人急忙跳下马。

葡萄架下面的黑影里，有个人在等他们，葡萄架上直往下滴水。走近前去，他们认出那人是赶车的阿拉伯老头，他头上顶着一只麻袋挡雨。"你好，卡都，"医生对那人说，"情况怎么样？"老头说："不知道，我又不能进女人的屋子。"医生说："这样的规矩好，尤其是当女人在喊叫的时候，就更不能进去。"但是这时，屋里再没有传出喊叫声。医生开门走进去，科尔梅利紧跟在他身后。

---

[1] 与上文矛盾："一个四岁的小男孩依偎在她身上睡着了。"

壁炉里的葡萄藤烧得正旺；屋里之所以亮亮堂堂，不是因为屋顶正中吊下的煤油灯，虽然灯座是用铜和珍珠做成的，而是因为壁炉里的火。在他们右侧，洗碗池里突然堆满了金属的水罐和毛巾。左侧，一个白木制成的柜橱已经摇摇晃晃，前面放着从屋子中间推过来的圆桌。圆桌上放着一个破旧的旅行袋，一只帽盒，以及一些小包袱。屋子的各个角落都堆着旧行李，其中一只很大的柳条箱占了不少地方，屋里只剩下中间离火塘不远处的一块空地。在空地上，床垫与壁炉火塘成直角摆放，女人便躺在床垫上；她的头在枕头上略向后仰，枕头上没有枕套。现在，她的头发披散开了。被子只遮住床垫的一半。在床垫的左侧，饭店老板娘跪坐在地上，身子挡住了被子没有盖着的半边床垫。她正在一个水盆上面拧毛巾，毛巾上滴下的水成了红色的。右边盘腿坐着一个阿拉伯妇人，没有戴面纱，手里像献祭一样端着另一个多处掉了瓷的搪瓷盆，搪瓷盆里是热气腾腾的水。一条叠成几层的被单垫在产妇身下，两个来帮忙的女人守在单子的两头。壁炉的火光以及火光照出的影子在白灰墙上，在屋里杂乱堆积的行李上忽上忽下地跳荡；离火塘更近处，守在产妇身边的两个女人脸上，以及盖着被子、蜷缩成一团的产妇身上，也因火光的照射而显得红彤彤的。

两个男人进来时，阿拉伯妇人脸上带着笑，很快地看了他们一眼，紧接着又转向火塘一边，瘦瘦的红棕色手臂依然端着水盆，保持着双臂向前伸出的姿势。饭店老板娘看了看他们，欢快的声音叫道："用不着您了，医生。她自己生下来了。"她站起身。于是,两个男人在产妇身旁看到一个血糊糊的,说不清是什么形状的东西,好像一动不动,又似乎在动弹,由此才显示出是个有生命的东西。现在,那东西发出连续的声响,像是从地底下传来的吱吱声,微弱得令人几乎难以察觉[1]。"话是这么说,"医生道,"希望你没动他的脐带。""没有,"饭店老板娘笑着说,"怎么也得给您留点活干呀。"她站起身,把位置让给医生。医生再一次挡住了科尔梅利望向新生儿的视线。科尔梅利停在门口,摘下帽子。医生蹲下身,打开药箱。继而,他从阿拉伯妇人手中接过水盆,阿拉伯妇人立刻离开有亮光的地方,躲进壁炉有阴影的角落。医生洗了手,仍然背对着门口,接着,他向手上倒了些酒精,酒精散发出葡萄渣酿造的烧酒的气味;随即,这种气味便在屋里弥漫开来;这时,产妇抬起头,看到丈夫,疲惫不堪的脸上露出神奇的笑靥,使她的脸庞顿时变得好看了。科尔梅利走向床垫。"他来了。"她喘息着对丈夫说,同时把手伸向孩子。"是啊,"医生说,"不过,你要好好休息。"产妇用问询的神色看看医生。科尔梅利站在床垫的脚头处,示意让她安静。"你躺着吧。"这时,她才仰头躺平身子。雨又下大了,雨滴敲打在屋顶陈旧的瓦上。医生伸手在被子下面忙碌了一阵。接着,他站起身,似乎在身前抖搂什么东西,一声啼哭传来。"是个男孩,"医生说,"而且是个漂亮的小娃子。""这孩子来得可真是时候,"饭店老板娘说,

---

[1] 正如显微镜下的某些细胞一样。

"趁着搬家就赶来投生了。"待在角落的阿拉伯妇人笑了,并拍了两下手。科尔梅利看了看她。她羞愧得急忙转过身去。"好吧,"医生说,"现在,您先出去一会儿。"科尔梅利看了看妻子。她的头仍然向后仰着。只有放在粗布被子上的两只手呈放松的状态,让人想到她刚才的笑容;那笑容让屋子里顿时蓬荜生辉。他戴上鸭舌帽,向门口走去。"您给孩子取个什么名字呢?"饭店老板娘喊道。"我不知道,我们还没有想过取名字的事。"他看了看孩子,"既然是你看着他出生的,那就叫他雅克吧。"医生哈哈大笑,科尔梅利走出房门。葡萄藤下,阿拉伯人头上披着麻袋仍然在等待。他看了看科尔梅利,科尔梅利什么也没有说。"呃。"阿拉伯人说着,把麻袋的一端递给他。科尔梅利将麻袋挡在身上。他感觉到阿拉伯老头肩膀的温热,也闻到从他身上散发出的烟味,雨滴打在两人头顶的麻袋上。"生了个男孩。"科尔梅利说,眼睛并没有看身旁的伙伴。"感谢上帝,"阿拉伯人回答,"你是一家之长了。"来自数千公里外的雨水一刻不停地落在他们前面铺了煤渣的地面上,形成无数的小水洼,也落在稍远处的葡萄园里,架着葡萄藤蔓的铁丝在雨滴下依然闪着亮光。天上的云雨到不了东面的大海了,现在,它将变成从天而降的水灾,淹没田地,淹没离河不远处的沼泽和四周的山地,那是一片无垠的土地,几近荒凉,强烈的土腥味一直传到披着同一只麻袋的两个人的鼻腔里。同时,在他们身后,新生儿微弱的哭声时起时落。

夜已经深了。科尔梅利穿着长内裤和贴身的针织衫,躺在妻子身边的另一张床垫上，看着壁炉的火影在天花板上跳荡。现在，屋子差不多已经收拾好了。在妻子的另一边，孩子睡在一只盛衣物的篮子里，睡得很安静，只是时而发出轻轻的咿呀声。妻子也睡着了，脸冲着他，嘴巴微启。雨停了。第二天，他就要开始干活。身边妻子那双像树皮一样粗糙的手，也让他想到辛苦的劳作。他伸出自己的手，轻轻放在产妇的手上，头向后一仰，闭上了眼睛。

圣布里厄

四十年后，在开往圣布里厄的火车过道上[1]。外面是春天午后苍白的阳光，阳光下是一片狭窄而平坦的土地；从巴黎到拉芒什的一路上，有很多村庄，很多丑陋的房屋；一个男子望着车窗外不断向后退去的景致，脸上露出颇不以为然的神色。那是耕种了几百年的土地和草场，一块块鳞次栉比，连一米见方的地方都不会荒废。那人是个高个子，没有戴帽子，留着平头，长脸盘上五官清秀，蓝色的眼睛透出率直的神情。虽然年近四十，穿着风衣的身段仍显得修长。他的两手稳稳抓着扶栏，身体重心落在一侧的腰上，敞着制服的衣扣，一副悠然自得，又充满活力的样子。这时，火车放慢了速度，终于停在一个破旧的小站台上。过了一会儿，有个雅致的年轻女人从男人站立的车窗外经过。她停下脚步，把提着的箱子倒了一下手。这时，她注意到车上的旅客。男人笑着看看她，她也情不自禁地笑了笑。男人放下车窗玻璃。但是这时，火车开动了。"真遗憾，"他说。车窗外的年轻女人仍然在朝他笑着。

---

1 从一开始就应当强调雅克身上的怪诞之处。

那旅客回到三等车厢，在座位上坐下；他的座位是靠窗的。对面男人的头上只有稀疏的几根头发，平平地贴在头顶上，脸庞浮肿，酒糟鼻子，看起来比实际年龄大得多。他瘫坐在座位上，闭着眼睛，喘息的声音很大，显然是吃得太多，胃里消化不了，因而难受。他不时睁开眼，看看坐在对面的人[1]。同一张靠背椅上，靠走廊一侧是一个穿着节日服装的女农民，戴一顶很不寻常的帽子，帽子上装饰了一串蜡制的葡萄，她正在给一个小男孩擤鼻子。男孩一头红棕色的头发，无神的脸上显得一片灰暗。男旅客脸上的笑容消失了。他从衣袋里掏出一本杂志，想读里面的一篇文章，却总是心不在焉，哈欠连连。

过了一段时间，火车停了。车窗外慢慢出现了一块牌子，上面写着"圣布里厄"。男旅客立刻站起来，毫不费力地从行李架上取下一个带软边的、厚度可变的行李箱，向对面的旅客打声招呼；那旅客还在讶然地回应他，而他已经快步走出去，步履轻捷地走下车厢的三级脚踏板。到了站台上，他看看左手上的黑渍；刚才下车时，他扶了一下铜质的门把手，那黑渍是门把手上积存的烟灰。他掏出手帕，仔细地擦了擦手。而后便向出口方向走去。一群穿着深色衣服、面色晦暗的旅客慢慢跟上来。在一排细柱子支撑的雨檐下，他耐心地等着验票，把票交给沉默无语的工作人员，又等着对方把票还给他；他穿过

---

[1] 时而用无神的眼睛看看对面的人。——不确定的字句

候车室，候车室的墙上光秃秃、脏兮兮的，只贴了一些陈旧的广告招贴画，画面上，就连蓝色海岸的美丽风光，也变得灰头土脸。那人三步并作两步，在午后斜照的阳光下，走在从火车站通往城里的街道上。

到了旅馆，他报了预订的客房，有个脸蛋像土豆的女服务员想来帮他拿行李，他拒绝了，但女服务员领他到了客房之后，他还是给了她一笔小费，数额让她感到吃惊，也让她脸上平添了友善的表情。接着，他洗了洗手，也没有锁门，便三步并作两步下楼去了。他在厅堂又遇到女服务员，便向她打听墓地在哪里；女服务员详详细细解释了半天，他客气地听完，便向她指的方向走去。现在，他走在狭窄的、令人感到郁闷的街道上，街道两旁的房子样式平庸，房顶铺着难看的红瓦。有时候，也有顶梁端头露在外面的老式房子，房顶斜铺的是石板瓦。难得遇到几个行人，却不见有人在商店的橱窗前驻足，橱窗里展示着玻璃制品，塑料和尼龙的精致器件，以及到处都可以见到的瓷器；在现代西方的任何一座城市里，都可以看到这些东西。只有卖食品的铺子有生意。墓地四周围着令人讨厌的高墙。在墓地门口，附近有几个卖花的摊贩，摆着几束可怜巴巴的花，也有几家雕刻大理石墓碑的铺子。旅行者停在一家铺子前，见一个孩子趴在角落的石板上写作业，孩子的精神不错；石板是用来雕刻墓碑的，上面还没有刻好的文字。接着，他走进墓园，向墓地管理员的房子走去。管理员没在。旅行者在摆了几件简单家具的小办公室里等着；继而，他发现有张墓园的平面图，正在图上寻找时，管理员进来了。这是个身材高大的人，骨节大，鼻子也大，穿一件高领粗呢上衣，身上散发着汗味。旅行者问1914年战争的死难者葬在哪里。"噢，"管理员说，"那叫'法国纪念墓地'，您找的人叫什么名字？""亨利·科尔梅利"，旅行者回答说。

管理员掀开用包装纸盖着的一本厚厚的花名册，满是灰尘的手指顺着名单依次向下寻找。他的手指停住了。"科尔梅利，亨利，"他说，"在马恩河战役中因重伤致命，1914年10月11日死于圣布里厄。""对，就是这人"，旅行者说。管理员合上花名册。"跟我来"，他说。就这样，他在前边带路，向最里面几排墓地走去。坟墓中有的简朴，有的招摇而丑陋，但是，所有的坟墓上都有粗糙的大理石和串珠装饰；世界上不管什么地方，只要有了这样的装饰，一定会俗不可耐。"是您的亲戚吗？"管理员有心无意地问道。"是我父亲。""心里一定很难过吧。"管理员说。"还行，他死时我还不到一岁。您明白吧。""明白"，管理员说，"话虽这么说。死的人太多了。"雅克·科尔梅利没有说话。那还用说，死的人太多了；但是，对父亲，他没有孝心，又不能凭空编造。他在法国生活很多年了，母亲还在阿尔及利亚。这些年，他心中始终想，一定要按照母亲的愿望，遵从她[1]早就向他提出的要求，去看看父亲的墓地；她本人也从没有来过。他认为跑这一趟没有任何意义，首

---

[1] 原文如此。

先是他从来就不了解父亲，对父亲生前的一切几乎一无所知；而且，他讨厌种种陈规陋习。再说，对母亲来说，来这一趟也毫无意义，母亲从来没有提到过死去的父亲，而且对他要看的墓地，她根本就无从想象。但是，他的小学老师上了年纪，退休后就在圣布里厄定居；他来看望父亲的墓地，顺便可以与老师见一面；雅克这才决定前来拜谒陌生的死者，而且决定，在见老朋友之前，先把这件事办了，好让心中了无牵挂。"这就是了"，墓地管理员说。他们来到一块四方形的墓地前，四周有一圈灰色的小石墩子，涂了黑漆的粗铁链子将石墩子串在一起，围护着方形的墓地。里面有很多石碑，每个石碑的大小都一样，都是简单的长方形，上面刻了字，以规则的间距一排排布置。每个墓碑上都装饰了一束小小的鲜切花。"四十年以来，法国纪念协会始终在维护墓地。喏，就在那儿。"他指着第一排一个墓碑说。雅克·科尔梅利在离墓碑一段距离之外站住。"请自便"，墓地管理员说完便离开了。科尔梅利走近墓碑，心不在焉地看了看。是啊，这的确是我的姓。他仰起头。在更显苍白的天空，白色和灰色的小块云团慢慢飘过，从天上落下的光线也因此时而变得柔和，时而略显黯淡。在他四周这块广大的死者安息之地，笼罩着一片静谧，只有城里隐隐传来的嘈杂声越过高高的围墙。有时候，一个黑色的身影在远处的坟墓之间闪过。雅克·科尔梅利抬头望着天空的云团慢慢飘荡，正努力透过湿润的花朵散发的气味，捕捉此刻从远方平静的大海飘来的咸腥味，却突然听到水桶碰在墓碑石上的叮当声，顿时从遐想中醒过神来。正是在这时，他看到了墓碑上父亲的出生日期，同时也发现，他原来根本不知道父亲的生辰。接着，他看到两个日期，"1885—1914"，下意识地算了一下：二十九岁。一个突如其来的想法让他感到万分惊诧，甚至连身体都为之颤抖了一下。他四十岁了，而埋在这块石板下的人，这个曾经是他父亲的人，比他还年轻[1]。

他心中突然充满如滔滔洪水般的情愫和怜悯，这种感情的冲动不是产生于儿子对已逝的父亲的怀念，而是来自于成年人面对被无辜杀害的孩子时感到的震惊和同情——这让人觉得有些莫名其妙，不合天理。但是，老实说，如果儿子比父亲还年长，那就不是天理，只能是世事的疯狂和混乱。接下来，他觉得时间概念在他四周分崩离析，他一动不动地站在一片坟墓当中。他在这里看见的，已经不再是一个个墓碑，岁月也不再按照固有的顺序，像在一条流向终点的河里那样潺潺而逝。岁月成了一堆碎片，成了拍岸的浪涛和漩涡。现在，雅克·科尔梅利便在这样的碎片、浪涛和漩涡中挣扎，焦虑和怜悯折磨着他的心[2]。他看着方形墓地里其他的墓碑，根据墓碑上标注的日期，他发现这里埋葬的很多人都是风华正茂的青年，而他们的孩子已是白发苍苍的老者；死者早已长眠于地下，他们留下的孩子在成长的过程中只能依靠自己。

1　过渡。
2　阐述1914年的战争。

他本人就是这样过来的，靠自己长大成人，努力了解自己的力量、能力，大胆地面对困境，把命运掌握在自己手里。每个男人在一生中，都会为自己打造一尊英雄像，并在岁月之火里让它淬炼得硬如铁石，然后便把自己装进其中，一直到它最终化为灰烬。但是此时此刻，他有一种奇怪的眩晕感，觉得他的英雄像正在迅速瓦解，彻底崩塌。他的心脏完全被惶恐所钳制，他贪婪地想活下去，为反抗世界的死亡秩序而斗争；陪伴他生活了四十年的心脏始终有力地跳动着，让他依靠着一堵墙，而这堵墙把他与生活的秘密隔绝开来。现在，他想跨过这堵墙，想跨越障碍，揭示秘密。总而言之，他要在死之前让事情水落石出，而这样做是为了活下去，哪怕只活一次，哪怕只活一秒钟，但那才是生命的永恒。

　　雅克脑海中又浮现出自己无序的生活，有时勇敢，有时怯懦，有时固执，但是永远在向着某个目标努力，可他对这个目标一无所知。实际上，生命如逝水，他从来没有想过给了他生命的那个男人究竟是什么样的人，父亲在大海的另一边死在了陌生的土地上。他自己在二十九岁的时候，并没有经历过父亲那样的境遇。那时的父亲生活在风雨飘摇之中，时常感觉到痛苦、紧张。父亲有坚强的意志，有感性的行为，有梦想，有勇气，却从未明确表达过自己内心的感受。是啊，这一切都集中体现在父亲的身上，再加上他的其他特点，让他成了一个充满活力的人。总而言之，父亲称得上是个男子汉。然而，雅克从来没有想过，长眠在这里的父亲也曾是个有生命的人；雅克只是把逝者当作陌生人，是从前在他出生的土地上生活过的人；母亲说过，他与父亲很像，还说父亲死在了战场上。现在，他突然觉得，他曾如饥似渴地想从图书和生活中寻找的东西，他曾想方设法要揭开的谜底中的一部分，与这个死去的人，与这个比儿子还小的父亲有瓜葛，与这人生前的生活，及其后来的变化有关联。他踏破铁鞋无处寻觅的东西，原来就在身边的时间和血缘当中。老实说，生活中没有人帮助他；家里人不怎么说话，也没有人读书、写字，母亲生活不幸，心思并不在他身上；谁会向他讲述年轻而可怜的父亲生前的事呢？母亲对父亲的事了解得比任何人都多，而他可以肯定的是，母亲也把父亲给忘了。父亲默默无闻地死了，父亲悄无声息地在这片土地上走过，没有留下任何足迹。要了解父亲的情况，他就要自己去打听，就要去问。父亲也像他一样，本来一无所有，却想拥有整个世界。可是，不管父亲的意志多么坚强，也未能帮助儿子长大成人，让他征服世界，或者只是理解世界。但是，不管怎么说，他总可以去探索，以了解父亲是个什么样的人。现在，他觉得父亲比世上任何人都更加亲近。他要……

现在，下午的时光即将过去。身边传来裙裾的窸窣声，一个黑影闪过，他的意识又回到眼前的墓地和天空的景致当中。该走了，他在这里已经无事可做。但是，他的眼睛离不开墓碑上的名字，离不开父亲的生卒年份。这块石板下只剩骨灰和尘土。只是，对他来说，父亲复活了，父亲拥有了奇怪的、无声的生命，而且他觉得，他会像从前那样再次抛弃父亲，让父亲回归像黑夜一样无尽的孤寂。空旷的天上突然传来一声炸响，一架看不见的飞机刚刚突破了音障。雅克·科尔梅利转过身，义无反顾地将父亲丢在了身后。

圣布里厄和马朗（雅克·科尔梅利）[1]

晚上吃晚饭时，雅克·科尔梅利看着老朋友又开始对付第二片烤羊腿肉，那副贪婪的吃相很让人担心。这里是一个离海滨公路不远的小镇；起风了，低矮的小房子四周传来风的低吼声。在来的路上，雅克·科尔梅利发现人行道旁干涸的小溪里有晒干了的海带，一小块一小块的；只有这些干海带的咸腥味能让人想到不远处的海。维克多·马朗在海关的政府管理部门干了一辈子，退休后来到这座小城；不是因为他愿意在这里生活，只是来了之后，才觉得这里也不错；他说这里不是太美，也不是太丑，他在这里不会感到孤独，却可以独自静心思考，不受任何干扰。他在单位既管事又管人，从中学到了很多东西，不过，与他刚一接触的人都觉得，表面看他似乎也没什么见识；但实际上他是个博闻强识的人，雅克·科尔梅利对他佩服得五体投地。在他所处的年代，位高权重者大都平庸无能，唯有马朗有个人的思想，因为他有主见，虽然在各种情况下都表现得十分随和，但那只是假象；实际上他完全可以自由地对

---

[1] 待写和删改的一章。

事物做出判断，这才是他的与众不同之处。

"对呀，孩子，"马朗说，"既然您要去见母亲，那就多了解一些关于您父亲的事，而后赶紧再回来，把后续情况告诉我。现在，让人开心的事难得一遇啊。"

"是啊，这种事是可以让人开心。不过，既然我有了这份好奇心，至少可以多搜集一些情况。我以前从来没有动过这方面的心思，这也有点不正常。"

"怎么会呢，这才是睿智之举啊。我和玛特结婚三十年了，您认识她，一个堪称完美的女性，我到现在仍然思念她。我一向认为她喜欢自己的房子。"[1]

"您大概说得对。"马朗又说道，同时将目光闪向一旁。科尔梅利等着他的下文。科尔梅利知道，马朗在谈话中总是先赞成你的意见，然后少不了再反驳。

"然而，"马朗又说，"一定是我错了，但是，生活教给我的东西，有多少我就接受多少，绝不会再强求去了解更多。只是，在这方面，我不是个好榜样，对吧？总而言之，正由于我的缺点，我才在任何事上都不会采取主动，而您呢（说到这里，他眼中闪现出狡黠的光芒），您是个善于行动的人。"

马朗的样子像个中国人，脑袋圆圆的，鼻子略有些扁，稀疏的眉毛几近光秃。头上的发式像贝雷帽，一副大胡子遮不住厚厚的、感性意味十足的嘴唇。他的身材也是胖胖圆圆的，手

---

[1] 这三段被划掉了。——编者注

上肉很多，手指短粗，很能让人想到无论如何也不愿意多走路的中国古代官员。当他半闭着眼睛，兴致盎然地吃东西时，会令人不由自主地想象他身穿丝绸长袍，手拿筷子的情形。但是，一双眼睛却让他的形象大为改观。深栗色的眼睛总是骨碌碌地转，露出几分不安的神色，要不然就突然盯住一个地方，脑子里似乎正在快速思考某个具体的事物；那是一双典型的西方人的眼睛，极具感性和修养。

年迈的女仆端上奶酪，马朗斜眼瞥了一下。"我认识一个人，"他说，"在和老婆共同生活了三十年之后……"科尔梅利开始注意听。每当马朗说"我认识一个人……""我有个朋友……"或者"有个和我一起旅行的英国人……"，那可以肯定，他说的就是他自己……"那人不喜欢甜点，他老婆也从来不吃甜点。可是，在共同生活了二十年之后，他有一次突然在甜品店里看到老婆，便注意观察，发现他老婆每周都要去甜品店好几次，一去便大吃奶油咖啡小点心。是啊，他还以为老婆不喜欢吃甜食呢，而实际上，她特别喜欢奶油咖啡小点心。"

"所以，"科尔梅利说，"我们根本就不了解别人。"

"可以这么说吧。但我觉得，更准确地说……，不管怎么说，我倒是更觉得……，你别怪我，我什么也说不好，是啊，如果说，共同生活了二十年，还不足以了解对方，那么，一个已经死去四十年的人，您再怎么调查，也只能得知一些表面上的事，对了解这个人，意义也十分有限；对，可以说意义十分有限。虽然，从另一种意义上说……"

他站起身来，手上拿着一把餐刀，用豁出去的气势，去切山羊奶酪。

"对不起。您不想吃点奶酪？真的不要？您还是这么节制！为了讨人喜欢而保持身材，这可不是件容易的事啊！"

他半闭的眼睛里再次透出狡黠的光。科尔梅利和这个老朋友相识二十年（在这里补充两人为什么相识，是如何相识的），听了他的嘲讽，是不会生气的。

"这不是为了讨人喜欢。吃得太多会增加体重。我年纪也不小了。"

"是啊，您已经不是目中无人的年龄了。"

科尔梅利看看餐厅里的家具。家具是乡村风格，很漂亮，把低矮的餐厅摆得满满当当，屋梁用石灰刷成了白色。

"亲爱的朋友，"他说，"您一向以为我骄傲自大。我本来就是个骄傲自大的人。但我并不是永远骄傲，也不是对所有人都骄傲。比如和您在一起时，我根本就骄傲不起来。"

马朗将目光闪向一旁，这是他内心受到感动的表示。

"这我知道，"他说，"可是为什么呢？"

"因为我爱您。"科尔梅利平静地说。

马朗将盛放冰鲜水果的沙拉果盘拉过来，什么也没有说。

"因为，"科尔梅利接着说，"当我还很小的时候，我很蠢，也很孤独（您还记得吗？那时是在阿尔及尔），您那时关注我，不知不觉中为我打开了一扇门，让我看到了我在这个世界上喜欢的所有东西。"

"噢,您是个很有天赋的人。"

"那是肯定的。但是,再有天赋,也需要有人引导。在人生路上遇到的引路人,值得我们永远爱戴和尊敬,即便他不是专职的引路人。我对此笃信不疑!"

"是啊,是啊。"马朗说,脸上是一副迎合的表情。

"您不信,我知道。喏,不要以为我的感情是盲目的。您有些很大、很大的毛病。至少我觉得是这样。"

马朗舔舔厚嘴唇,似乎突然间来了兴致。

"哪些呢?"

"比如,可以说您比较节俭,但并不是出于吝啬,而是出于担心,总害怕将来会缺吃少穿,如此等等。尽管如此,这是个大毛病,而且我一般不喜欢这样的人。但是,更加主要的是,您总是情不自禁地怀疑别人背地里会有什么想法。您从本能上就不相信完全无私的情感。"

"应当承认,"马朗一边说,一边喝完杯子里的葡萄酒,"我本不应当喝咖啡。然而……"

但是,科尔梅利的思路并没有被他扰乱[1]。

"比如说,只要您想要,我会立刻把我的全部财产都交给您;我对您这样说,我敢肯定您不相信。"

马朗迟疑了,而且这次,他看了朋友一眼。

---

[1] 我经常借钱给一些对我无足轻重的人,也知道借出去的钱有去无回。但是,那是因为我不会拒绝别人,而且同时,我因此而感到气恼。

"噢，我知道。您很大方。"

"不，我不大方。我很吝啬，我不愿意花时间，不愿意付出努力，不愿意花费心思，而且我讨厌所有这一切。但是，我说的是真的。可您并不相信我。这就是您的毛病，也是您真正无力的表现，虽然您是个杰出的人。因为，您错了。只要您说一句话，我所有的财产立时三刻就完全属于您。您并不需要我的财产，这只是个例子。不过，这个例子不是我随便选择的。老实说，我所有的财产都是您给的。"

"真是太感谢您了，"马朗半闭着眼睛说，"我太感动了。"

"好吧，让您难为情了。您不喜欢让人把话说得太明白。我只想对您说，尽管您有很多缺点，但我还是爱您。我很少爱别人，或者说很少崇拜别人。对于其他人，我因为自己的冷漠而感到羞愧。但是，对于我爱的人，任何事都不能阻止我爱他们，我自己做不到，被我爱的人就更不能不让我爱他们。这是我花了很多时间才学会的东西；现在，我知道了这一点。说到这儿，我们言归正传：您不同意我去了解我父亲的情况。"

"换句话说，如果同意了，我只是担心您会失望。我有个朋友，很喜欢一个年轻的姑娘，而且想娶她，可他错就错在不该去了解有关她的情况。"

"您朋友是个有产者。"科尔梅利说。

"对，"马朗说，"就是我本人。"

说着，两人哈哈大笑起来。

"我当时很年轻，收集到一些相互矛盾的意见，结果，我自己也不知道何去何从。我说不清到底是不是爱她。总而言之，我后来娶了另一位姑娘。"

"我可不能让自己有第二个父亲。"

"不会的。这是不幸中之万幸。根据我的经验，父亲有一个就足够了。"

"好吧，"科尔梅利说，"另外，过几周，我要去看看我母亲。这是个机会。我刚才和您说过，主要是由于，我和父亲的年龄差搞得我心慌意乱；我比父亲的年龄竟然还大。是啊，我比父亲还大。"

"这我理解。"

他看了看马朗。

"您是说他没有变老。他有幸未遭受这份痛苦，这份漫长的煎熬。"

"生活有苦也有乐。"

"是啊。您热爱生活。所以您才这么说，您只相信生活。"

马朗沉重的身子坐在套了印花布罩的安乐椅上。突然间，一种难以言表的忧伤使他脸上神色为之一变。

"您说得对，我从前热爱生活，我现在也怀着贪恋的心情热爱生活。但是同时，我又觉得生活十分可怕，觉得生活让人捉摸不透，正因为如此，我是出于怀疑才相信。是啊，我愿意相信，我愿意活着，永远活着。"

科尔梅利没有吭声。

"到了六十五岁，每过一年，就算多赚一年。我想平静地死去，可是死亡是一件可怕的事。我又没做过坏事。"

"有些人活着，就证明世界是有意义的，只要他们活着，就是对别人的帮助。"

"是啊，可是他们也会死。"

两个人都沉默了，风在房子周围刮得更加有力。

"您说得对，雅克，"马朗说，"去了解一些情况吧。您再也不需要父亲。您自己长大成人了。现在，您可以爱他，因为您知道该如何爱。可是……"说着，他有些犹豫……"记得常来看看我，我剩下的时间不多了。原谅我……"

"原谅？"科尔梅利说，"我的一切都是您给的呀。"

"不，您不欠我什么。我之所以请您原谅，是因为有时候，我对您的感情无以回报……"

马朗看看吊在餐桌上方的旧式吊灯，他说话的声音变得更加低沉。过了一会儿，科尔梅利顶风在空旷的小镇往回走时，马朗的话仍然在他心中不停地回响：

"我心中有一种可怕的空虚，一种让我难受的寂寞……"[1]

---

[1] 雅克／从一开始，在我还是个孩子的时候，我就想自己弄明白什么是好，什么是坏——因为我身边没有人告诉我这些。我现在承认，到了后来，在我被世界抛弃的时候，我需要有人给我指一条路，有人能够斥责我，赞扬我；不是说谁有权利这样做，而是谁有这样做的权威。我需要父亲。

我以为我知道他牵着我的手，我还不【知道？】。

孩子的游戏

正值七月酷暑，船在平缓的涌浪中晃荡。雅克·科尔梅利半裸着身子躺在船舱里，看着在海面上被撕成碎片的阳光映照在舷窗的窗台上，光影在铜质窗台上跳荡。他挺身跳起来，关掉电扇，身上的汗还没有流出来，便让电扇吹得干在毛孔里；还是出点汗好。关了电扇，他再次躺在又窄又硬的卧铺上。他喜欢睡硬板床。机器低沉的轰鸣立刻从船舱底部传上来，变成隐隐的震动，就像一支大规模的军队在不停地齐步走一样。他喜欢大型游轮上日夜不停的声响，像在火山口上听到的声音一样；同时，四周辽阔的大海一望无际。甲板上太热了；午饭后，旅客们酒足饭饱，头脑昏沉，都躲进甲板上的遮阳棚里，躺在折叠帆布椅上，或者回船舱去睡午觉。雅克不喜欢睡午觉。一说到睡午觉，他便想起外婆那句怪怪的"去躺下睡吧"，心中顿时愤懑不已。他小时候在阿尔及尔，外婆每次逼着他睡午觉时，总是这么说。阿尔及尔郊区一套小公寓的三间屋子里，百叶窗关得严严实实，斑驳的光线照得屋里影影绰绰[1]。热

---

[1] 大约是在十岁的时候。

浪烘烤着外面干燥的、灰头土脸的街道；半明半暗的屋子里，一两只大苍蝇不知疲倦地寻找出去的门路，嗡嗡的响声极有力道，简直像飞机一样。天气太热了，雅克无法到街上去找同学们玩，同学们也被强行拦在各自的家里。雅克也静不下心来读《帕尔达扬》和《无畏者》[1]。外婆难得一次不在家，或者去和邻家婆子聊天时，孩子便将脸紧贴着餐厅朝街上开的百叶窗，向外看。马路上空空荡荡，连个人影也没有。对面的鞋店和服装用品店前面，红黄色的帆布遮阳篷已经放下，烟草店门口也挂了彩色串珠的帘子，挡着外面的阳光。约翰家的咖啡馆空无一人，只有一只猫躺在满是灰尘的人行道和土地之间铺的锯末上，睡得像只死猫一样。

于是，孩子又回到屋里；屋子光秃秃的，墙上刷了白灰，只在屋子中间摆了一张方桌，沿墙放了一个橱子，一张布满疤痕和墨迹的小书桌，地上还有一块床垫，五把椅子；床垫上有一床被子，到了晚上，半聋半哑的舅舅便睡在上面[2]。屋角有个壁炉，唯有上面的台面镶了大理石，上面摆了一个长颈小花瓶，花瓶上的图案是印花的，是集市上到处可见的样式。外面，阳光下的街道如荒漠一般空空荡荡；屋里的阴影中也毫无

---

[1] 这些用新闻纸印刷的大厚书，封面花里胡哨，书的标价字体比书名和作者的姓名还大。

[2] 非常干净。一个柜橱，一个大理石面的木制梳妆台，床前有个纺织的脚垫，脚垫很旧，也很脏，边上破得已经有了毛边。一只大箱子放在角落，上面盖了一块带流苏的阿拉伯旧地毯。

生气。孩子在这两者之间被逼得要发疯，便绕着桌子不停地转圈，急促的脚步一成不变，嘴里像念经一样喃喃道："真无聊！真无聊！"他感到无聊，但是，他还有个游戏可以玩，他在无聊中还能得到一种快乐、一种享受；外婆终于回来了，对他说："去躺下睡吧。"他一听这话，便气得不得了。但是，他的抗争根本没有用。外婆在农村带大了九个孩子，对教育孩子自有她的想法。她一把便将孩子推进屋里。这是窗户朝向院子的两间屋子之一，另一间屋里有两张床，他母亲睡一张，他和哥哥睡另一张。外婆单独享有一间屋子。但是，她晚上常常让孩子和她一起睡在又高又大的床上，睡午觉时，则总让孩子和她在一起。孩子脱下拖鞋，爬上床。有一次，他趁外婆睡着了，偷偷溜下地，嘴里像念经一样叨咕着，绕着桌子转圈，后来被发现了；从那以后，他就要躺在里面，靠着墙睡。在里面躺下之后，他看着外婆脱掉裙子，再解开衬衣里面系的一根带子，将衬衣放松。接着，她也上床躺下，孩子这时便闻到一股老人的气味；同时，他看着外婆脚上蓝色的血管和老年斑，外婆的腿脚已经变形了。"好了，"她又说，"躺下睡吧。"说着，她很快就睡着了。孩子却睁着眼睛，目光追寻着不知疲倦地飞来飞去的苍蝇。

是啊，在很多年间，他痛恨睡午觉，后来长大了，对睡午觉的事仍然耿耿于怀，甚至有一次他病得很重，在午饭后的酷暑中，他仍然无法躺在床上待一会儿。即使中午睡着了，醒来也会很难受，是真的恶心得想吐。只是不久以来，自从他患了失眠症,才开始在白天睡上半个小时,醒来感到精神饱满,头脑清醒。"去躺下睡吧"……

风大概停了,被太阳压制了下去。船已经不再轻轻晃荡,似乎正在直线前进,机器开足马力,螺旋桨的桨叶搅碎沉静的海水,气缸活塞的声音终于变得有规律了,与阳光在海上不断发出的隐隐的喧嚣交织在一起。雅克半睡半醒,想到即将再见阿尔及尔,再见郊外简陋的小房子,便感到高兴;只是近乡情怯,心似乎被揪紧了。他每次离开巴黎到非洲去,都会隐隐感到高兴,精神似乎放松了,像越狱成功的囚犯一样,感到心满意足,想到狱卒狼狈的嘴脸,简直要笑出声来。同样,乘汽车和火车回来时,一看到郊区最先出现的房子,心里顿时也会紧张起来;这些房子不知怎么突然就冒了出来,没有树林或者水塘作为界线,像可悲的肿瘤一样,昭示了穷困和丑陋的建筑群,慢慢吞噬着与其不同的躯体,将破破烂烂的郊区样貌一直延展到城市中心。有时候,市中心的繁华让他忘了那是一片钢筋水泥的森林,日夜囚禁着他,即使在他失眠的时候,也不肯丝毫放松。此时此刻,他逃了出来,可以靠在大海宽阔的背上喘口气了;他随着浪涛的起伏调节着呼吸的节奏。投射在海面上的阳光,也随着浪涛的起伏大幅度地摇摆着,他终于可以安心睡觉了,他终于又回到了童年时期。他从来没有忘记童年的苦难,此时又想起藏在心中的光影,想到充满激情的贫穷生活;正是深藏于心中的这些东西,在生活中帮助他,让他战胜一切艰难困苦。现在,舷窗铜质窗台上的光斑几乎纹丝不动。眼前的光斑，与外婆睡午觉时的屋里从百叶窗上洒下的灼热光线，来自一样的太阳。外婆的屋里黑乎乎的，百叶窗上活动板条的木片掉了一块，露出一条缝，强烈的阳光从缝中照射进来，像一柄锋利的剑，刺破屋里的黑影。此时，使他昏昏沉沉、欲睡不睡的，不是苍蝇的嗡嗡声；海上没有苍蝇，而且首先，孩子喜欢的苍蝇已经死了。孩子之所以喜欢苍蝇，是因为当整个世界都被热得昏过去，当所有的人、所有的动物都躺倒在地，一动不动的时候，只有他在外婆和墙壁之间不大的空间翻来覆去，只有苍蝇发出的嗡嗡声仍然充满活力。他也想像苍蝇那样充满活力地运动，他觉得睡觉侵占了他生活的时间，侵占了他在外面玩的时间。同伴们在普雷沃-帕拉多尔街等他，这是肯定的。普雷沃-帕拉多尔街边有不少小花园，一到晚上，花园里便散发出浇花的潮湿气息和忍冬花的香气。忍冬总是长得到处都是，不管有没有人浇水。只要外婆一醒来，他便赶紧溜出去，沿着里昂街而下；现在，两边榕树的树荫遮蔽下的街道还是空荡荡的。他一直跑到普雷沃-帕拉多尔街拐角处的水井旁，抓住水井上铸铁的大摇把，使尽全力摇起来，将头伸到水管下面，接着从水管里冲出急促的水流，水灌进鼻腔和耳朵，从敞开的衣领流到肚子上，又从短裤流出，顺着腿一直流到拖鞋上。于是，水在皮质鞋底和脚下的植物之间吱吱地响着，他心里畅快透了，一路狂奔，去找皮埃尔[1]和其他人，跑

---

[1] 皮埃尔是他的朋友，父亲也死于战争，他的寡母在邮局工作。

得上气不接下气。他们正坐在街上唯一一座三层楼的房子入口处，用刀子削木雪茄，那是一会儿用青木拍子打"纹咖"时要用的[1]。

人到齐之后，他们便动身了，一路上用拍子划拉房前小花园锈迹斑斑的铁栅栏，发出很大的声响，惊醒了整个街区的人；在满是灰尘的紫藤树下睡觉的猫，也被吓得一跃而起。他们一路跑着穿过街道，你追我赶，身上已是汗流浃背，但他们奔跑的方向始终不变，向着离学校不远处的"绿地"而去。到绿地之前，还要穿过四五条街。中间有一站是必须停下的，那就是所谓的"喷泉"；在一个相当大的广场上，有一个两层的大喷泉，喷泉呈圆形，已经不再喷水，水池早已堵死，当地经常下大雨，所以水池里积存的水满到几乎溢出来。一池死水上面漂着青苔，西瓜皮，橘子皮，以及各种各样的垃圾。直到太阳把池里的水晒干，或者镇上意识到问题的存在，让人用水泵抽干池水，太阳又将池底剩下的淤泥晒得龟裂开来，脏兮兮地又过很长时间，太阳继续致力于将淤泥化作灰尘，灰尘又被风或者清洁员的扫帚扬起来，落在广场四周榕树的油亮的叶子上。不管怎么说，水池在夏天是干的，用深色石头砌成的池沿很宽；那池沿被成千上万只手摸过，被成千上万人的屁股坐过，因而变得十分光滑，像涂了蜡油一样；雅克、皮埃尔和其他孩子把池沿当鞍马骑，屁股坐在上面快速地旋转，一直到身

---

[1] 详见作者在下面的解释。——编者注

体失去控制,掉进水池里。水池并不太深,里面散发着尿骚味和阳光的味道。

接着,一群孩子在弥漫着热气和灰尘中仍然向前奔跑,他们的脚上和拖鞋上落了一层灰色的尘土。他们向绿地飞快地跑去。那是制桶工场后面的一块空地,边上有生了锈的铁箍和腐烂的旧桶底,一块块凝灰岩之间长出簇簇细弱的草。他们叽叽喳喳地喊叫着,在凝灰岩上划出一个圆圈。其中一个孩子手拿拍子站在圆圈中间,其他孩子轮流向圆圈里扔木制的雪茄。如果木雪茄落在圆圈里,扔雪茄者便拿拍子站在里面,守着圆圈,不让扔过来的木雪茄落地。身姿最敏捷的人[1]能够接住飞来的木雪茄,并将它扔向远处。于是,孩子们来到木雪茄落下的地点,用拍子的边缘击打木雪茄的端部,木雪茄飞起来,他们用拍子接住,再将它扔向更远处。就这样,一次又一次,直到失手,或者有人凌空接住木雪茄;一群人便快速回到后面,站在圆圈里,迅捷而灵巧地防守对方扔过来的木雪茄。这是一种穷人玩的网球,有些更加复杂的规则,孩子们一玩就是一下午。皮埃尔的身手最为灵巧,他比雅克更瘦,身材也更矮小,显得十分孱弱;雅克是一头褐色头发,皮埃尔则是满头金发,连睫毛也是金黄色的,眼睛看人时,透出蓝色而率直的目光,对人毫无防备,神色中略微有些受到伤害时的惊奇;表面看,他笨手笨脚,可一旦行动起来,身手却异常敏捷而沉稳。雅克

---

[1] 在圆圈里当守卫的身手灵巧者只是一个人。

能在险境中力挽狂澜，可是对方白送的反手却常常让他失误。游戏在雅克的手上一旦绝处逢生，便能引来同伴们的赞叹，这让他觉得自己是最厉害的角色，便趾高气扬。实际上，皮埃尔经常打败他，却从来不说什么。游戏结束时，皮埃尔站起来，腰身挺得直直的，默默笑着听别人说话[1]。

天气不好，或者大家没有心情时，他们便不在街上和空地上疯跑，而是先在雅克家房子的走廊里聚齐；走廊尽头有一扇门，他们出门来到下面一个小院子里。三座房子的外墙将小院子围起来，第四面是一堵花园的墙，一棵粗大的柑橘树的树枝从墙外伸进来，柑橘树开花时，花香沿着瓦屋陋舍的墙壁袅袅而上，从走廊飘过，或者顺着小小的石头台阶飘洒到院子里。一座直角形的小屋占了方形院子的一边和另一边的一半，里面住着一个西班牙剃头匠，他在街上有个铺子；里面还住着一对阿拉伯夫妇[2]，晚上，这家的妇人有时候在院子里炒咖啡豆。在方形院子的第三面，是房客们养鸡用的木笼，木笼很高，一侧带有铁栅栏，已经破烂不堪了。最后，在第四面，楼梯的两边是地窖，张开的大口露出黑乎乎的深洞。地窖是从地里直接挖出来的，没有任何支护，进去之后，里面没有出路，也没有光线。因为潮湿，墙上一滴一滴向外渗水。有个四级的台阶通向下面，台阶上布满绿乎乎的泥土，里面乱七八糟地堆着各家住

---

1 斗殴的场景就发生在绿地。
2 奥玛尔是这对夫妇的儿子——他父亲是市政的清洁工。

户多余的物件；所谓多余，也就是根本没用的意思：烂麻袋，几块箱板，生锈的破盆子；总而言之，是所有荒地上常见，也是最为穷困的人家都没用的破烂。孩子们就在这里，在这样的地窖里聚在一起。西班牙剃头匠的两个儿子约翰和约瑟夫常常在这里玩耍。地窖就在他们家破房子的门口，无异于他们的私家花园。约瑟夫身子圆滚滚的，鬼心眼很多，总是在笑，而且自己有什么东西都会与人分享；约翰则又小又瘦，看见个钉子螺丝什么的，也赶紧捡起来，对自己手里的小球和杏核把得很紧，这是他们最喜欢的游戏必不可少的东西[1]。这两兄弟形影不离，但是，你想象不到他们之间的差别有多大。除了皮埃尔和雅克之外，还有一个玩伴叫马科斯。几个人冲进散发着臭味和潮气的地窖。他们捡起地上的破烂麻袋，将藏在里面的有甲壳关节的灰色小蟑螂驱赶出来（他们称之为印度猪），再将麻袋挂在生了锈的铁门框上。有了这种肮脏不堪的像帐篷一样的东西，他们终于拥有一个属于自己的家了（当时，他们还从来不曾有过属于自己的屋子，甚至连一张属于自己的床都没有）。他们点起小小的火堆，在潮湿的空气和封闭的空间，火堆半死不活，只会冒烟；等他们被烟呛得待不住了，便跑出去，在院子里用手抠些湿泥，将火堆盖住才算罢休。而后，他们吵吵闹

---

[1] 地上先放三个杏核，上面再放一个，垒成三角形。然后在一定的距离之外，由对方用一颗杏核击打垒成的三角形。能将三角形打散者，可将四颗杏核收入囊中。如果没有击中，投出的杏核便属于立播者。

闹地与小约翰分零食吃,有薄荷味的菱形水果香糖,花生豆,咸味干鹰嘴豆,人称"特拉木丝"的羽扇豆或者颜色鲜艳的麦芽糖,这都是阿拉伯人推着流动售货摊,在附近的电影院门口兜售的小食品;苍蝇在售货摊上嗡嗡地飞。所谓流动售货摊,只是在木箱下简单装几个滚珠轴承。下暴雨的日子,院子的地面吸饱了水分,剩下的雨水便流进地窖,所以地窖经常被水淹;于是,孩子们把旧箱子在水中架起来,玩鲁滨逊的游戏。他们远离纯净的天空和海风,在属于自己的可悲的小天地里玩得欢天喜地[1]。

不过,最美好的日子[2]还是在不冷不热的季节。他们找个令人信服的借口,巧妙地撒个谎,逃避了睡午觉,穿过郊区一条条黄色和灰色的街道,走过养马场,经过属于企业或者个人的大仓库(企业的人用马拉货车专门在仓库和内地之间运货),一直走到植物园;这要走很长时间,因为他们没钱坐电车。他们沿着大仓库的滑动门走过,听见门里传来马蹄声,马突然打响鼻时口唇发出的噗噗声,马笼头上的铁链子碰在木槽上发出的当当声;同时,他们闻着马粪味,草料味和汗味,感到兴奋不已;对他们来说,这些地方是禁区,雅克在晚上入睡前,想起来心中仍然十分激动。有个马房的门开着,他们便停下脚步,里面的人正忙着给马洗刷;那是来自法国的高头大马,它

---

1 是极其可悲的小天地。
2 最重要的日子。——不确定的字句

们来到异国他乡，无神的眼睛望着孩子们，炎热的天气和苍蝇也让它们无精打采。接着，有人赶着大车直冲他们而来，他们才转身向大花园方向跑去。花园里种着稀有的香料植物。大道边上的水池里养了很多花，漂亮的景观一直延伸到海边；植物园的守卫用怀疑的目光看着他们，他们故作漫不经心的样子，装得像是很有教养的散步人。但是，前边一有横向的路，他们便撒腿向花园东部跑去，穿过一排排高大的红树；密集的红树荫下，光线几乎像暮色茫茫的傍晚。他们向一片高大的出产橡胶的树林跑去[1]，林中垂下的树枝和繁多的树根很难分辨，有些树根就是最初的树枝扎进土里形成的。更远处，才是他们远征的真正目的地，那是一片高大的棕椰树，树的顶冠长满一串串小小的橙黄色果实，圆形的果实密密麻麻，他们称之为"可可果"。到了这里，首先要派人到各个方向去侦察，确认附近没有守林人。然后，他们便开始寻找弹药，也就是小块的卵石。当所有人的衣兜里都装满卵石回来时，每个人便轮流投掷石头，瞄准高出棕椰树冠，在空中轻轻摇摆的一串串果实。每次投中，都会有一些果实落下来，落下的果实完全属于投中石头的幸运者。大家要等幸运者捡完果实，才能轮到下一个人投掷。在这样的游戏中，善于投掷的雅克和皮埃尔不相上下。但是，两个人都与不太幸运的人分享打下来的果实。最笨的是马科斯，因为马科斯戴眼镜，眼睛看不准。但他长得矮矮壮壮，

---

[1] 说明树的名字。

身体结实；有一天，大家见识了他与人打架，从那以后，便人人都敬重他。在他们参加的街头斗殴当中，他们习惯了扑向对方，在尽可能短的时间让对方受到尽可能大的伤害，哪怕事后会受到严厉的报复；尤其是雅克，一旦生气，便克制不住暴躁的性情。马科斯的名字带有日耳曼人的特点；有一天，外号叫"火腿"的肉店老板的胖儿子骂他是肮脏的德国佬，马科斯不动声色地摘下眼镜，交给约瑟夫，像他们在报纸上看到的拳击手那样摆好防御的架势，向对手说："你敢再骂一遍。"接下来，他显得不急不忙，却每次都避开了"火腿"的打击，并挥拳多次击中"火腿"，自己却一拳未中；最后极为出彩的是，他特别幸运地挥出一记重拳，把对方打成乌眼青。从那天以后，马科斯在孩子们当中的威望便得以确立。等他们手上和衣兜里被可可果弄得黏糊糊的，几个人便溜出果园，向海边走去；一出果园的围墙，他们便将可可果用脏手帕兜起来，津津有味地大吃一通；这是一种带有纤维的浆果，甜而油腻，让人反胃；但是，这是他们的胜利果实，所以他们觉得极其清爽可口。吃完可可果，他们便向海滩跑去。

要到海边去，需要穿过一条公路；公路名叫绵羊大道，因为公路上的确经常有羊群经过，有时候羊群来自阿尔及尔东部的方厅市场，有时候是到方厅市场去。实际上这是一条环行公路，在大海和城市之间形成一道隔离的弧线，城市呈梯形坐落在山丘上。在公路和大海之间，有一些作坊，几家砖瓦厂，还有一家煤气厂。作坊和工厂之间隔着大片的沙地，沙地上覆盖着一层板结的黏土和粉状的石灰，碎木片和废铁皮都是白色的。过了这片寸草不生的荒漠之地，便到了细沙海滩。这里的沙子有点黑，最先涌上沙滩的海浪并非总是清澈透明。右边是一家经营海水浴场的机构，可以向客户提供更衣间；在节庆的日子，也有对公众开放的舞厅；那是一间很大的吊脚木板房，可供人们跳舞。应季时节，卖炸薯片的摊贩每天把炉火生得旺旺的。大部分时间，几个孩子连买一包薯片的钱都没有。偶尔哪个孩子手里的钱够多[1]，便去买上一包，然后神色凝重地走向沙滩，一伙同伴毕恭毕敬地紧随其后；到了海边，在一条破烂的旧船遮挡的阴凉之下，只见他两脚稳稳地站在沙子里，一只手将锥形的薯片包拿好，另一只手捂着开口处，免得脆爽、厚实的薯片掉出来；然后，他便一屁股坐在沙地上。当时的惯例是，他给每个同伴分一片；于是，大家神情肃穆地品尝手里唯一的一片炸薯片，薯片还带着热乎乎的油香；而后，几个孩子就只能眼看着受老天眷顾的同伴神情庄重地将剩下的薯片一片片吃掉。在纸包的底下，总会有一些薯片的碎屑，其他人便乞求阔佬与大家分享。大部分时间——除非买薯片的是约翰——，阔佬会将油透了的纸包拆开，将渣渣平摊开来，让大家轮流自取，每次一粒。只是，决定谁先开始的，一定是个"二傻子"，因为先开始的人可以拿到最大块的碎屑。等盛宴结束，不管是吃够了的还是没吃够的，美食立刻被丢在脑后；大

---

[1] 两个苏。

家要顶着烈日,向海滩的西边跑去,一直跑到坍塌了一半的一堵砖墙处;这里原来应该是海滨木屋的基础,木屋早就不见了踪影;他们可以躲在墙后脱衣服。大家三下五除二,将身上脱得赤条条一丝不挂,转眼又都跳进水中;几个孩子游水时的力道倒是不小,只是一个个笨手笨脚,大呼小叫[1],灌一口海水再吐出去,互相比赛,看谁潜水游得最远,或者看谁在水下一口气憋得时间最长。海水柔柔的,暖暖的,阳光也轻轻地照在一颗颗湿漉漉的小脑袋瓜上。灿烂的阳光让这伙青葱少年心中充满欢乐,让他们不停地大声呼唤。他们是生活和大海的主宰,人世间最为奢华的东西,他们伸手便拿过来,尽情地享用,好比他们是地主老财,觉得自己的财富取之不尽、用之不竭一样。

他们甚至连时间也忘记了,从沙滩跑到海里,又回到沙滩晒干身上的海水,身上便觉得黏糊糊的;接着他们又跑进海水中,冲掉身上像穿了一件灰色衣服一样的沙子。他们奔跑着。雨燕开始在工厂和沙滩上空飞得更低,同时发出急促的叫声。天空已经没有白天那样厚重的云彩,现在变得更加明净,慢慢泛起青色的光,光线变得更加柔和;在海湾的另一边,房子和城市的轮廓刚才还像淹没在雾气中一般,现在变得更加清晰了。天还没有黑,但是灯光已经亮了,因为在非洲,暮色一向来得十分急促。一般总是皮埃尔最先发出信号:"时候不早

---

[1] "你要是呛了水,你妈非把你打死不可。""你就这么赤裸裸地让人看见,不羞吗?""你妈妈在哪儿?"

了。"于是，大家立刻乱成一团，匆匆忙忙互相告别。雅克以及约瑟夫和约翰不管别人，自顾自向家里跑，直跑得喘不上气来。约瑟夫的母亲动不动就打人。至于雅克的外婆，那就更不用说了……天黑了，他们仍然飞快地跑着，看到煤气灯了，有轨电车在煤气灯下冲到他们前面，他们被吓坏了，更加快了奔跑的脚步。眼见夜色已经弥漫开来，他们更加害怕，到了家门口，大家来不及告别，便分手了。每当这样的晚上，雅克总是在黑暗的、臭气熏天的楼梯上停下脚步，在夜色中贴着墙，等怦怦跳动的心脏平息下来。但是，他不能再等了，明知道再等下去情况更糟。他三步并作两步迈到楼梯平台上，走过楼层厕所的门口，推开自家的房门。走廊尽头的餐厅里有灯光，只听见勺子在餐盘里发出的响声，他心中感到一阵冰凉。他走进家里。煤油灯圆圆的一圈光线照在餐桌上，半聋哑的舅舅[1]仍然在呼呼噜噜地喝汤；他母亲还年轻，一头浓密的棕黑色头发，抬头用漂亮、温和的眼睛看着他。"你明知道……"她刚开始说话，便被外婆打断。他只能看到外婆的后背。外婆穿一身黑色裙衣，正襟危坐，嘴巴紧闭，眼睛明亮而严厉。她说："你干什么去了？""皮埃尔让我看看他的算术作业。"外婆站起来，走向他。她闻闻他的头发，用手抹一把他的脚腕，脚腕上还沾着沙子。"你到海边去了。""那你就是在说谎。"舅舅一字一顿地说。这时，外婆转到他身后；餐厅门后挂着一把粗大的

---

[1] 哥哥。

鞭子，家里人称其为"牛筋鞭"。外婆拿下鞭子，冲着他的腿和屁股抽了三四鞭子，疼得他大叫起来。过了一会儿，他还在不断地哽咽，舅舅可怜他，端来一盘汤给他；他用尽全身力气使劲撑着，才没让泪水流出眼眶。母亲很快地瞥一眼外婆，脸转向他，他多么喜欢母亲的脸啊。"吃你的饭吧，"她说，"没事了，没事了。"只是到了这时，他才哭出声来。

雅克·科尔梅利醒了。舷窗的铜质窗台上已经看不见映射的阳光，现在的太阳落到了天边，照亮了对面的板壁。他穿上衣服，来到甲板上。等到夜深时，他就能见到阿尔及尔了。

父亲，父亲的死。战争，谋杀

  他还没有迈进家门，还因为刚才三步并作两步地上楼梯而喘息不已，便将她抱进怀中。上楼梯时下意识的动作丝毫不差，一级台阶也没有错过，好像他的身体仍然准确地记着每级台阶的高度。下出租车的时候，街上已经很热闹了；早上洒了水，有的地方还显得亮闪闪的[1]。气温越来越高，地面的水已经开始变成水蒸气。他看到了阳台上的母亲。她还是站在老地方，站在两间屋子当中狭窄的小阳台上，就在理发店的雨篷正上方——但是，理发师已经不是约翰和约瑟夫的父亲，他们的父亲患肺结核死了，他们的母亲说，剃头的人都会得这种病，因为他们呼吸时会把头发渣子吸进肺里——，雨篷的瓦楞铁皮上仍然落了一层榕树的浆果、揉皱的小纸团和陈年的烟头。她就站在阳台上，头发仍然浓密，但是早就白了。她已经七十二岁了，但是身板还很直，身材不见臃肿，外表看起来还很健朗，显得比真实年龄要少十岁。她全家人都是这样，身材偏瘦，体态看似慵懒，却总有用不完的精力，岁月似乎对他们

---

1 星期天。

无从下手。半聋半哑的艾弥尔舅舅[1]到了五十岁，看起来还像个年轻人。外婆到死的时候，仍然腰不弯、背不驼。而他母亲——他此时此刻正向母亲跑去——藏在温柔之下的坚忍似乎百年不变，几十年的艰苦劳作丝毫无损于她年轻的容颜，科尔梅利小时候便对母亲这一点感到赞叹不已。

他来到门前，母亲将门打开，向他怀中扑过来。就像每次他们久别重逢时一样，母亲接连吻他两三次，用全身的力气抱紧他；在她的搂抱中，他能感觉到她的肋骨，以及她微微颤抖的肩膀上硬而凸出的骨头，同时，他闻到她的皮肤散发出的温馨的气味，这让他想起她的喉头之下两条相连的颈筋之间那个小窝窝。哪怕在他儿时，母亲也很少把他抱起来放在膝头，偶有这样的时候，他也不敢再吻她，便假装睡着了，喜欢地用手抚摸着她喉头之下两条相连的颈筋之间的地方，闻着那里的气味，鼻子贴在凹陷的小窝里。童年时期，他很少能与母亲这样亲近，对他来说，这便是童年生活中难得的温情时刻。她吻了他，将他推开，看看他，又搂过来再吻一次，似乎她在心中衡量了她能给予他，或者能向他表达的爱有多少，觉得分量还不够，决定再补充一点。"儿子啊，"她说道，"你离家太远了！"[2]紧接着，她转过身，回到屋里，走过去坐在临街的餐厅里，似

---

1 后面就变成了埃尔奈斯特。——编者注
2 过渡。

乎不再想他，也不再想任何事；有时候甚至带着奇怪的表情看看他，好像现在，他是个多余的人，他搅扰了她独自一人生活的这片狭窄、空虚和封闭的小天地；至少他有这样的感觉。更何况这天，他在她身边坐下之后，她心中似乎产生了某种不安的情绪，漂亮而热切的深邃目光偶尔偷偷向街上望望，再看向雅克时，便平静了下来。

街上变得更加喧闹，附近经过的笨重的红色有轨电车来往得更加频繁，不时传来哐哐当当的响声。科尔梅利看着母亲，她穿一件白领的灰色外衣，侧身坐在窗前一张并不舒服的【　】[1] 椅子上，她总是坐在那里。她上了年纪，背有点驼，但是，她并没有将身子倚在靠背上，两手交叉握着一块小手帕，时不时用僵硬的手指将手帕揉成一团，然后又放在一动不动的两手之间衣裙的凹洼处，头略略转向大街方向。她和三十年前一样；透过脸上的皱纹，他看到的，仍然是那张奇迹般年轻的面孔，眉弓平滑、光亮，像是融化在额头上的一样，鼻子小而挺拔，嘴巴的线条依然秀美，尽管嘴角围绕牙床显得有些抽紧。即使最容易受岁月摧残的脖子，虽然颈筋有些纠结，下巴有点松弛，但是脖子的大致形状仍然保持得很好。"你去理过发了。"雅克说。她像小姑娘犯了过错被抓住一样，不好意思地笑笑。"是啊，你来了嘛。"她还是像从前一样，以她的方式爱美，只是不显山不露水。从前，不管穿得多么寒酸，雅克从来不记得

---

[1] 此处有两个无法辨识的词。——编者注

见她穿过难看的衣服。现在也是一样,她穿的灰色和黑色衣服总是搭配得很好。她家里人都有这样的品位,尽管人们一向过得艰难,家里大都很穷,也有的表兄弟生活稍微富裕些。但是所有的人,尤其是男人,衬衣一定要穿白色的,裤子一定要有裤线,正如所有的地中海人一样。因为衣橱里没有多少衣服,所以,不断洗衣、熨烫的劳作,便落在家里女人的肩上,她们又当妻子又当妈,本来就家务繁多。而大家也都觉得这是自然而然的事。他母亲[1]一向认为自己的活计不仅仅是浆洗衣物,收拾家务。雅克自记事以来,就见母亲不断地熨烫他和哥哥每人只有一条的裤子,一直到他走了,离开家了,才看到身边的女人个个既不管洗衣,也不管熨烫衣物。"现在理发的,是个意大利人,"母亲说,"他理得不错。""是啊",雅克说。他正要说"你真漂亮",却又收住了话头。他一向认为母亲很漂亮,但他从来不敢对她说。倒不是怕自找没趣,也不怀疑她听了这样的恭维话心里会感到高兴。但是,说这样的话,首先就意味着越过了一道无形的屏障,他一向看到母亲躲在这道屏障后面——她和气,懂礼节,随和,甚至有些被动,但是,她从来没有被任何人、任何事征服过。她耳朵有些聋,言语有障碍,于是便以此为借口,躲在自己的世界里,她的漂亮是毫无疑问的,但她总是拒人于千里之外,而且总是微笑着这样做,尤其是当他的心飞向她的时候——,是啊,她一辈子总是摆出

---

[1] 眉弓的骨感强而光滑,下面的黑色眼睛闪烁着热切的光芒。

一副诚惶诚恐的乖顺模样,对人却很冷漠。三十年前,当她眼看着自己的母亲用鞭子抽打雅克而不干预的时候,她也是这样的目光;她从来没有动过孩子们一根手指头,甚至连真正斥责的话都不曾说过;人们毫不怀疑,鞭子抽打在孩子身上,也深深地刺痛了她的内心,但是,她劳累,语言表达有障碍,而且还要尊重母亲;所以她诸事放手,任凭她母亲管教孩子,日复一日,年复一年地把心中的感受隐藏起来,承受着抽在孩子身上的鞭子,如同她忍受着一天天艰苦的劳作一样。她为别人做工,跪着擦洗地板,生活中没有男人,也得不到任何安慰,整天应付别人的残羹剩饭和脏衣服,度日如年,面对一个接一个的困苦,她在生活中没有希望。但是,她并不怨恨。她无知,固执,对所有的痛苦逆来顺受,不管是她自己的痛苦还是别人的痛苦。他从来没有听过她抱怨,她只说累了,或者在洗了一大堆衣服之后说她腰疼。她从来不说别人的坏话,最多只是说某个姐妹,某个姨妈对她态度不好,或者说她们"瞧不起人"。但是,他也很少听到她开心的笑声。自从她不再干活,她的笑容比过去多了,现在,她的生活所需全部由孩子们供给。雅克环顾整间屋子,屋子里没有什么变化。她不愿意离开这里,对这里的一切,她都习惯了,什么事都方便;如果搬到一个更加舒适的地方,生活反而会变得困难。是啊,屋里还是老样子。家具都换了,现在的家具体面,不再显得寒酸。但是,家具仍然紧贴着墙壁摆放,墙上仍然光秃秃的。"你还是像过去一样,到处翻腾。"他母亲说。是啊,他总是忍不住打开柜橱,柜橱里仍然只是生活中不可或缺的必需品，尽管他一再对母亲说，不必太节俭。柜橱里几近空无一物，却总是对他有着极大的诱惑。他拉开餐桌的抽屉，里面只有常备的两三种药品，以及两三份旧报纸，几段旧绳头，一个小纸盒子里放着一些零散的纽扣，一张身份证上用过的旧照片。在这里，即便是多余的东西，也少得可怜，因为所谓多余，无非是永远用不上的意思。雅克心里明白，即使住在一般人家的房子里，就像他自己家里那样到处摆着各种东西，母亲也是只使用极少数的生活必需物品。他知道，母亲的卧室里只有一个小柜子，一张窄床，一个木制的梳妆台和一把草垫椅子；屋里只有一扇窗，窗户上用挂钩挂着窗帘。屋里绝对没有任何杂物，最多是有时候，梳妆台光秃秃的台面上有她丢下的揉成一团的手帕。当他第一次见到别人的家时，不管是中学同学的家，还是后来一些有钱人的住宅，让他感到吃惊的，是家具上摆着花瓶和小型雕像，墙上挂着画，让屋子里显得满满当当。在他家里，提到花瓶时，人们说"壁炉上的花瓶"，家里仅有的几件东西都没有专用的名字，只是盛水的瓶子，汤盘，等等。在他舅舅家就不一样，他们会拿出孚日火焰纹的粗陶让人欣赏，吃饭时用的是坎佩尔的餐具。他一向生活在几近赤贫的家境中，家里的东西只以物品的名称冠名。到了舅舅家，他才发现物品还有专名。即使是今天，家里的地砖刚刚清洗过，简单的家具擦洗得油光水滑，但是，上面什么摆件也没有，只在饭桌上有个阿拉伯式的压花铜烟缸，还是专为他回来才准备的，墙上贴着邮局送的日历。这里没有任何可供观赏的东西，家人之间也没话可说。所以，他对母亲并没有深入的了解，除了他自己知道的那点皮毛。对父亲，他更是一无所知。

"你在说你爸爸？"她看看他，神情专注起来[1]。

"是啊。他叫亨利，还有什么呢？"

"我不知道。"

"他没有其他的名字吗？"

"我想有，但是，我想不起来了。"

她突然心神不定，看着街上。现在，街上的阳光变得更加炽热。

"他长得像我吗？"

"像，简直跟你一模一样。像是一个模子里扣出来的。他的眼睛明亮。而且，他的额头，跟你的一样。"

"他是哪年出生的？"

"不知道。我比他大四岁。"

"那你是哪年出生的？"

"不知道。你看看户籍登记册。"

雅克到她房间里去，打开柜子。在最上面的隔板上，放着几块毛巾。户籍登记册，抚恤金证和几份西班牙语的老旧证件便藏在其中。他拿着这些东西又回到母亲身边。

"他出生于1885年，你是1882年。你比他大三岁。"

---

1 父亲—探寻—1914年的战争—谋杀。

"啊，我以为比他大四岁呢。时间太长了。"

"你跟我说过，他父母很早就死了。他的几个兄弟把他送进了孤儿院。"

"对，送他去孤儿院的，还有他姐姐。"

"他父母有个农场？"

"对。他们家在阿尔萨斯。"

"在乌莱德-法耶。"

"对，咱们家在谢拉卡。离得很近。"

"他父母死的时候，他几岁？"

"不知道。噢，他那时还小。他姐姐丢下他不管。当时的境况很不好。他后来再也不想见到他们。"

"他姐姐当时多大？"

"不知道。"

"那他的几个兄弟多大？他是最小的吗？"

"不是，他是老二。"

"如此说来，他的兄弟还太小，照顾不了他。"

"对，是这样。"

"那就不能怪他们。"

"他不这么认为。他记恨他们。从孤儿院出来，到了十六岁上，他回到姐姐的农场。人们让他像牛马一样干活。太过分了。"

"他后来就到了谢拉卡。"

"对，他就到我们家来了。"

"你就是在那里认识了他。"

"对。"

她再一次将脸转过去,看着街上。他觉得这样根本谈不下去。但是,她自己采取了另外一种谈话的方式。

"他不认字,这你明白。孤儿院里什么也不教。"

"可是,你给我看过他从战场上写给你的明信片。"

"是啊,他跟克拉西奥先生学会了认字。"

"是在利科姆的农场吗?"

"对。克拉西奥是他的老板。他教会了他读书写字。"

"那是在他多大的时候?"

"我想是在他二十岁的时候。我说不清了。这是很久以前的事了。不过,我们结婚的时候,他早就学会了做葡萄酒,不管到哪儿,他都能找到工作了。他是个很有头脑的人。"

她看着他。

"跟你一样。"

"后来呢?"

"后来?后来就有了你哥哥。你父亲为利科姆干活,利科姆派他到圣拉波特的农庄来。"

"是圣阿波特吧?"

"对,是圣阿波特。后来战争就爆发了。他死了。人们把那块炮弹片寄给了我。"

将父亲的脑壳炸开的炮弹片也在柜子里,在那几块毛巾后面的一个饼干盒子里,里面还有从前线寄回来的明信片,上面写的几句话干干巴巴，十分简短，他能背下来。"亲爱的露茜。我很好。我们明天换营地。好好照顾孩子。吻你。你的丈夫。"

是啊，他是在移民搬家的那天夜里出生的，他是移殖民的孩子。就在那天夜里，欧洲已经开始磨刀霍霍，校准大炮。几个月之后，这些大炮将一起投入战斗。战争将科尔梅利一家从圣阿波特驱赶出来，丈夫被征调进了阿尔及尔的部队，妻子怀抱被塞布兹河一带的蚊虫叮咬得满身红肿的婴儿，住进穷人聚集的郊区一间小公寓里。

"母亲，我们不会劳烦您太久。等亨利回来，我们就走。"

他外婆眼里流露出明亮而冷酷的光："闺女，那可要干活呀。"

"他是在朱阿夫兵团吗？"

"对。他在摩洛哥打仗。"

对啊。他忘记了。1905 年，他父亲二十岁。正如人们说的那样，他父亲当时是现役军人，与摩洛哥人打仗[1]。几年之前，雅克在阿尔及尔街头偶然遇到他的小学校长勒维斯克先生，他还记得校长对他说过的话。勒维斯克先生和他父亲一起被动员入伍。但是，他们在同一支部队共同生活的时间只有一个月。据他说，他不大了解科尔梅利，因为科尔梅利很少说话。科尔梅利吃苦耐劳，是个沉默寡言的人。但是，他与人相

---

[1] 1914 年。

处得很好，而且做事公平。科尔梅利只有一次大发脾气。那是在一天夜里，白天一整天暑气蒸腾。他们的小队当时位于阿特拉斯的一个小地方，驻扎在一个山丘上，前面有一排岩石作为屏障。科尔梅利和勒维斯克要到岩石下面去换岗。他们呼喊岗哨，却没有任何人回应。在一排仙人掌下，他们发现战友倒在那里，头奇怪地向后仰着，望向月亮。一开始，他们没有看清尸体的状态，因为死者的脑袋形状非常奇特。其实事情非常简单。他的脖子被人宰了一刀，嘴里塞着一个肿胀而苍白的东西，是他的整个性器。这时，他们才看清他的身体：他两腿叉开，朱阿夫兵团的军服裤子裤裆处被割开；借着月亮间接的光线，他们看到裤裆处有一摊血[1]。一百米之外的一块大石头后面，第二名哨兵也以同样的方式被杀死。于是，人们发出警报，加强了岗哨。天亮时分，他们回到营地时，科尔梅利说，那些家伙不是男子汉。勒维斯克想了想，回答说，他们大概认为男子汉就应当这样干，咱们是在人家的地盘上，他们可以无所不用其极。科尔梅利表现出一股犟劲。"也许吧。可是他们错了。一个男子汉是不会这么干的。"勒维斯克说，他们认为，在某些情况下，男子汉可以使用所有的手段，并【摧毁一切】。科尔梅利像被气疯了一样，大声喊叫道："不，男子汉要有节制，有节制的人才是男子汉，否则……"说着，他突然平静下来。然后压低声音说："我是穷人，是在孤儿院长大的，他们

---

[1] 中士说，不管有没有那东西，反正人是死了。

让我穿上这身衣服，拉我来打仗。但是这种事，我干不出来。"

"有些法国人并不节制。"勒维斯克说。

"那他们也不是男子汉！"

突然，他大声喊叫道："下流的种族！可恶的种族！所有的人都一样……"

说着，他钻进自己的帐篷，脸色苍白得像白被单。

经过思考之后，雅克突然明白，上了年纪的小学校长其实让他了解到很多关于父亲的事情。雅克后来再没有见过他。母亲虽然不说，但有些事他已经猜到了，小学校长告诉他的，不过是些具体的细节。一个吃苦耐劳的男人，在生活中尝遍了辛酸苦辣，勤勤恳恳地干了一辈子，在军令的逼迫下杀过人，遇事身不由己，只能忍辱负重。但是，他心中始终有那么一块地方，是绝不允许被玷污的。说到底他是个穷人。贫穷是不由人选择的，但是贫穷可以被深藏在心底。于是，雅克根据从母亲口中得知的一些支离破碎的情况，想象父亲在九年之后结婚，成了两个孩子的父亲，靠自己的努力挣得了稍好些的地位，又被召回阿尔及尔参军[1]。他与吃苦耐劳的妻子和吵闹不休的两个孩子在路上走了一夜，到了火车站与家人分别，紧接着，三天之后，他突然出现在贝尔库尔的小公寓，穿着朱阿夫军团漂亮的红蓝色军服，裤子是灯笼裤腿。七月的天气很热[2]，他却穿着

---

1 1814年阿尔及尔的报纸（原文如此）。

2 应该是八月。——可能的字句

厚厚的毛料衣服，身上直冒汗，手里拿着扁平的窄边帽子，因为他没有伊斯兰的小圆帽，也没有军帽。他从车站站台的雨棚下偷偷溜出来，想在匆忙中去看看老婆和孩子，当天晚上，他就要到法国去。他从来没有见过法国[1]，他也从来没有坐过海船。他用力地、短暂地拥抱了妻儿，便又急匆匆地走了。妻子在小阳台上向他挥挥手。他一边跑一边回应，转身挥了挥手中的帽子，便在尘土飞扬、热气灼人的街上飞跑起来，消失在更远处电影院前一片耀眼的朝阳光线里，从此再也没有回来。其他的事，那就要靠想象了。不是根据母亲告诉他的事来想象，母亲根本不懂历史和地理，只知道她生活在靠海的地方，法国在海的另一边。她从来没有坐过海船，而且法国对她来说，只是个朦朦胧胧的地方，仿佛隐藏在一片深不可测的夜色中；她知道，要到那里去，必须经过一个名叫马赛的港口，而且，她认为马赛在阿尔及尔。她知道法国有个星光灿烂的城市非常美丽，名叫巴黎；最后，她还知道那里有个地区叫阿尔萨斯，她丈夫的亲戚们就是从那里来的，是很久之前为了逃避被称为德国人的敌人，才到阿尔及利亚来安身立命；后来，那个叫作阿尔萨斯的地方又从敌人手中夺了回来。敌人总是穷凶极恶，无缘无故地害人，尤其是害法国人。法国人不得不一次又一次与这些爱争闹的、无情义的人开战。还有西班牙，她不知道西班牙在哪里，但无论如何不会太远，她父母是马翁人，和她丈夫

---

[1] 他从来没有见过法国，等看见了，也就被打死了。

的父母一样，很久之前就从西班牙出发来到阿尔及利亚，因为他们在马翁快被饿死了；她不知道马翁是个岛，她甚至不知道什么是岛，因为她从来没有见过岛。其他地方也是一样，有时候听到名字，她觉得很熟悉，可是她并不是总能准确地说出那些地名。而且，不管怎么说，她从来没有听说过奥匈帝国，也从来没有听说过塞尔维亚；俄罗斯和英国一样，都是地名，而且发音都很难。她不知道"大公"是何等样的人物；而且她一向发不出"萨拉热窝"这四个音节。战争爆发了，战争就像一块可恶的乌云，充满了让人摸不着头脑的威胁，但是，你不能阻止乌云在天上聚集，正如毁天灭地的蝗虫或者暴风雨在阿尔及利亚的高原上扑面而来时，人无法阻挡一样。德国人再一次逼着法国人开战，人们又要受苦了——这种事无因无由，她不知道法国的历史，甚至连历史是什么都不知道。对自己的过去，对她热爱的人的过去，也只是略知一二，而她热爱的人将要和她一样受苦。在她无法想象的、一无所知的世界和历史的长夜中，一个更加黑暗的夜晚刚刚来临，一些神秘的命令传递过来。到穷乡僻壤来传达命令的，是一个汗流浃背、疲惫不堪的宪兵。人们不得不离开农庄，当时农庄里正准备采摘葡萄。本堂神甫在波尼火车站为应征的人们送行："一定要祈祷"，神甫对她说。她回答道："好吧，本堂神甫先生。"但是实际上，她并没有听清楚神甫说的话，因为他对她讲话的声音不够大，况且，她当时根本没有想到祈祷，她一向不愿意打扰任何人。而现在，她丈夫穿着漂亮的彩色军服走了。他会很快回来的，大家都这么说；德国人将受到惩罚，但是眼下，她必须找到工作。幸运的是，一个邻居对外婆说，兵工厂的弹药库需要女工，而且会优先招聘入伍士兵的家属，尤其是有孩子的家属。她很幸运地每天工作十个小时，按照大小和颜色将一些小硬纸筒分类，从而可以把钱拿回家，交给外婆，让孩子们有口饭吃，一直到德国人受到惩罚，亨利回来。当然，她不知道还有一条俄国战线，也不知道什么是战线；她不知道战争会蔓延到巴尔干、中东，甚至扩大到全球；一切都是在法国发生的，德国人不宣而战，入侵法国，而且向孩子们开枪；的确，一切都发生在法国，科尔梅利所在的非洲部队很快就被运送到人们传说中一个神秘的地方，那地方名叫马恩河。而且，还没有来得及给部队的军人配发钢盔。在阿尔及利亚，阳光十分强烈，从而让颜色显得黯淡；可是法国的阳光没有那么强烈，所以，一群来自阿尔及利亚的阿拉伯人和法国人，穿着鲜艳而招摇的军服，戴着草帽，红蓝颜色成了战场上明显的靶子，数百米之外便可以看得清清楚楚；这些人冒着敌人的火力，一浪接一浪，成群结队向前冲，又一片片倒在地上，成为这片狭长土地的第一批肥料，在四年的时间里，来自世界各地的人们蜷缩在泥泞的土坑里，与敌人寸土必争。在人们头顶上，天空挂着照明弹，爆炸的炮弹片漫天飞舞，大兵团的战线上杀声震天，却预示着士兵的冲锋徒然无功[1]。但是，那时还没有掩体，非洲

---

1 展开陈述。

的部队像彩色的蜡像，成片地倒在战场上，每天在阿尔及利亚各地制造出成百上千的孤儿，有阿拉伯人，也有法国人，很多男孩和女孩失去了父亲。后来，这些孩子无人教导，也没有家产，只好在生活中自己摸索着长大成人。过了几个星期，有个星期天的早上，在只有两层楼的二楼小小的楼梯平台上——平台的一边是楼梯，另一边是两间黑乎乎的厕所，里面是砖砌的土耳其式茅坑，茅坑里黑洞洞的，虽然不断用来苏尔药水消毒，还是永远散发着臭味——，露茜·科尔梅利和母亲坐在两张矮椅子上，借着楼梯上方气窗的光线挑拣小扁豆，婴儿躺在一只盛放衣物的篮子里，正捧着一根红萝卜吮吸，红萝卜上满是他的口水。这时，一个衣冠楚楚，神情严肃的人突然出现在楼梯平台上，带来一封信。两个妇人吃了一惊，急忙放下手里的盘子——她们正从盘子里挑摘完好的小扁豆，放进两人之间的一口平底锅里——，擦擦手，只见那人停在从平台下去的第一级台阶上，请她们不要动，并问谁是科尔梅利夫人。"她就是，"外婆说，"我是她母亲。"那人说他是镇长，还说他带来了一个不幸的消息，她丈夫在战场上牺牲了，法国与她一样感到痛苦，也因他而感到骄傲。露茜·科尔梅利没有听见他说什么，但是她站起来，非常恭敬地向那人伸过手去。外婆站起身来，手捂着嘴，用西班牙语反复说："天呐，天呐"。那人用手握住露茜的手，接着又用两手紧紧地握了一下，口中喃喃说了一些安慰的话，便将手中的信件交给她，转过身，迈着沉重的步子走下楼梯。"他说什么了？"露茜问道。"亨利死了。他被打死了。"露茜看看信封，并没有打开。她和母亲都不识字。她翻过来倒过去地看着信封，一句话也没有说，一滴眼泪也没有流；她无法想象，人在那么遥远的地方，在一片陌生的夜色里是如何被打死的。接着，她将信放在做饭时穿的围裙的口袋里，从孩子身旁走过，并没有看孩子一眼，来到她和两个孩子住的屋子里，关上房门，又关上朝院子开的百叶窗，躺在床上。她一声不吭，一滴眼泪也没有，就这样在床上躺了很久，两手紧紧捂着口袋里那封她不会读的信，目不转睛地看着黑暗里她无法理解的灾难[1]。

"妈妈"，雅克说。

她仍然望着街上，脸上仍然是一副雷打不动的表情，并没有听见他说的话。他碰了碰她瘦弱的、皮肤皱缩的手臂，她笑着转向他。

"爸爸的明信片，你知道的，从医院里寄来的那些。"

"是啊。"

"你是在镇长来过之后收到那些明信片的吗？"

"是。"

一块炮弹片炸开了他的脑袋，他被送到一列战地救护火车上，火车上到处是血、麦草秆和绷带。这列火车负责在尸横遍野的战场和圣布里厄的战地医院之间运送伤员。在战地医院

---

[1] 她以为炮弹片是能够自己飞的。

里，他摸索着写了两张明信片，因为，他的眼睛已经看不见了。"我受伤了。问题不大。你的丈夫。"后来，他在几天之后就死了。护士写道："这样更好。否则，即使活下来，他也是个瞎子，或者疯子。他非常勇敢。"再有就是炮弹片。

三名持枪伞兵组成的巡逻队向四处张望着，一字排开从街上走过。其中有一个是黑人，身材高大而灵活，皮肤上有斑点，像一头英俊的猛兽。

"这是防备强盗的，"她说，"再说，你能去他的坟上看看，我很高兴。我年纪太大了，而且，路也太远。好看吗？"

"你说什么，坟墓吗？"

"对。"

"很好看。坟上摆着花。"

"是啊。法国人是好人。"

她嘴上这么说，心里也深信不疑。但她并没有过多地想她的丈夫。现在，她已经把丈夫忘了，而且在忘记丈夫的同时，也把过去的不幸丢在了脑后。那个人的一切都不存在了，不管是在她心中，还是在这座房子里，他被一场烧遍天下的大火吞噬了，只剩下似有似无的记忆，就像在一场森林大火中，一只蝴蝶的翅膀被烧得只剩下一点点灰烬一样。

"杂烩菜要糊锅了。等一下。"

她站起身，到厨房里去[1]。他便坐在她的位置上，看着外面

---

[1] 小套间里的变化。

的街景。这么多年了，街上的情景没有太多的变化，仍然是那些商店，只是装潢的色彩被太阳晒得褪色了，油漆也变得片片斑驳。唯有对面的烟草店面貌有所改观。原来的帘子是用空心芦苇秆串成的，现在换成了用细长的彩色塑料管做成的帘子。从前雅克走进这家店铺时，总听见帘子发出奇怪的声音，总闻到里面散发出的油墨味和烟草味；他在店里买过一本《无畏者》，书里讲述的关于荣誉和勇敢的故事让他心潮澎湃。现在是星期天上午，街上一派热闹景象。工人们穿着经过浆洗、熨烫的白衬衣，一边聊天，一边向街上的三四家咖啡馆走去，咖啡馆里凉爽，弥漫着茴香酒的气味。一些阿拉伯人从街上走过，他们也是穷人，但是衣着干净，他们的妻子仍然戴着面纱，脚上却穿着路易十五款的鞋子。有时候，也有全家在一起的阿拉伯人从楼下经过，也都穿着只有星期天才穿的干净衣服。有一对夫妻领着三个孩子，其中有个孩子装扮成伞兵的样子。恰在这时，伞兵巡逻队又从楼下经过，士兵们神色轻松，对街上的情景似乎并不十分关注。正当露茜走进厨房的时候，外面突然响起一阵爆炸声。

爆炸近在咫尺，声音巨大，引发的震动一波波蔓延开来。人们已经很长时间没有听到过这种声音了。餐厅里吊在屋顶的带玻璃罩的灯晃动着。母亲退到屋子尽里头，面色苍白，黑色的眼睛里充满抑制不住的恐惧，身体也在摇晃。"是这边。是这边"，她说道。"不对"，雅克说着，向窗口跑去。有人在街上奔跑，像无头苍蝇一样；一家子阿拉伯人进了对面的杂货铺，先进去的大人催促孩子们赶快进去；杂货铺的老板关了店门，上了锁，又站在玻璃窗前观察街上的情景。这时，伞兵巡逻队又回来了，上气不接下气地向相反的方向跑去。一些骑摩托车的人在人行道上匆匆赶来，停在路上。街上的人群霎时间便不见了踪影。但是，当雅克俯身再看时，发现缪塞电影院和无轨电车站之间，乱哄哄聚集了一大群人。"我去看看。"他说。

在普雷沃-帕拉多尔街的拐角处[1]，一群人在大声喊叫[2]。一个阿拉伯人紧贴着咖啡馆旁边可以进马车的大门站着。有个穿紧身毛衣的小个子工人冲他喊："你这个可恶的家伙。"他一边喊，一边向阿拉伯人走去。"我又没干什么。"阿拉伯人说。"你们是一伙的，你们这群恶棍。"说着，小个子工人便向他扑去。有人拦住他。雅克对阿拉伯人说："你跟我来。"他与那人一起走进咖啡馆。现在开咖啡馆的是他儿时的朋友，剃头匠的儿子约翰。约翰站在那里，还是老样子，又小又瘦，脸上的表情精明而专注，只是脸上有皱纹了。"他什么也没有干，"雅克说，"让他到你家里避一避

---

1 ——在来看望母亲之前，他已经见过这伙人？

——在第三部分重新讲述凯苏（Kessous）谋杀事件，如果这样，在这里只是简单地指出谋杀事件。

——更远处。

2 整个这一段，一直到"不知道是因为愤怒还是痛苦"都被圈了起来，画了一个问号。——编者注

吧。"约翰擦着吧台，对那人说："来吧。"说着，他们便走进里面不见了。

雅克从咖啡馆出来时，小个子工人斜眼看他。"他没干什么。"雅克说。"该把这些人都杀掉。""人不要说气话。讲话前要三思。"对方耸耸肩膀："你先到那边去看看再说，先去看看被炸得稀烂的现场。"有救护车急促而紧迫的叮当声传来。雅克一直跑到电车站。车站旁边有个电线杆子，炸弹就是在电线杆子那儿爆炸的。当时有很多人在等电车，大家都穿着假日的漂亮衣服。旁边的小咖啡馆里有很多人在哭喊，不知道是因为愤怒还是痛苦。

他又回到母亲身边。现在，她的腰身又挺直了，脸色很白。"你坐下吧。"说着，他领她到餐桌旁的椅子上坐下。他坐在她身边，拉着她的手。"一个星期发生过两次这种事儿了，"她说，"我出去都害怕。""没什么，"雅克说，"总会过去的。""是啊。"她说。她用一种迟疑不决的奇怪的神情看了看他，好像她一方面相信儿子的智慧，同时又深信，人的一生就是一场灾难，根本不由人左右，只能忍受。"你知道，"她说，"我老了。我跑不动了。"现在，她的脸上又有了血色。远处传来救护车紧迫、急促的叮当声。但是，她听不见这声音。她深深地喘了几口气，略微平静了一些，冲儿子笑笑，那笑容仍然像过去一样好看，仍然表现了心态的坚强。她和整个家族的人一样，是在危险的环境中长大的，危险有可能让她心里紧张，但是，她能忍受危险，像忍受其他的苦难一样。只是，他无法忍受她脸上突然出现的像濒临死亡时的紧张神色。"你跟我到法国去吧。"他对她说。她摇摇头,带着决绝的悲伤神情说:"唉!不了,那边天气冷。我现在年纪太大了。我要待在自己家里。"

家　庭

"啊！"母亲对他说，"有你在这儿，我真高兴[1]。不过，你晚上也来吧，我就不那么闷了。尤其是晚上，冬天，天黑得早。我要是会读书，也好些。我不能在灯光下织毛衣，眼睛会疼。所以，艾田不在的时候，我就躺下，等着到时候吃晚饭。就这样等两个小时，时间真长。如果孩子们跟我在一起，我还可以和她们说说话。但是，她们来看看我走走。我年纪太大了。也可能我身上的气味不好。你看，我就这样了，孤身一人……"

她一口气说下去，总是用一些短小的句子，一句接一句，好像在此之前，她一直保持沉默，现在要把积攒的所有想法一股脑全倒出来。紧接着，她脑子里枯竭了，又陷入缄默，紧闭双唇，眼神温婉而郁闷，透过餐厅关着的百叶窗，看着从街上钻进来的灼热的光线，她仍然坐在相同的位置，仍然是那把并不舒服的椅子，她儿子也像从前一样，围着中间的桌

---

[1] 她从来不用虚拟式。（虚拟式是法语中的一种语式，在表示情感的词引导的从句中使用。这里的言外之意是，他母亲的法语不是很讲究。——译者注）

子转来转去[1]。

她再一次看着他转圈[2]。

"索尔弗里诺很好看吧。"

"对,很干净。不过,你很长时间没有去过了,一定发生了变化。"

"是啊,发生了变化。"

"医生向你问好呢。你还记得他吗?"

"不记得了。那是很久之前的事了。"

"没人记得爸爸了。"

"我们在那里没待多长时间。况且,他也不怎么说话。"

"妈妈?"

她用温柔的,有些茫然的神情看着他,脸上没有笑容。

"我想你和爸爸在阿尔及尔从来没有在一起生活过。"

"没有,没有。"

"你懂我的话吗?"

她没有听懂。看她露出惊恐的神色,像是心有歉意,他就猜到她没有听懂。他慢慢地,一字一顿地又问了一遍:

"你们在阿尔及尔没有一起住过吧?"

"没有",她说。

"那爸爸是什么时候去看皮莱特被砍头的呢?"

---

1 与亨利哥哥的关系:两人打架。
2 他们吃的东西:下水杂烩菜——鳕鱼杂烩菜,鹰嘴豆,等等。

为了让她明白,他将手掌立起来,向自己的脖子砍去。但是,她立刻回答说:

"是啊,他三点钟起床,到巴伯鲁斯监狱去。"

"你们那时候在阿尔及尔?"

"是啊。"

"可那是什么时候呢?"

"不知道。他在利科姆家干活。"

"是在你们去索尔弗里诺之前吗?"

"是啊。"

她说"是",可她的意思有可能是"不"。要在已经变成一片黑暗的记忆中,顺着时间的线索向回追溯,得到的任何结果都是靠不住的。和有钱人相比,穷人记忆中的事本来就不多。他们的空间标志更少,因为穷人很少离开生活的地方;他们的时间标志也很少,因为他们的生活千篇一律,都是灰暗的色调。当然,他们心中有记忆,据说这种记忆才是最可靠的,但是,人心在苦难和劳作中会被磨损,人在疲劳时会忘记得更快。失去的时间,只有有钱人才找得回来。穷人只能在走向死亡的路上打下一些模糊的标记。而且,为了能够更好地忍受痛苦,穷人不能过多地回忆过去,要亦步亦趋,紧紧跟着日子的脚步往前走,一个小时都不能落下,正如他母亲那样。当然,这样做是要有勇气的,因为年轻时落下的病根(事实上,据外婆讲,母亲小时候患过一次伤寒。可是伤寒不会有这种后遗症。也许是斑疹伤寒。或者,还有可能是什么呢?这也是个令人难以找到答案的谜），因为年轻时患过病，她的耳朵失聪了，语言表达有障碍，即便是向最为穷困的人教授的生活技能，她也无法学习；万般无奈之下，不得不默默地认命。但是，她也只能认命，否则还能怎么办呢？别人若在她的处境，谁还能找到更好的出路呢？雅克本来想让母亲热情激昂地描述四十年前就死了的，与她只共同生活了五年的一个人（她真的与他共同生活过吗？），可她做不到。雅克甚至不敢肯定她真的爱过那个人，而且无论如何，他不能向她提出这样的问题；在她面前，他也只能做个哑巴和残疾人。实际上，他并不想知道他们两人之间的关系如何。有些事是不能从她口中得到的，只能放弃。有件小事，给儿时的他留下了深刻的印象，让他终生难忘，甚至在梦中，也让他感到锥心刺骨：一个有名的罪犯被执行死刑，他父亲夜里三点钟起来，赶去看热闹；这件事他是听外婆说的。皮莱特是离阿尔及尔不远的萨赫勒农庄的雇工。他用锤子打死了农庄主以及那家人的三个孩子。"是为了偷东西吗？"当时还是个孩子的雅克问道。"对"，艾田舅舅回答说。"不是"，外婆说。但是外婆并没有说明其他原因。人们发现被害者的脸部血肉模糊，家里到处血迹斑斑，连天花板都溅上了血；而且，最年幼的孩子躲在一张床下，还有气，后来那孩子也死了；他死前使尽全身力气，用手指蘸着血，在白灰墙上写了"是皮莱特干的"几个字。人们追捕杀人凶手，在野地里发现他傻了。公众被吓坏了，要求判他死刑，坚决不听他为自己辩白。死刑在阿尔及尔巴伯鲁斯监狱前执行，很多人来看热闹。雅克的父亲半夜起床，去观看为了示众而对罪犯的惩罚。据外婆说，他对雇工杀人的罪行非常气愤。但是，谁也不知道那天究竟发生了什么事。表面看，死刑似乎执行得很顺利。可是，雅克的父亲回来时脸色苍白，一回来便躺倒在床上，起来吐了好几次；每次吐过之后，又一声不吭地回去躺下。后来，他再也不愿意提起那天的事。雅克有一天听别人讲到这件事，晚上躺在床上（他和哥哥睡同一张床），便尽量不触碰身边的哥哥，在被窝里蜷缩成一团，竭力压抑着心中的恐惧导致的反胃，反复回味别人讲过的，以及他想象的杀人细节。那情景在他心中始终挥之不去，夜里让他噩梦连连；每次梦见的情景都差不多，形式虽然千奇百怪，但主题万变不离其宗：他梦见有人来抓他，要执行死刑。在很长一段时间，他醒来时要极力摆脱心中的恐惧和焦虑，等他发现梦境不可能成为现实时，才松了一口气，顿时感到宽慰。直到他长大成人，见识多了，不再认为执行死刑之类的事属于荒诞不经，而且梦境也不再需要用现实来宽慰，反而在有些十分【明确】的时期，他的生活现实中也充满了实实在在的焦虑；使当初的父亲感到惶惶不可终日的，大概也是同样的焦虑之感；这种情绪是父亲留给他的唯一明显而确定的遗产。但是，他总觉得自己与圣布里厄死去的陌生人之间，有一种神秘的联系（说到底，那人并没有想到自己会不得善终）。母亲对这件事的印象并不深刻，她知道这件事，也见过父亲呕吐。不过，她那天上午就把这事忘了；她也不知道现在已经时过境迁。她认为，现在还像旧时那样，灾难会时时刻刻突然降临。

相反,外婆[1]一般对事物的认识比较清楚。"你早晚会上断头台。"她常对雅克说。为什么不呢,断头台已经不是什么大不了的事。她并不了解世事的变化,但是,像她这样的人,对任何事都不会感到惊奇。她腰板挺得笔直,穿一条黑色的长裙,像女巫;她无知,固执,至少在生活中从不会逆来顺受。而且她主宰了雅克的童年,专制的程度超过任何人。外婆的父母是马翁人,在萨赫勒一个小小的农庄将她养大;她在很年轻的时候,便嫁给了一个身材瘦小而孱弱的马翁人;他的几个兄弟1848年便已经在阿尔及利亚定居,那是在他们的爷爷死于一场悲剧之后;爷爷当时也算个诗人,在岛上的小菜园用石头垒起的围墙之间,骑着驴边走边吟诗。有一次,就在他这样悠闲地散步的时候,一个被戴了绿帽子的丈夫认错了人,只看他的身形和黑色的宽檐帽子,便在背后冲他开了一枪。在一家人眼里堪称道德楷模的诗人,就这样被打死了。虽说是诗人和楷模,但他并没有给孩子们留下任何财产。由于这场可悲的误会,诗人被杀,由此而导致的结果,就是在很多年之后,一大家子目不识丁的人定居在阿尔及利亚海边,在远离学校的地方世代繁衍,每个人都只会冒着炎炎赤日辛勤劳作。如果从一些照片来看,外婆的丈夫还是保留了爷爷的一些灵气。瘦削而清秀的脸上,一双眼睛似在沉思,眉眼上面的额头很大,看样子显然不

---

[1] 过渡。

会违拗年轻，漂亮，而且性情固执的妻子。她给他生了九个孩子，两个幼年夭折，一个女孩小时候生病，虽然救了过来，却留下了残疾；最后一个孩子生下来就是聋子，也几乎是个哑巴。在了无光彩的小农庄，她一边也和大家一样，参与艰辛的劳作，一边养育一大堆孩子。当她在餐桌的端头坐下时，身边总是放一根长棍子，这样就不用多费口舌，犯了过错的孩子脑袋会立刻挨上一棍。她说一不二，要求孩子们尊重她和她丈夫，根据西班牙人的惯例，孩子对父母必须称"您"。她丈夫享受儿女尊重的时间大概并不长，很早就死了；炽热的太阳、艰苦的劳动损伤了他的身体；妻子无疑也是他元气大伤的原因。雅克从来没能搞清楚外公是因为什么病而死的。外婆成为寡妇后，卖掉了小农庄，带着最小的几个孩子来到阿尔及尔定居。其他几个大些的孩子，一到学徒的年龄，便都出去干活了。

等雅克大些了才注意到，无论是贫穷还是身处逆境，她都没有被伤及分毫。她身边只剩下三个孩子。卡特琳娜·科尔梅利[1]在外面给人帮佣；最小的有残疾的孩子现在成了身强力壮的箍桶匠；老大约瑟夫没有结婚，在铁路上工作。三个人挣的工资都很低，加在一起，必须养活一家五口人。外婆管着一家人的钱，正因为如此，使雅克感到吃惊的，首先是外婆的贪婪，不是因为她吝啬，至少可以说，她的贪婪，那是连你赖以

---

[1] 在原书第18页，雅克·科尔梅利的母亲名叫"露茜"。从现在开始，她的名字成了"卡特琳娜"。——编者注

生存的空气，都要斤斤计较的。

孩子们的衣服由她买。雅克的母亲晚上回来得晚，回来也只是看看两个孩子，听听人们说什么。外婆的精力比她旺盛得多，母亲也就把孩子们的事放手让外婆去管。也正因为如此，雅克小时候穿的外套总是太长，因为外婆买衣服的时候，总想让他穿得时间更长一些，指望孩子的身体再长高一点，衣服就合适了。但是雅克长得很慢，到了十五岁上，身材才终于开始长高，衣服在变得合适之前，就磨破了。再买新衣服时，又是按照相同的节俭原则买大的，同学们总是嘲笑雅克的衣服怪模怪样，雅克没办法，只能用腰带将外套系住，将上身弄得蓬蓬松松，下边也就不那么长了，让本来显得可笑的衣着，变成了他与众不同的特色。况且，这些短暂的羞耻感在班里很快便被丢在脑后，他在学习上成绩优异，而且在学校的操场上，足球场是他的王国。只是，这个王国却成了禁区。因为操场的地面是铺了水泥的，鞋底在水泥地上磨损得很快，外婆不许雅克在课间休息时踢足球。她为外孙们买结实的厚底高帮鞋，指望他们永远穿不坏。总而言之，为了增加鞋的寿命，她让人在鞋底钉上锥形的大钉子；这样做有两个好处：首先要把钉子磨秃，才磨得着鞋底，其次可以检查雅克是否违反了玩足球的禁令。的确，在水泥地上奔跑，会迅速将钉头磨平，一看新的磨痕，就知道他踢过足球。所以，每天晚上雅克一回到家，首先要到厨房去，卡桑德拉正在厨房黑乎乎的灶台旁忙碌，他要弯腰跪在地上，将鞋底抬起来，像被钉掌的马一样，让外婆检查他的鞋底。当然,他无法抵御同学们的召唤,也忍不住最喜欢的游戏对他的诱惑。所以,他的心思不是用在如何克制自己,以修炼德行,而是如何掩盖错误。因此,学校放学之后,他总是在外面磨蹭很长时间;后来上了中学,他放学之后便用湿泥摩擦鞋底。他的狡猾有时候能骗过外婆,但是终有一天,钉头的磨损会招惹麻烦,甚至连鞋底也被磨破,或者,更为严重的灾难是,不小心一脚踢在地面上,或者踢在保护树木的铁栅栏上,鞋底和鞋帮分家了,雅克回家时,鞋上绑一根绳子,让裂开的口子合上。像这样的晚上,雅克就要挨牛筋鞭子。雅克哭的时候,母亲安慰他也只会说:"鞋子真的很贵。你为什么不当心呢?"但是,她自己却从来不打孩子。第二天,要把鞋送到修鞋匠那里去修补,雅克不得不穿绳底帆布鞋上学。两三天之后,他会再次穿上那双鞋,鞋底新钉的钉子呈花式图案,显得光滑而不稳定,他得重新慢慢适应。

外婆有时候更加过分。有一件事,雅克在很多年之后一想起来,仍然感到羞愧和恶心[1]。他和哥哥从来没有零花钱,除非有时候,他们愿意去看望做生意的舅舅或者嫁到有钱的婆家的姨妈。去看望舅舅倒不是难事,因为舅舅喜欢他。但是姨妈总想卖弄她家更有钱,两个孩子宁愿没钱花,宁愿舍弃零花钱带来的快乐,也不愿意品味受辱的感觉。但无论如何,尽管大海、阳光、街区的游戏都是免费的,但是炸薯片、水果香糖、

---

[1] 一种交织着羞愧和恶心的感觉。——可能的字句

阿拉伯点心，以及尤其是雅克喜欢看的足球比赛，都需要钱，至少要有几个苏的钢镚。有一天傍晚，雅克被指派上街买东西；他先去街区的面包房取回烤好的苹果甜点（当时家里没有煤气，也没有煤气灶，只能用酒精灯做饭。所以根本就没有烤箱。需要烘烤食物时，便送到街区的面包房，面包师收几个苏的加工费，便负责在烘箱里烤好），而后又去买东西。甜点用一块布兜着，在他前面冒着热气。盛甜点的盘子之所以用布兜着，一是为了遮挡街上的灰尘，二是为了方便手提。他的右臂挎一个网兜，里面放着买的各种食品，量都很少（半斤糖，八分之一块奶油，五个苏的奶酪丝，等等），所以网兜也不沉。雅克闻着烤点心的香味，迈着轻捷的步子，避开人群向前走；这时的人行道上，行人很多。突然，一个两法郎的硬币从他口袋的破洞里漏出来，掉在人行道上，发出叮当的响声。雅克捡起硬币，看了看是否完整，便装在另一个口袋里。"不注意就丢了。"他突然想。而且，此前已经放弃了明天去看足球赛的事，这时又回到了他的脑海里。

实际上，没有任何人告诉孩子什么是好，什么是不好。有些事情是被禁止的，违反了禁令会受到严厉惩罚。有些事则不会。如果小学老师讲完正课还有时间，有时会给他们讲讲有关道德品质之类的。但即使在这样的时候，也大多是说说哪些事不能做，而不是解释为什么不能做。雅克在道德品质方面看到和感受到的，只是一个工人家庭的日常生活，而且显而易见，只有从事最为艰苦的劳动，才能够挣得生活必需的钱，没有任何人想到除此之外，还有其他的途径。只是，生活教会孩子的，是要有勇气，而不是分辨道德品质的好坏。然而，雅克知道，把这两法郎藏起来，是不好的行为。而且他也不想这么做。他不会这样做的。也许，他可以像有一次那样，从老旧的演兵场体育馆两块木板之间钻进去，不用花钱买票，看一场免费的比赛。所以，他自己也不明白为什么没有立刻把零钱全部交回；过了一会儿，等他从厕所出来，便说，他提裤子的时候，一个两法郎的硬币掉进了茅坑里。茅房是个十分窄小的地方，砌在楼梯平台上，把那地方称为茅房，也还是高看了它。里面空气不流通，没有电灯，没水龙头，只是在门和里面的墙壁之间半高的砖地上，凿了一个蹲坑，使用之后，必须倒几桶水下去。但是，不管用什么办法，都无法阻止臭味从这里向整个楼梯间弥漫。雅克的说法并非没有可能[1]。他这样说，是为了避免外婆让他回街上去找。只是，当雅克说出这个坏消息时，却感到一阵揪心。外婆正在厨房用菜板将大蒜和香菜剁成碎末；由于使用时间长，菜板显得绿乎乎的，中间凹陷了。她停下手中的活，看看雅克。雅克等她大发雷霆。但是，她一声不吭，只用明亮而冰冷的眼睛打量他。最后，她说："你敢肯定吗？""是啊，我感觉到掉下去了。"她再一次看看他，对他说："那好，咱们去看看。"雅克被吓坏了，眼见她卷起右臂的袖子，

---

[1] 不对。因为他已经说在街上把钱丢了，所以这会儿不得不另找一种解释的说辞。

露出苍白的、青筋纠结的手臂,出门到了楼梯平台上。雅克则冲到餐厅里,恶心得要吐出来。再次听到外婆叫他时,他看见外婆正站在洗碗池子前,手臂上抹了大量肥皂,正在用水冲洗。"茅坑里根本没有,"她说,"你在撒谎。"他结结巴巴地说:"那……有可能是被水冲走了。"她迟疑了一下。"有可能。不过,如果你撒谎,可是要倒霉的。"是啊,他真的是要倒霉了。因为,他当时就明白,外婆之所以下手到粪坑里去找,不是因为她吝啬,而是因为生活的窘困;对这家人来说,两法郎也算是一笔不少的钱财。他明白了这一点,怀着使他感到震惊的羞愧,清楚地意识到,他从家人的劳动中偷走了这两个法郎。直到今天,雅克看着窗前的母亲,也没有解释过他为什么没有把那两法郎交给外婆,而且,第二天还高高兴兴地去看了足球赛。

对外婆的回忆也与一些说不出口的羞愧之感纠结在一起。她坚持让雅克和哥哥亨利学拉小提琴。雅克的努力半途而废了,理由是,如果再学小提琴,那就没法保持学校的好成绩。哥哥也只学会用一把毫无灵性的小提琴,拉出刺耳的噪音;总而言之,是只能用跑了调的音符演奏当时流行的几首歌曲。雅克的五音还比较全,有时候唱着玩,学会了几首流行歌曲。却没有想到,本属无心的嬉戏,也为他招来了麻烦。的确,星期天,几个出嫁的女儿(其中有两个在战争中失去了丈夫)来看外婆,外婆招待她们[1];有时候,她的一个妹妹也来看她,这个

---

[1] 她的外甥女。

妹妹仍然住在萨赫勒的农庄,只愿意讲萨赫勒方言,不愿意说西班牙语。外婆在铺了漆布的桌子上给大家用大碗端上咖啡之后,把两个外孙叫来,让他们即兴演奏小提琴。外孙带着一副懊丧的表情,搬来金属乐谱架,将乐谱翻到那两页著名的复调。说什么也要献丑了。雅克跟着亨利吱吱呀呀的小提琴声,好歹唱了一段《拉莫娜》:"我做了一个美梦,拉莫娜,梦见我们两人一起私奔了。"或者"跳舞吧,我的佳尔美,今天晚上,我想爱你。"有时也唱东方的歌曲:"中国之夜,欢乐的夜,爱恋的夜,陶醉的夜,温情的夜……"有时候,人们还要求他们专为外婆唱一首具有现实主义情调的歌。于是雅克便唱道:"难道真的是你,我的男人,我对你的爱是多么深切,上帝知道,你对我发过誓,说你永远不会让我哭泣。"唯有这首歌,雅克是带着真感情在演唱;因为歌中的女主角最后在人群中演唱的复调催人泪下,挑剔的丈夫被判了死刑,人群是来围观死刑执行的。但是,外婆最喜欢的,是另一首歌,她大概喜欢歌曲表达的忧伤和温柔之情,可是,在她的天性中,你怎么也找不到这种感情的影子。亨利和雅克演唱托塞利的《小夜曲》,虽然有点阿尔及利亚的特点,而且眼下的环境也不适合歌曲唤起的魔幻情景,但两个孩子表演得相当出彩。在阳光明媚的午后,四五个妇女穿着黑色衣裙,除了外婆,大家都摘下西班牙式的黑色头巾,在只摆了几件可怜的家具的屋子里,围着刷成白色的粗灰泥墙站着,轻轻点着头,赞赏音乐和歌词所传达的情愫。外婆一向分不清各种音符,而且也不认识音阶,但听到像念咒一样的某个短句时,却叫停演唱的外孙:"你唱错了一个地方。"这段曲子很难演唱,当她终于感到满意了,便说:从"拉"开始。人们再一次摇头晃脑,最后对两名天才艺术家报以掌声,孩子们急忙收拾器材,跑到街上找同学们玩去了。只有卡特琳娜·科尔梅利坐在角落里,孤寂落寞,一句话不说。雅克还记得有个星期天下午,他拿着乐谱正要出来,听到有个姨妈恭维他母亲,说她有个好儿子。她回答说:"是啊,他唱得挺好的,他很聪明。"似乎唱得"好"和"聪明"之间真有什么联系一样。但是,等他转过身,便豁然明白了。他母亲闪烁的目光温柔、热切地落在他身上,孩子看到那副表情,向后退去,迟疑了一下便逃走了。"如此看来,她爱我,她是爱我的。"走到楼梯里时,他心里说。同时他明白了,他疯狂地爱她,他使尽全身的解数希望得到她的爱,而且到那时为止,他一向怀疑母亲是否真的爱他。

去看电影,是让孩子高兴的另一种娱乐……放电影的时间是在星期天下午,有时候是星期四。街区电影院离家也就几步路,是以一个浪漫派诗人的名字命名的,电影院前的街道也是同名。进电影院之前,先要穿过一条曲折的巷道,巷道的两边是阿拉伯商贩卖各种小吃摆的摊子,有花生、咸味干鹰嘴豆、羽扇豆、颜色鲜艳的麦芽糖,以及黏糊糊的"酸糖"。也有的商贩售卖十分招眼的点心,其中有螺旋形的奶油塔糕,上面撒一层粉红色的砂糖,有阿拉伯炸油糕,刚从油锅里捞出的油糕,上面的油和蜂蜜还在滴滴答答地向下流。货摊四周是一群群的苍蝇和孩子，苍蝇和孩子都是被相同的糖的味道吸引来的，苍蝇嗡嗡地飞来飞去，孩子们叽叽喳喳地叫着互相追逐，商贩则不停地咒骂，挥手将孩子们赶开，怕他们把并不十分稳当的货摊撞倒，挥舞的手势既打发孩子，又驱赶苍蝇。有几个商贩抢到了好位置，躲进电影院一侧延伸出来的玻璃篷下，其他的商贩只能把黏糊糊的宝贝商品摆放在炽热的阳光下，暴露在孩子们嬉戏时腾起的灰尘中。雅克在身边守护着外婆，不让孩子们撞着她；为了出来看场电影，外婆的白发梳得溜光，并用一枚银色的别针将她永远穿在身上的黑色长裙系住。她一本正经地用手扒拉开大声喊叫着堵在入口处的小孩子们，站在唯一的售票窗口前，取"预定"的电影票。说实话，购票人只能在两种票之间选择，一种是"预定"的票，票的位置是一些木制的破扶手椅，人一坐下，椅子便咯咯吱吱地响；再有一种就是长板凳，持有这种票只能通过侧面的一扇门进去，而且侧门只是到了最后一刻才开，挤在门口的孩子们便蜂拥而入，去争抢长板凳上的好位置。在长板凳的两端各有一个手拿牛筋鞭子的工作人员，负责维持各个片区的秩序，经常见到工作人员将身上散发的臭味太大的孩子或者成人赶出去。当时的电影院放映的是无声电影，先是几段新闻片，接着是一段滑稽短片，然后是正片，最后是每周放一集的电影连续剧，每一集都很短。外婆很喜欢这种分段放映的小故事，每一段故事的结尾处都会留下悬念。比如，一个壮汉抱着受了伤的金发女郎走到一个藤桥上，桥下是湍急的河流。这周放映的一集最后的画面，是一只文着可怕图案的手,拿一把原始的快刀,正在割断支撑小桥的藤条。尽管"长板凳"上的观众大喊大叫地发出警告,但是故事的主角仍然大模大样地向前走[1]。问题不在于桥上的两个人能否脱险,这是不容置疑的,而是他们如何脱险。这就说明为什么那么多观众,有阿拉伯人也有法国人,下一周会再来看两个有情人如何从桥上坠落:正当他们必死无疑的时刻,却老天有眼,恰巧被一棵树挂住。在整个放映期间,有个老小姐始终弹着钢琴陪伴大家,一副泰然自若的神态,与长板凳上大呼小叫的观众形成鲜明的对照,瘦削的后背总是挺得直直的,像一瓶矿泉水一样,在瓶盖的位置,是一圈带花边的衬衣领子。当时的天气酷热难耐,可她还是戴着露指手套,雅克认为,这表现了那位小姐高雅的气质。再说,她的角色并不像人们以为的那样容易。尤其是新闻片的配乐,她必须根据新闻事件的特点变换音乐的旋律。从介绍春季时装时欢快的四步舞曲,一下子便能过渡到肖邦的葬礼进行曲,因为新闻突然又在介绍中国的水灾,或者国内外生活中某个重要人物的葬礼。但不管怎么说,不管是哪段乐曲,她在演奏时都不会受到任何干扰,她的双手十指就像一些动作干脆的小小机械,通过一套准确无误的齿轮机构,始终操纵着发黄的键盘。影院的四壁光秃秃的,地上一层花生壳,消毒水的气味和人们身上散发出的强烈的汗酸味交织在一起。不管在什么情况下,她只要用脚踩下钢琴的踏

---

[1] 利维科西奥(Riveccio)。

板，开始弹奏序曲，创造出一种旭日初升的气氛时，全场的喧嚣顿时便安静下来。巨大的嗡嗡声预示着放映机启动了。雅克受难的时刻也由此开始了。

电影是无声的，屏幕上必然有很多文字解说，以说明剧情。外婆不识字，雅克的作用便是替外婆念银幕上的文字。外婆虽然年纪大了，但是耳朵并不聋。只是，为她解说时，声音首先要盖过钢琴声，盖过放映厅里的嘈杂声；放映厅的回声很大。另外，虽然解说的文本十分简短，但是里面的很多词超出了外婆熟悉的日常用语的范围，有些词就连雅克也不知道什么意思。雅克一方面不想干扰坐在旁边的人们，尤其不想让整个放映厅的人都知道外婆不识字（她自己有时候也怕丢脸，在放映开始时故意大声对他说："一会儿，你给我念念字幕，我今天忘了带眼镜来。"）。因此，雅克念字幕的时候，声音并没有全部放开，结果，外婆便只能听得半懂半不懂，让他再念一遍时，他只能念得声音更大些。雅克的声音一大，四周便响起一片嘘声，这让雅克感到很丢脸，说话便开始结巴，外婆训斥他，后面的字幕紧接着又来了，雅克没跟上，可怜的老太太前面一段就没看懂，现在就更加糊涂。直到雅克灵机一动，把关键情节用两句话概要地说清楚，比如，在看《佐罗的标志》时，看到道格拉斯·费班克斯老爹那段。"坏人想抢走他的年轻姑娘。"雅克利用钢琴乐曲或者放映厅里嘈杂声的间歇，快速地说道。老太太茅塞顿开，电影接着往下演，孩子也喘了一口气。一般情况下，烦人的事也就到此为止。但是有些电影，比如《两个孤儿》，情节实在太复杂，一边是外婆的要求越来越高，另一边是坐在旁边的人越来越生气地指责他，雅克两头受气，最终不得不闭嘴噤声。他还记得有一回，外婆气坏了，站起来走了出去，他一边哭，一边在后面跟着；看电影是可怜的老太太难得的娱乐，他破坏了外婆的兴致，为此而破费的一笔不多的钱财也白花了，这让他不知所措[1]。

他母亲从来不去看电影。她也不识字，更何况她是个半聋子。她的词汇比她母亲更有限。即使到现在，她的生活中也没有娱乐。在四十年的时间里，她一共去看过两三次电影，什么也没有看懂；为了不让请她去的人感到失望，她说电影里的人穿的裙子都很好看，或者说有胡子的那个人看起来很凶。她也不能听收音机。至于报纸，她有时候倒是翻一翻有图画的版面，让儿子或者孙女给她解释图片的意思，便断定说，英国女王的表情很忧郁，说着便合上画报，仍然从同一扇窗户向外面望去，仍然看着同一条街上的人来人往。她生活中有一半的时间是看着街上的风景度过的[2]。

---

[1] 增加贫穷的标志——失业——米利亚纳的夏令营——被赶了出去——不敢对她说。你说吧：那好，咱们今天晚上喝咖啡。有的时候会发生一些变化。他看着她。他经常读到一些穷人家的故事，故事里的女人都很勇敢。她没有笑。她起身到厨房里去——并没有屈服。

[2] 引入"上了年纪的，从前的"埃尔奈斯特舅舅——雅克和他母亲所在的屋子里挂着他的画像。后面再让他出场。

艾 田

从某种意义上说，母亲不像她弟弟埃尔奈斯特那样对生活参与的程度那么深[1]。埃尔奈斯特与他们一起生活，可他耳朵完全聋了，说话时只能用单音节词，外加比划手势；他日常使用的，也就百十来个单词。埃尔奈斯特年轻时，家人无法让他出去干活，他也就去读了一所聋哑人的学校，学会了认字。他有时候去看一场电影，回来讲讲电影的内容，看过电影的人听了，常常会惊得目瞪口呆。他的想象力非常丰富，这弥补了他的无知。况且，他精明，狡猾，有一种本能上的聪慧，在人世间摸索出一条自己的路，对于他来说，世上的人一个个都是沉默的。他靠着同样的机智，整天埋头在报纸当中；他能看懂报纸的大标题，从而能大致了解世上发生的事。比如，当雅克到了成人的年龄，他对雅克说："希特勒不是好人，嗯？"对，希特勒不是好人。"德国佬都是一路货。"舅舅又补充说。不对，不能这么说。"对，是有好人，"舅舅

---

[1] 有时候叫埃尔奈斯特，有时候叫艾田，但这里指的始终是同一个人物：雅克的舅舅。——编者注

同意道，"但是希特勒可不是好人。"紧接着，他喜欢说笑的兴致又占了上风："列维（对面开杂货店的是一个犹太人，名叫列维）害怕了。"说着，他笑出了声。雅克试图解释。舅舅又变得认真了："对啊。他为什么要伤害犹太人呢？犹太人跟其他人一样啊。"

他总是以他的方式喜欢雅克。他佩服雅克在学校成绩好。由于使用工具，由于艰苦的劳动，他手上布满了硬茧；他用粗糙的大手抚摸着孩子的头。"这孩子脑瓜子好。很硬（他用粗大的拳头敲敲自己的脑袋），但是很聪明。"有时候他还补充说："跟他父亲一样。"有一天，雅克趁机问舅舅，父亲是否聪明。"你父亲，头脑固执，一向只干他想干的事，你母亲什么都听他的，永远听他的。"雅克从他嘴里再没有得到其他更多的情况。无论如何，埃尔奈斯特常常带着孩子出去玩。他的力气，他的满腔热情无法用语言表达，也没有办法在社会生活的复杂关系中消耗，便只能在体力和对事物的感受中爆发。耳朵失聪的人睡觉本来就沉，当有人把他从睡梦中摇晃醒，他便迷迷糊糊从床上起来，"嗯，嗯"地吼叫着，像史前动物，每天醒来所面对的，都是一个新的，充满敌意的世界。相反，一旦完全醒来，他的身体，以及身体的运动，便使他的一举一动稳如大山。虽然箍桶匠的工作本来就很累人，但他还是喜欢游泳和打猎。雅克还小的时候[1]，他就带着

---

[1] 九岁。

雅克到海边的沙滩去，让孩子趴在他背上，驮着孩子游向深海；他只会简单的蛙泳，但是臂膀力大无穷，同时嘴里呜哇呜哇地叫着，开始时是因为水凉而突然受到刺激，然后表达的，便是到了水里感到的快乐，或者遇到大浪而受到的激励。他不时对雅克说："别怕。"雅克是真的有点怕，但是他不说；他觉得他们孤零零在海天之间，海和天都同样广大无垠。当他回头看时，觉得沙滩像是一条看不见的线，他感到一阵恐惧，肚子因之而疼痛起来。他想象着身下黑黢黢、深不可测的大海，如果舅舅丢下他，他会像一块石头一样沉下去；于是，他开始慌了。每到这时，孩子便更紧地搂着舅舅粗壮的脖子。"害怕了"，舅舅立刻说。"没有。不过，咱们回去吧。"于是舅舅听话地转过身，在原地喘口气，又往回游，好比在陆地上一样稳健。到了沙滩上，他刚喘过气来，便哈哈大笑着，揉搓着雅克的身子，然后转过身，哗啦啦撒一泡尿，笑声不断，同时盛赞他的膀胱功能不错，用手拍打着肚子，连说："好，好。"每当他感觉舒服时，都会这么说，至于是什么感觉，他是不加以区分的，不管是排泄，还是进食，他都同样天真，同样执着于从中得到的快乐，而且，他常与家人分享这种快乐，外婆在饭桌上便经常说他。当然，外婆可以接受人们谈论此类的事，她自己也会说到；但是，正如她说的那样，不能"在饭桌上"议论这种事，虽然她还能容忍埃尔奈斯特在吃西瓜时的滑稽表演。大家都知道西瓜有利尿的作用，而且埃尔奈斯特也特别喜欢吃西瓜，吃以前便开始嘻嘻哈哈，朝着外婆狡黠地眨眼睛，发出种种吸溜、品味、咀嚼的声音，然后才拿起一块西瓜，咬几口，又开始模仿一系列动作，用手顺着好看的红白色西瓜瓤在身体里经过的路径，从口腔一直到下体，脸上不断扮鬼脸，瞪着眼睛，表现出异常享受的感觉，一边说："好哇，好哇，把身体里面冲洗一遍，好哇，好哇。"让人看了忍俊不禁，无不哈哈大笑。他像亚当一样，怀着同样的天真无邪，过分担心身体里很多转瞬即逝的疼痛感；一旦哪儿有点儿痛痒，他便哼哼叽叽，皱着眉头，眼睛似在反观身体内部，探查处在黑暗中的、像谜团一样的各个器官。他说身体里的某个"点"疼痛，具体位置五花八门，还说身体里有个"球"到处滚动。后来，雅克上中学了，深信天下只有一种科学的人体结构，而且每个人都一样，他便问雅克什么是科学；他指着腰眼处："这儿，一扯一扯的，是不好了吧？"不是，什么问题也没有。于是他便放心地走了，迈着急匆匆的步子下楼，到街区的咖啡馆去找他的同伙；咖啡馆里摆着木制家具，吧台包着铁皮，室内散发着茴香酒和锯末的气味；有时候，家里该吃晚饭了，雅克便到那里去找他。每次去，孩子都十分惊奇地看到，这个聋哑人坐在吧台前，身边围着一圈人，都在听他上气不接下气地吹牛，逗得所有人哈哈大笑，这笑声里毫无嘲弄的意思，因为埃尔奈斯特脾气好，待人也厚道，受到所有伙伴的爱戴[1,2,3,4]。

舅舅有时候带雅克去打猎。一起去的，都是和他一样的箍桶匠，或者码头上的工人，也有铁路工人。每当这时候，雅克便能清楚地感觉到伙伴们对舅舅的爱戴。人们清晨时分便起床。雅克负责叫醒舅舅。舅舅在饭厅里睡，只要他睡着了，任何闹钟都叫不醒他。雅克听到闹铃响，赶紧起来，哥哥在床上嘟囔一声，转过身去；睡在另一张床上的母亲轻轻地动弹一下，却没有醒来。他摸索着起来，划一根火柴，点亮放在两张床之间共用的床头柜上的煤油灯。（对了！这间屋里的家

1　他自己存的钱，以及给雅克的钱。
2　中等个儿，有点罗圈腿，背略微有点弯，背上长了厚厚的一层肌肉。虽然人很瘦，但是有一种不同寻常的阳刚之气。然而，在当时以及后来很长时间，他脸上总是一副少年人的样子，表情细腻，五官清秀，有点【划掉了一个词】栗色的眼睛十分漂亮，和他姐姐的眼睛一样，鼻子挺拔，眉弓有些秃，下巴长得很匀称，一头浓密的漂亮头发，不，他的头发略微有些卷。漂亮的外表说明，虽然他有残疾，但他还是与女人有过瓜葛，本来是可以走向婚姻的，但是后来成了短暂的艳遇；不过，艳遇有时候也会被沾染上人们一般称之为爱情的色彩；比如他与本街区某个结了婚的女商贩有过关系，而且星期六晚上，他有时候带雅克去面朝大海的布莱松公园听音乐会，军乐队在亭子里演奏《科尔纳维尔的钟声》或者一首题为《拉克美》的乐曲，同时，夜色中的人群围绕着【　】走动。埃尔奈斯特穿着周末才穿的干净衣服，总是趁机与咖啡馆老板的老婆不期而遇；那妇人穿一身柞丝绸衣裙，两人友好地互相笑笑；那女人的丈夫有时候也友好地与埃尔奈斯特简单说几句话；当然，埃尔奈斯特从来没有让对方觉得自己有可能是他的情敌。
3　拉穆纳洗衣房。
4　海滩，一块块白色的木板，瓶塞，被磨圆了的瓷片，里德软木塞。

具：两张铁床，一张是单人床，是他母亲睡的，另一张是双人床，是两个孩子睡的；两张床之间有个床头柜，床头柜的对面放一个带镜子的衣橱。卧室有一扇窗，是朝院子开的，正在母亲那张床的床脚处。窗台下放着一个大藤条箱子，上面盖一块网格花纹的单子。在很长时间里，雅克个子矮，要关百叶窗时，必须爬到箱子上。最后，屋里没有椅子。）接着，他来到饭厅，推推舅舅，舅舅吼叫几声，惊恐地看看眼睛上方的煤油灯，终于清醒过来。他们穿上衣服，雅克在厨房用小酒精灯加热头一天剩下的咖啡，舅舅在一旁准备背包，里面装满他们的干粮：一块奶酪，几根辣味猪肉肠，几个西红柿，外带一点盐和胡椒粉。他将半个面包切成两半，里面塞一大块外婆准备好的摊鸡蛋。接着，舅舅又最后检查一遍双响猎枪和子弹。准备猎枪的重大仪式在头一天晚上已经举行过了。头一天吃完晚饭之后，人们把桌上的东西清理干净，将铺在桌上的漆布再仔细擦几遍。舅舅坐在桌子的一端，大煤油灯悬挂在头顶，在灯光的照射下，他表情庄重地将猎枪零件摆在面前，每个零件上都有他小心翼翼地涂上的润滑油。雅克坐在桌子的另一端，等着轮到他接手的时刻。名叫布里昂的狗也在等着。因为，家里有一只狗，是个杂交卷毛猎犬，非常善良，连一只苍蝇也不会伤害，它有时凌空捉到一只正在飞的苍蝇，又赶紧吐出去，露出厌恶的表情，频频吐舌头，嘴巴也发出响声。埃尔奈斯特和狗形影不离，而且相处得十分默契。你不由地想，他们真是天生的一对儿（谁要是认为这是嘲讽，那他一定不了解狗，也不喜欢狗）。狗服从人，对人有温情，而人也一心一意对待狗。他们共同生活在一起，从来不分开；他们一块儿睡（人睡在饭厅的沙发上，狗睡在一块已经被磨出纤维的破脚垫上），出去干活时在一起（在车间的工作台下面，他用刨花特意为它准备了一个窝，它就趴在上面睡觉），到咖啡馆去喝咖啡也在一起，当主人长篇大论的时候，它便蹲在主人两腿之间，耐心地等着主人把话讲完。他们用单音节词聊天，而且闻到对方的气味时都感到高兴。埃尔奈斯特的狗不常洗澡，但你不能抱怨他的狗身上有味，尤其是在下过雨之后。"它？"他说，"没味。"说着还亲昵地用鼻子闻闻爱犬那两只簌簌抖动的大耳朵。出去打猎是他们的重大节日，出门时要郑重其事。只要埃尔奈斯特拿出背包，狗便开始在饭厅里疯跑，用屁股撞得椅子转圈，用尾巴敲击食具橱子的侧面，发出咚咚的响声。埃尔奈斯特便笑。"它明白了，它明白了。"接着，他让狗安静，狗的嘴巴便拱在桌沿上，观看主人细致的准备工作，趁人不注意时打个哈欠，目不转睛地盯着这绝妙的情景，一直到准备工作结束[1,2]。

当猎枪组装好，舅舅便把枪交给雅克，雅克恭恭敬敬地接过枪，手里拿着一块毛料抹布，将枪筒擦得锃光瓦亮。与此同时，舅舅准备子弹。他先从背包里取出色彩鲜艳的铜底硬纸筒，在面前摆好，又从背包里取出一些葫芦形的金属小瓶子，

---

[1] 打猎的情景？可以取消。
[2] 物品和人的肉体应当在这本书里起重要作用。

里面有火药和铅粒，以及棕色的毛毡丝。他小心翼翼地用火药和毛毡丝将纸筒填满。然后又拿出一架小机器，将装了火药的纸筒插在机器里，用一只摇柄将雷管插进火药筒中，直到雷管与硬纸筒顶面的毛毡丝平齐。随着一颗颗子弹做好，埃尔奈斯特便交给雅克，雅克小心地将子弹装进面前的子弹袋里。清晨，埃尔奈斯特又多穿了两件毛衣，将沉重的子弹袋在腰间围好，这便是出发的信号了。雅克在身后帮他把子弹带扣好。布里昂自从醒来之后，便默默地走来走去，它是经过训练的，能够控制兴奋的情绪，不会惊扰睡梦中的人；但是它十分激动，冲所有能够接触到的东西吹气，站直身子，两只前爪贴在主人的前胸上，使劲伸长脖子和嘴脸，想用力地反复去舔主人那张让它喜欢得发疯的脸。

夜色已经不那么浓重了，空气中飘浮着榕树清爽的气味。他们急忙赶往阿加火车站。狗在他们前面，按之字形向前疯跑，人行道被夜里的潮气打湿了，奔跑中的狗有时候踉跄一下，跑得太远了，看不到主人时，明显发了疯一般往回跑。艾田倒背着装在帆布套里的猎枪，还背了一个背包，一个小小的猎物袋；雅克双手插在裤袋里，斜背着一个大包。伙伴们已经到火车站了，每个人都带着狗，狗见到同伴，只到对方的尾巴下面探查一番，便又快速返回主人身边。同伴中有达尼埃尔和皮埃尔两兄弟[1]，他们和埃尔奈斯特在一个车间干活。达尼埃尔

---

[1] 注意，名字要换。

总是笑眯眯的，是个乐天派；皮埃尔则更加严谨，做事也更有条理，对人对事总有不少新的看法，很有洞察力。还有乔治，他在煤气厂工作，有时候也上拳台打拳，挣点外快。常常还有另外两三个人，都是好脾气的小伙儿，至少在打猎的时候是。能够忙里偷闲，在一整天的时间不必去车间干活，逃离狭小而拥挤的家，有时候也是为了躲开老婆，因而显得兴致勃勃，一副不管不顾的样子，又表现出很可笑的宽容，这是男人凑到一块儿，从事短暂而激烈的娱乐活动时，常会表现出的特点。他们兴高采烈地登上一节车厢，每个车厢的门外都有脚踏板，大家互相传递背包，让狗也上车，然后便坐下，因为终于聚在了一起，体会着同样的温暖而感到高兴。通过这样的星期天，雅克知道了男人在一起相处是好事，能够让心中的感情变得更加丰富。火车启动了，慢慢喘着粗气跑得越来越快，不时像在睡梦中一般，发出一声短促的汽笛声。火车穿过萨赫勒边上的一个地方。奇怪的是，只要一看到田地，这些身体结实、闹闹嚷嚷的大男人便都安静下来，看着日光在精耕细作的田间慢慢升起，晨雾像一条条轻纱，飘荡在用干芦苇做成的高大的篱笆上，篱笆将田地分隔成一块一块的。不时有一丛树木以及树木后面用石灰刷白的农庄房舍从车窗玻璃外面闪过，在树丛护卫下的农庄还沉浸在睡梦中。一只受惊的鸟儿突然从铁路边的壕沟里飞出，一下子便飞到与他们平齐的高度，与火车一起向前飞，似乎要和火车比赛看谁的速度快，突然又向上空飞去，好像猛然间从车窗玻璃上被甩下来，被行驶中的列车带起的风抛向后面一样。绿色的天边慢慢变成粉红色，继而又突然变成红色，太阳露出脸来，眼看着升上天空。田野的雾气被太阳吸走了。太阳升得更高，车厢里突然热了，人们脱掉一件毛衣，接着又脱掉一件，让狗躺下，因为狗也开始不安分地动来动去；人们互相开着玩笑，埃尔奈斯特已经在以他的方式讲述种种逗人的故事，吃饭，生病，以及他总能占上风的打架。时而有个同伴问问雅克在学校的学习情况，接着，人们又谈起其他的事，或者让雅克证实埃尔奈斯特用手势和面部表情表达的意思。"你舅舅可真是个人物！"

　　景色变了，石头越来越多，橡树代替了橘树；小火车喘息得越来越急促，并喷出大口的蒸汽。突然，天气变得凉爽了，因为在太阳和旅行者之间穿插了座座大山，人们这时才发现，时间还不到早上七点钟。火车的汽笛终于发出最后一声响，速度慢下来，缓缓驶过一道弯弯的曲线，进入峡谷中一个孤零零的小站，这里只通向远处的矿山；小站荒凉而寂静，四周栽种了高大的桉树，镰刀形的叶子在早晨的微风中发出簌簌的响声。一伙人下车和上车时一样闹闹嚷嚷，狗从车厢里飞快地跑出来，跳下两级陡峭的踏板。人们将背包和猎枪从火车上再传递下来。一出火车站就是山坡，人们的感叹声和喊叫声都淹没在野性大自然的寂静当中，一小群人终于默默地走在上山的路上，几只狗不知疲倦地围着他们绕圈子。雅克紧紧跟着身体强壮的同伴。他最喜欢的人是达尼埃尔；达尼埃尔想接过他的背包，尽管雅克反复说不用，但达尼埃尔还是将背包拿了过去。

雅克不得不加快脚步，跟上小队。早晨凉爽的空气让他的胸腔感到一阵温暖。一个小时之后，他们终于来到一片巨大的高原边上，高原上长满了矮橡树和刺柏，山峦的起伏并不大，在一片广袤而清冷的天空下，只有淡淡的阳光照耀着无垠的空间。这里就是狩猎场。几只狗似乎事先得到了警示，围聚在人们四周。大家约定下午两点在水泉处聚齐吃午饭，水泉就在高原边上的几棵松树下，位置很好，可以俯瞰整个峡谷和远处的平原。大家对了对表。狩猎者每两个人分成一组，各组吹哨招呼着狗，朝不同的方向去了。埃尔奈斯特和达尼埃尔分在一组。雅克的任务是拿猎物袋。他小心地将猎物袋斜挎在肩上。埃尔奈斯特远远地向人们宣布说，他要比别人打到更多的野兔和山鹑。大家笑着，挥挥手打个招呼，随即便不见了踪影。

雅克的陶醉时刻就此开始了，他至今怀念那种奇妙的情景。两个人分开两米远，齐头并进，狗在他们前面，而雅克始终跟在两个人的后面；舅舅的目光突然透出野性和狡猾，不断查看雅克在后面保持的距离；就这样，几个人静悄悄地、不停地在灌木丛中向前走，不时有一只不值得打的鸟叫着飞起来；他们向下朝着小山谷而去，小山谷里散发着各种气味，顺着谷底走一段，然后又沿着陡坡向上爬，天上阳光灿烂，天气越来越热，他们出发时地上还有湿气，现在太阳的热度很快让潮湿的地面变干了。山谷的另一边传来几声枪响。一群土灰色的山鹑发出清脆的嘎嘎叫声，那是被狗赶出来的；两支枪几乎同时响起，狗嗖的一声蹿将出去，再回来时眼睛像发了疯一样闪着兴奋的光芒，嘴里满是血，叼着一团羽毛状的东西；埃尔奈斯特和达尼埃尔从它嘴里把那东西抢过来，片刻之后，雅克把猎物接过来，心里觉得又刺激，又害怕。猎人又去寻找其他的猎物；看到猎物从天上掉下来时，埃尔奈斯特嘴里发出尖叫声，有时候，你会觉得他的叫声和狗布里昂发出的狂吠声没有什么区别。人们再一次向前走去。雅克虽然戴着小草帽，但是现在，他在阳光下弯着腰，而周围的高原在隐隐地震颤，像是一块铁砧在阳光这把锤子的敲击下颤抖。有时会再次响起一声或者两声枪响，绝不会再多，因为，只有一个猎人看到跑出来的兔子；如果猎物是在埃尔奈斯特瞄准的范围内，兔子的小命儿就算完蛋了，埃尔奈斯特一向灵巧得像只猴子，跑起来速度和他的狗不相上下，他的叫喊声和狗吠声也如出一辙；他捡起猎物，远远地展示给达尼埃尔和雅克看，兴高采烈地跑回来，直跑得上气不接下气。雅克把猎物袋大大地撑开，接受新的斩获，然后又跟着走；他被太阳晒得身子直摇晃，太阳是他的主宰。就这样，一连几个小时，在没边没沿的土地上，在从始至终十分强烈的阳光里，在广袤的天空下，他昏头涨脑地走着。雅克觉得自己是最富有的孩子。在向约定的吃午饭的地方走去时，猎人们还在伺机出手，但是心思已经另有所寄。他们拖着步子，擦着额头上的汗；他们饿了。各个小组先后到了约定的地方。远远地便互相展示猎物，嘲笑一无所获者；大家确认，两手空空的，几乎总是那么几个人。大家争先恐后地讲述打猎的经过，每个人都有不比寻常的细节要补充。不过，主角还是埃尔奈斯特，他最终把持了发言权，用准确的手势——雅克和达尼埃尔可以对此做出评判——模仿山鹑或者野兔是如何跑出来，如何连续两次急转弯，如何端着肩膀就地一滚，正好比打橄榄球的选手在球门线后面一击而中一样。与此同时，皮埃尔有条不紊地往每个人的金属杯子里倒一点茴香酒，再拿着杯子到松树下涓涓流淌的泉水中灌点清水。大家用大块的抹布拼成一张桌子的模样，每个人都把自己带的干粮摆在上面。埃尔奈斯特很有厨师的天赋（夏天出去钓鱼，他总是就地炖一锅鱼汤，放香辛料时从不手软，哪怕是口味最重的人，也会被辣得哇哇叫）；他准备了一些小细木棍，将木棍的一头削尖，插进带来的一块块香辣肠上，点着一小堆火，在火上烤，一直到将香辣肠烤得爆裂开来，里面的红色汁水落在火炭上，发出吱吱的响声，并燃起火苗。他一边吃着面包，一边请大家品尝滚烫而香气扑鼻的烤肠，大家欢呼着接过来，就着在泉水中冰过的葡萄酒，大口咬着烤肠。人们欢声笑语不断，讲工作中的故事，开玩笑；雅克嘴上和手上黏糊糊的，身上又脏，感到筋疲力尽，再也没有心思听他们说什么，因为他困了。但是说实话，每个人都困了。于是，大家昏昏沉沉地待一会儿，目光无神地看看远处的平原，平原上蒙着一层因为炎热而产生的雾气，或者像埃尔奈斯特一样，脸上盖一块手帕，认真地睡一会儿。到了下午四点，就必须下山了，因为他们要去赶五点半的回程火车。等他们上了火车，一个个因为疲劳而瘫倒在座位上；累得筋疲力尽的狗趴在座位下面或者猎人的两腿间，也沉沉地睡着了，少不了做些茹毛饮血的好梦。到了平原的边缘地带时，天色开始变暗，接着，非洲的暮霭突然笼罩下来，总会让人感到焦灼的夜幕，也毫无过渡地直接降临在一片广漠的景色之上。后来，火车到站了，大家急着回家吃饭，好早点睡觉，第二天还要干活，便在黑暗中匆匆分手，几乎没有说几句话，只是怀着深厚的友情互相拍拍后背。雅克听着他们远去。他听着他们粗哑而热烈的嗓音，他爱他们。接着，他紧跟埃尔奈斯特，埃尔奈斯特仍然一副精力充沛的样子，而雅克几乎迈不动步子了。快到家的时候，在黑乎乎的街上，舅舅转身对他说："满意吗？"雅克没有回答；舅舅笑着，吹口哨招呼他的狗。但是，又走了几步，孩子脚下一滑，幸亏舅舅粗糙的、长满老茧的手拉着他的小手，而且拉得很紧。就这样，他们默默地回到家里。

然而，埃尔奈斯特的愤怒和快乐一样，也会突如其来，毫无过渡[1,2]。他生气时，你根本无法和他讲道理，哪怕只是简单地与他争论，也会导致他的愤怒像突发的天灾一样，让人束手无策。正好比一场暴风雨，你眼看着乌云聚拢，也只能等着乌云自行消散。任何其他的办法都不可能奏效。埃尔奈斯特和很多失聪的人一样，嗅觉非常发达（只是不能与他的狗相比），当

---

[1] 托尔斯泰或者高尔基（Ⅰ）《父亲》，陀思妥耶夫斯基就是出身于这种环境（Ⅱ）《儿子》，回归源泉，产生了时代的作家（Ⅲ）《母亲》。

[2] 吉尔曼先生——中学——宗教——外婆的死——最终在埃尔奈斯特的怀抱中离世。

他闻着碎豌豆做的汤，或者他最喜欢吃的菜，比如香炖墨鱼、香肠炒鸡蛋，或者用牛心和牛肺炖的杂碎汤，便高兴得手舞足蹈；在穷人家里，杂碎汤就相当于有钱人家的红酒洋葱炖牛肉；这是外婆的拿手菜，食材又不贵，所以家里人隔三岔五就会吃到；每当这个时候，嗅觉灵敏的优势就让他感到非常高兴。或者星期天，当他往身上洒一些廉价的科隆花露水，或者一种名叫"蓬佩罗"的花露水（雅克的母亲也用这一款）的时候，花露水散发出以香柠檬为基础的香味，清雅而持久，在饭厅里，在埃尔奈斯特的头发上经久不散；这时，他便在花露水瓶口深呼吸，做出一副陶醉的样子……但是，异常灵敏的嗅觉也给他带来烦恼。嗅觉一般的人闻不到的气味，他觉得不可忍受。比如在吃饭前，他习惯了闻闻盘子，硬说盘子上有生鸡蛋的腥味，气得脸都红了。外婆拿起他的盘子，使劲吸着鼻子闻闻，声明说她什么味都闻不到，然后便递给她女儿，让她作证。卡特琳娜·科尔梅利将盘子在灵敏的鼻子下转一圈，甚至连闻都不闻，便用温和的声音说，没有味。大家又闻闻其他的盘子，以使最终的判断不是平白无故的。孩子们在这件事上被晾在了一边，因为他们用金属饭盒吃饭。（为什么孩子不能用盘子，其原因颇为神秘，也许是餐具不够，或者正如有一天外婆说的那样，怕孩子们将餐具打碎，实际上他和哥哥都不是笨手笨脚的人。但是，家庭的传统往往没有可靠的根据；人种学家总想找出很多神秘仪式的理由，这让我觉得可笑。在很多情况下，真正的秘密，是毫无道理可言的。）接着，外婆宣布最终的判决：盘子没味。老实说，她绝不会给出其他的判断，尤其是如果头一天晚上的餐具是她洗的。为了保卫家庭主妇的荣誉，她无论如何也不会让步。不过这时候，埃尔奈斯特真正的愤怒便爆发了，更何况他言语有障碍，无法表达心中深信不疑的事[1]。每当这种时候，人们只能等待暴风雨自行平息，或者他自己生气，放弃吃晚饭，或者尽管外婆给他换了盘子，他仍然带着一副厌恶的表情，在盘子里挑挑拣拣，甚至离席拂袖而去，声称要去下馆子。只是，他从来没有进过餐馆的门，家里任何人都没有在餐馆吃过饭，虽然每次有人对饭食不满意时，外婆的态度总是万变不离其宗，少不了来上一句："你下馆子去吧。"这样一来，餐馆便成了表面诱人，实则害人的地方，只要能出得起钱，似乎想吃什么就有什么；但是，餐馆让人吃的美味佳肴都是有问题的，早晚有一天会让肠胃付出沉重的代价。不管在何种情况之下，外婆对小儿子的怒火一概不予回应。一方面是她知道，说什么都没有用，另一方面，她一向对小儿子有一种奇怪的疼爱；雅克后来读了一些书，认为那是由于埃尔奈斯特是个残疾人（可是当时也有很多例子，说明情况恰恰相反，父母对有残疾的孩子会弃之不顾）。再后来，过了很久之后，有一次他突然发现，外婆明亮的目光于倏忽间变得温柔了，这是他从来没有见过的；雅克转过身，看到舅舅正穿上一件星期天才穿的上衣；这时，他对外婆有了更深的理解。

---

1 微型的悲剧。

深色的衣服让舅舅的身材显得更加瘦削,脸庞清秀而年轻,刚刚刮了胡子,头发经仔细梳理过,和平时不一样的是,埃尔奈斯特戴了干净的假领和领带,很有几分穿上节日盛装的希腊牧人的风采。她眼里的埃尔奈斯特是其本来的样子,也就是说,是个十分俊俏的小伙儿。于是,雅克心里明白,外婆从内心深处爱这个儿子,她也像每个人一样,会爱上埃尔奈斯特的优雅和健壮;她对埃尔奈斯特不同寻常的偏爱其实也是人之常情;这种情感从不同程度上软化了我们所有人的心灵,那是一种十分美妙的情感,有助于让世界变得更容易忍受。那就是人们对美的偏爱。

雅克还记得埃尔奈斯特舅舅另一次发火时的情景,那一次更厉害,因为他差点和在铁路上干活的约瑟夫舅舅动起手来。约瑟夫不住在母亲家里(那么,他住在哪里呢?)。他在街区有一间屋子(但是他从不让家里人到他的屋子里去,比如雅克就从来没有去过),但他在母亲家里吃饭,每月交给母亲一笔不多的伙食费。约瑟夫和弟弟的差异非常大。他比弟弟大十来岁,留着短胡子,头发也很短;论身材,他的块头更大,人也更内向,尤其是更会算计。埃尔奈斯特一般说他小气。实际上,埃尔奈斯特的表达更加简单:"他是姆扎博。"名叫"姆扎博"的人是在街区开杂货店的。这人的确来自姆扎博,在好几年期间省吃俭用,不找女人,孤身一人住在散发着食用油和桂皮味的后堂间,省下钱养活住在姆扎博五个城市的同族人。姆扎博是大沙漠里的一个地方;伊斯兰教有个清教徒部落受到正统派的迫害，没了活路，便跑到大沙漠里，选了个地方住下；他们觉得再不会有任何人与他们争夺那里的地盘，因为那里除了石头之外什么也没有，离海边的半文明世界极其遥远，比从一个没有生命的岩石星球到地球的距离更远。他们就在沙漠中定居下来，在只有涓涓细流的五个地方创建了五个城市，派一些身强力壮的人到海边的城市去做生意；这些人便过着苦行僧一般的日子，挣钱以维持精神上的创业（这只能是精神上的创举），直到有人来替换他们，让他们回到用信仰终于征服的王国，回到用泥土垒起来的城市去享受生活。因此，姆扎博人很少有自己的生活，他们终日艰辛劳作，只是因为他们有远大的目标。但是，街区的工人不懂什么是伊斯兰及其异端，只看到表面现象。对于埃尔奈斯特和所有的人来说，把他哥哥比作姆扎博，意思就是说，他哥哥是个吝啬鬼。实际上，约瑟夫把钱看得很紧，这和埃尔奈斯特恰恰相反；用外婆的话说，埃尔奈斯特待人能"把自己的心掏出来"。（的确，她和埃尔奈斯特生气时，便指责他，说他的手像一把"漏勺"，一分钱也存不住。）除了性格上的差别，事实上约瑟夫挣的钱比艾田多不了多少，只是，人越穷就越大方；等到真的有点钱了，就会锱铢必较。有钱人才是生活的王者，值得别人向他们深深地鞠躬致敬。当然，不能说约瑟夫手握金山，只是，除了管理得法的工资（他用人们所说的"有钱就装信封里存起来"的方法存钱，可是，他过得太仔细了，即使存钱，也舍不得买信封，而是自己用报纸或者杂货店的包装纸糊信封），他还经过仔细算计，能多捞一些额外的收入。他在铁路上工作，每半个月可以有一张免票。因此，每隔一个星期天，他便坐火车去一次人们称之为的"内地"，也就是偏僻的乡下。这样，他可以到阿拉伯的农庄去转一转，买点便宜的鸡蛋，农村的土鸡或者兔子；把这些东西带回来，多少赚点钱卖给邻居。从各个方面看，他的生活都组织得有条有理。人们都知道他没有女人。再说，除了平时上班和周日做生意之外，他根本不可能有时间寻欢作乐。但是，他总是说，到了四十岁上，他要和一个有地位的女人结婚。在此之前，他要住在自己的屋里，攒钱，并继续在母亲家搭伙吃饭。人们觉得他这个人并不是个很有魄力的人，所以就觉得他说的事很奇怪。但他还是按部就班地执行自己的计划；实际上也正像他自己说的那样，到了四十岁上娶了一个教钢琴的女人。那女人远不能说长得丑，而且除了她带来的家具，也真让他过上了有钱人的幸福生活，至少在几年时间里是这样。最终，约瑟夫虽然保住了家具，但没能留住女人。不过，那就是另外一段故事了。约瑟夫唯一没有预见到的，就是和艾田发生争吵之后，再不能在母亲家吃饭，不得不花费高昂的代价，到餐馆去享受美食。雅克不记得两个人是为什么事吵起来的。有时候会发生些莫名其妙的争吵，使家人之间产生嫌隙；谁也无法搞清楚究竟是为什么吵架的，更何况大家的记忆力都不好，都回忆不起吵架的原因，一旦接受了吵架的后果，一旦反复回味了后果的苦涩，便不再思考为什么，只一味地维持着吵架产生的裂痕。雅克只记得那天，桌上已经摆好饭菜，埃尔奈斯特站在桌子前大声吼叫着骂人；别的话人们都没有听懂，只听懂了"姆扎博"；他哥哥仍然坐在那里埋头吃饭。接着，埃尔奈斯特打了哥哥一耳光，哥哥站起来，先是向后仰着身子试图躲开，然后便向埃尔奈斯特扑过来。外婆已经紧紧抱住埃尔奈斯特，雅克的母亲急得脸色煞白，从后面拉着约瑟夫。"别理他，别理他"，她说。两个孩子也被吓得脸色苍白，目瞪口呆，一动不动地看着，听着只是来自埃尔奈斯特单方面如潮水一般气愤的咒骂声，直到约瑟夫气恼地说："他就是个野兽，真让人没办法。"一边说，一边绕过桌子走了。与此同时，外婆拦着想要追过去的埃尔奈斯特。房门砰的一声关上了，埃尔奈斯特还在挣扎："放开我，放开我，"他对母亲说，"别让我伤到你。"但是，她抓住他的头发，摇晃道："你敢打你母亲？"于是，埃尔奈斯特哭着跌坐在椅子上："不，不，我不会打你。你对我就像仁慈的上帝一样！"母亲和雅克没有吃完饭就去睡觉了；第二天，母亲说头痛。从那天开始，约瑟夫就再也不来了，除非有时候，他知道埃尔奈斯特不在家，才来看看母亲。

埃尔奈斯特还有过一次生气的事，也是雅克不愿意回想的，因为他并不想知道这次事件的起因[1]。在很长一段时间，有个名叫安托万的人经常在晚饭前到家里来；这应该是埃尔奈斯特认识的一个人，是在市场上卖鱼的，原籍马耳他，长得很有

---

[1] 外婆死后，埃尔奈斯特、卡特琳娜组成的一家人。

排面儿，身材瘦削、高大，总是戴着一顶怪怪的深色瓜皮帽，同时，衬衣领子里总围着一块方格手帕。雅克后来又想到这事时，注意到他一开始没有发现的一些细节：他母亲穿得比原来更显漂亮了，围着浅颜色的围裙，人们甚至怀疑她脸上是否抹了淡淡的腮红。以前，妇女时兴留长发，也就是从那个时期开始，妇女时兴剪短发。那时，每当母亲或者外婆认真梳头的时候，雅克很喜欢站在旁边看。她们肩上搭一块毛巾，嘴里叼着好多发卡，久久地梳理长长的白发或者黑褐色的头发，然后将长发盘起来，用很紧的扁平发带将头发勒在发髻上，让发髻贴着后脖颈，然后从张着嘴唇、紧咬着牙齿的嘴里一个个拿出发卡，插在厚厚的发髻上。外婆觉得新的时尚既可笑，又是一种罪过；但外婆低估了时尚的力量，她肯定地说，只有"生活放浪"的女人，才会那样作践自己，也不顾她说的话是否合乎逻辑。对这话，雅克的母亲也就听听而已；然而一年之后，差不多就在安托万常来拜访的那个时期，有一天晚上她回来，头发剪短了，人也显得年轻和精神了；她故作兴奋地说，想给家里人一个惊喜。但是，假装的兴奋掩盖不住她心中隐隐的不安。

对此，外婆的确吃了一惊，她打量着卡特琳娜，仔细端详无可挽回的灾难，当着外孙的面，便对她说：她这副样子像个娼妇。说完就转身回厨房去了。卡特琳娜·科尔梅利脸上的笑容消失了，取而代之的，是整个世界的悲惨和沮丧。接着，她见儿子目不转睛地看着她，便试着想再笑一笑，只是，她的嘴唇在颤抖。她在自己屋里哭着扑倒在床上。这里是她唯一的庇护所，她可以休息，也可以寄托她无尽的孤独和苦闷。雅克不知所措，走近她。她把脸埋在枕头上，短短的卷发露出后脖颈，瘦弱的后背在哭泣中颤抖。"妈妈，妈妈，"雅克怯怯地用手轻轻碰碰她，说，"你这样很漂亮。"但是，她没有听见，并且向他挥了一下手，意思是说，让她一个人待一会儿。他一直向后退着走到门口，手扶着门框也哭了，因为他的无助，也因为他对母亲的爱[1]而感到痛心疾首。

外婆连续好几天不和女儿说话。同时，安托万再来的时候，人们对他的态度也更加冷淡了。尤其是埃尔奈斯特，总是冷着一张脸。安托万虽然自命不凡，能说会道，但也明显感觉出气氛发生了变化。到底发生了什么事呢？雅克好几次看到母亲漂亮的眼睛里有泪痕。埃尔奈斯特常常一声不吭，甚至对布里昂也推推搡搡。夏天有一天晚上，雅克发现埃尔奈斯特似乎在阳台上窥伺。"达尼埃尔要来吗？"孩子问。埃尔奈斯特嘀咕一句。突然，雅克发现安托万来了。安托万有好几天没有来了。埃尔奈斯特跑出去，几秒钟之后，楼梯里传来沉闷的声音。雅克赶紧跑出去，看到两个人一声不吭地在黑暗中打架。埃尔奈斯特挨了打似乎连感觉都没有，却用像铁石一样的拳头一下一下砸向对方，片刻之后，安托万滚到楼梯下面；他站起来，嘴角流血了。他掏出手帕，擦了擦血，同时一直盯着埃尔奈斯特，埃尔奈斯特像疯了一样走了。雅克回到家，发现母亲

---

1 是无能为力的爱的眼泪。——可能的字句

一动不动地坐在饭厅里,脸上的表情像僵住了一样。雅克在饭厅坐下,什么也没有说[1]。接着,埃尔奈斯特回来了,嘴里嘟嘟囔囔地骂人,愤愤地瞪一眼姐姐。晚饭和平时一样,只是母亲没有吃饭。外婆叫她吃饭时,她只简单地说:"我不饿。"饭后她就回房间去了。夜里雅克醒来,听见母亲在床上翻来覆去。从第二天开始,她又恢复了黑色或者灰色的衣裙,完全一副穷人的打扮。雅克觉得她依然漂亮,而且,由于比从前更加冷漠,更加心不在焉,她甚至显得更加漂亮;现在,她永远是一副穷困、落寞的神态,似乎只是在等待老之将至[2]。

雅克很长时间都怨恨舅舅,却不知道该责怪他什么。但是同时,他知道人们不能怪罪舅舅,家里生活贫困,他有残疾,一家人的收入仅能糊口;人们虽然不能因此而为自己的行为开脱,但别人也不能再去谴责这些受苦的人。

他们互相伤害,虽然他们并不愿意这样做,只是因为在残酷而艰辛的生活中,他们谁也离不开谁。不管怎么说,他毫不怀疑的是,舅舅几乎像动物一样眷恋的对象,首先是外婆,其次便是雅克的母亲和她的孩子。制桶工场出事故的那天,雅克便深切地感受到了这一点[3]。的确,雅克每个星期四都去制桶工

---

1 回到从前——吕西安不在时打架的情景。

2 因为,她即将步入老年——那时,雅克觉得母亲已经老了,可她那时也就相当于雅克现在的年龄,但是,人要年轻,首先要满足一系列的可能性,对于他来说,生活一向是慷慨的……【这一段被划掉了。——编者注】

3 将制桶工场放在对愤怒的描写之前,甚至放在对埃尔奈斯特的刻画之前。

场。如果有作业，他也赶紧把作业做完，便急急忙忙跑去工场，那种欢快的心态，就像从前跑到街上去和同学们玩一样。工场离演兵场不远，是一个堆满杂物的大院子，有旧铁圈、炉灰和煤渣。在院子的一边建了一个瓦顶的棚子，用间距相等的几根砾石砌的柱子支撑着。棚子下面有五六个工人干活。每个人基本都有固定的位置，也就是说，每个人的工作台都放在靠墙的位置，工作台前有一小片空地，用来组装各种木桶和酒桶，两个工位之间放了一台工具，类似没有靠背的长凳子，长凳子中间有一条宽宽的缝，能将桶底插在缝里，让工人用手工的方式削磨，使用的工具类似一把剁刀[1]，刀刃冲着人一边，上、下两端都有手柄，工人手持两个手柄加工桶底。初看起来，这种工作的组织也没什么特殊之处。不用说，工位的分布从一开始就是这样，但是渐渐地，长凳子挪动了位置，铁箍在工具台面之间堆成一堆，装铆钉的箱子被拖来拖去，只有经过长时间的观察，或者常来的人（其实"常来"与"长时间的观察"是一样的），才能注意到，每个工人的工作总是在相同的地点完成。雅克是来给舅舅送饭的。还没有到车间之前，远远便听到锤子敲击在凿子上的声音，那是在将铁箍嵌进刚刚用木板拼成的木桶四周；工人敲击凿子的一端，同时将凿子在铁箍上快速转动——或者声音也可能变得更响，间隔更大，那是工人在工作台的台钳上铆固铁箍。雅克在锤子敲击的一片嘈杂声

---

[1] 核实工具的名称。

中到了工场，大家发出一片欢快的叫声欢迎他，然后，锤子的敲击声便又响了起来。埃尔奈斯特穿着一件缝补过的蓝色旧裤子，脚下的帆布鞋上满是锯末，上身是一件没有袖子的灰色法兰绒外衣，头上戴一顶褪了色的伊斯兰旧圆帽，保护着一头漂亮的头发，不让刨花和灰尘落在头上。舅舅抱抱他，提出让雅克帮帮忙。有时候，雅克扶着立在铁砧上的铁箍，铁砧将铁箍整个卡住，舅舅则抡起锤子，将铆钉的钉头敲扁。铁箍在雅克的手中抖动，锤子每敲一下，就好像要吃进他的手掌里一样；或者，当埃尔奈斯特骑坐在长凳子的一头，雅克便以相同的姿势坐在另一头，搂紧两人之间的桶底，埃尔奈斯特便用刀削桶底。但是，他最喜欢的，还是从院子中间把做木桶的板材送过来，让埃尔奈斯特将木板先大致组装起来，用一个铁箍拦腰套住。埃尔奈斯特在两头开口的桶里装满刨花，雅克则负责将刨花用火点着。火让铁箍的膨胀速度比木板更快，埃尔奈斯特趁机使劲用锤子和凿子将铁箍一下一下向下敲击，刨花燃烧冒出的烟熏得两人眼睛直流泪。当铁箍嵌进桶底的槽中，雅克便用大木桶在院子最里头的压水机那儿装满水，把水桶提过来，闪向一旁，埃尔奈斯特则猛地将水泼向新做的木桶，让铁箍冷却，铁箍一收缩，便更紧地卡进遇水变软的木头里，同时，一股蒸汽升腾起来[1]。

人们将手头没完的工作停下来，吃点干粮；这时，如果

---

[1] 将桶做完。

是冬天，工人们便围着一堆用刨花点的火坐下；夏天便坐在棚子的阴凉里。其中有阿布戴，是一个阿拉伯粗工，穿一条阿拉伯式的裤子，裤腿有褶裥，到小腿肚子的一半收紧，上身穿一件旧外衣，里面是一件破毛衣，头戴一顶阿拉伯小圆帽，用特别奇怪的口音称雅克为"我的同事"，因为当雅克给埃尔奈斯特帮忙时，干的活和他一样；工场老板【 】先生[1]实际上是一个老箍桶匠，他和助手根据一个更大的未透露名称的制桶工场下的订单组织生产；还有一个常常郁闷、总是感冒的意大利人；除此之外，更主要的是还有达尼埃尔；达尼埃尔脸上永远带着笑，他把雅克拉到一边，和他开玩笑，或者亲切地抚摸他。雅克脱身跑开，在工场里到处转悠，他穿的黑色外衣沾了不少锯末，天热时便赤脚穿着劣质的凉鞋，鞋上也沾满了泥土和刨花，他欢快地呼吸着锯末的气味，他觉得刨花的气味更加清爽些；过一会儿再回到火堆旁，细细品味从火堆散发出的欢快的烟味，或者在台钳上固定一块木头，用工具小心翼翼地削磨，因为自己灵巧的双手而感到非常高兴，工人们也都称赞他有一双巧手。

正是在一次这样的休息期间，他的鞋底是湿的，但他愚蠢地爬上长凳子。突然，他向前一滑，凳子却从后面翘起，他重重地摔倒在地上，右手卡在凳子下面。他感到手上隐隐地疼，当着跑过来的工人们的面，他一下子便站起身来，脸上还带着笑。但是，他的笑容还没有消失，埃尔奈斯特便向他扑过来，

---

[1] 名字无法辨识。——编者注

抱起他，急忙出了工场，上气不接下气地一边跑，一边结结巴巴地说："去看医生，去看医生。"这时他才看到右手的拇指完全被压得变形了，肿得像一大块脏面团，正向下滴血。他心里突然感到一阵发虚，然后便昏了过去。五分钟之后，他们到了住在他们家对面的阿拉伯医生家。"没事吧，医生，没事吧，嗯？"埃尔奈斯特说，他脸色煞白。"你到旁边去等我，"医生说，"他会十分勇敢的。"雅克不勇敢也不行，他的拇指经过草率的治疗，今天仍然呈现一副怪模样，是他勇敢地忍受痛苦的证明。医生将皮肉缝合在一起，包扎完，还给了他一副补药，以奖励他的勇敢。尽管如此，埃尔奈斯特还是抱着他，穿过街道，到了他们家的楼梯上时，他开始吻孩子，一边呻吟着，把孩子抱得紧紧的，甚至把孩子身上弄痛了。

"妈妈，"雅克说，"有人在敲门。"

"是埃尔奈斯特，"母亲说，"你去给他开门吧。现在因为有强盗，所以我把门都锁起来。"

埃尔奈斯特在门口一看到雅克，便惊奇地叫了一声，有点像英国人的"噢"，并挺直身子抱抱雅克。尽管头发全白了，但是，他脸上仍然是一副令人吃惊的年轻模样，五官仍然端正，眉眼显得十分和谐。只是罗圈腿变得更加厉害，背也完全驼了；埃尔奈斯特走路时抡掌着胳膊，撇着两条腿。"你还好吗？"雅克对他说。不好，身上好些地方疼，有风湿，情况不好。雅克呢？是啊，一切都好，他身体真好。她（他用手指指卡特琳娜）很高兴看见雅克。自从外婆死了，孩子们离开之后，姐弟二人便生活在一起，甚至互相离不开。他需要有人照顾，从这个角度说，她相当于是他的妻子，给他做饭，帮他熨烫衣物，他生病时还照顾他。她需要的不是钱，因为她有两个儿子供养她，但是，她需要有个男人陪伴她，他则以他的方式关照她，在他们共同生活多少年以来，始终就是这样；是啊，他们就像夫妻一样，不是从肉体关系上所说的夫妻，而是从血缘上说的；他们都是残疾人，生活本来就困难，于是便互相帮助，共同生活，继续着一场无声的对话，只是时而才说一句半句的话，把意思表达得更加清楚；不过，从精神上说，他们比很多正常的夫妻还和谐，互相了解得还深刻。"是啊，是啊，雅克，雅克，她总是说。""我这不就来了嘛。"雅克说。的确，现在，他又像从前一样，穿插在两人之间，什么也不能对他们说，只能在心里不断地疼爱他们；他应当疼爱他们，因为，正是他们让他有了爱心，所以他就更加爱他们；世上有很多本来值得爱的人，可惜他错失了机会。

"达尼埃尔怎么样？"

"他很好。他跟我一样，老了。他兄弟皮埃罗进监狱了。"

"怎么回事？"

"说是工会。我认为他跟阿拉伯人是一伙的。"

他突然感到不安：

"你说，强盗，是真的吗？"

"没那么回事，"雅克说，"其他的阿拉伯人是真的，强盗的事不是真的。"

"好,我对你母亲说,老板们心太狠。这太疯狂了,但是,有强盗是不可能的。"

"就是这样,"雅克说,"但是,得为皮埃罗想想办法。"

"好,我对达尼埃尔说。"

"多纳怎么样了？（就是那个会打拳的煤气公司雇员）"

"他死了,癌症。人们都老了。"

多纳死了。他母亲的姐姐玛格丽特姨妈也死了。那时,外婆星期天下午拉着雅克到她家里去,雅克在她家烦闷得要命,当车老板的米歇尔姨父在家时就好多了；黑乎乎的饭厅里,铺了漆布的桌子上摆着咖啡杯子,大家围着桌子说话；米歇尔姨父也觉得无趣,便带他到不远处的马棚去；外面街上,下午的太阳还很热,马棚里却是半明半暗的；雅克先是闻见马身上的气味、草料的气味和马粪味；他听着辔头上的铁链子碰在木槽上的声音；马的眼睛透过长长的睫毛望向他们。米歇尔姨父身材瘦高,留着长胡须,身上也散发着草料味,他把雅克抱起来,放在一匹马上,马平静地抬起头,紧接着又埋头去吃槽里的草料。姨父给雅克拿来角豆树果,雅克高兴地嚼着,吮吸着果实的汁液,心里充满对姨父的好感；在他的思想中,这个姨父总是与马联系在一起。复活节的星期一,全家人也是跟这个姨父到西迪菲鲁克的森林去野餐；为此,米歇尔租一辆在他们住的街区和阿尔及尔市中心之间跑运输的马车,车上有镂空的车篷,背靠背放几张板凳,套上几匹马,其中头马是米歇尔从自己的马厩里选的。大清早，人们便把几只大篮子装在车上，篮子里面衬了布，装满名叫"姆纳"的粗面包圈，以及名叫"猫耳朵"的酥脆小点心，是出发前两天，家里的女人们在玛格丽特姨妈家一起制作的：姨妈家铺了漆布的桌子撒上面粉，用擀面杖将面团擀开，直到擀开的面片像整个桌子一样大，然后再用黄杨木柄的滚轮刀切成一个个小蛋糕的形状，孩子们用盘子将面片端到厨房，由大人接过来，放进沸腾的大油锅里炸，炸好了再小心地摆放在里面衬了布的大篮子里，于是，篮子里散发出一股好闻的香草味；孩子们路上闻着这种好闻的气味，一直到西迪菲鲁克的森林；海风将浪花的飞沫一直吹到滨海公路上，浪花的咸腥味与点心的香甜味交织在一起。拉车的四匹马有力地呼吸着海风，米歇尔在马的头顶上将鞭梢甩得噼啪作响[1]，过一会儿就把鞭子交给身边的雅克，雅克着迷地看着前面四匹马的巨大屁股摇摇摆摆，伴着叮叮当当的铃声；有时候，只见马的尾巴一翘，热乎乎的马粪蛋落在地上，马蹄铁碰在路面上闪出火星，马头频频上扬，马脖子上的铃铛便响得更加急促起来。到了森林里，人们安排盛放食物的大篮子，在地上铺桌布时，雅克就帮着米歇尔给马擦身子，把帆布草料袋子拴在马脖子上，几匹马便咀嚼起来，友善的大眼睛闭上又睁开，或者一条腿不耐烦地动一动，驱赶苍蝇。森林里游人如织，人们在其他人家的食品中随便拈起一块来尝尝，在手风琴

---

[1] 奥尔良城（Orléansville）地震时，再讲关于米歇尔的故事。

或者吉他的伴奏下不时变换着地方跳舞；不远处的大海涛声阵阵；人们下海游泳的时候总嫌天气不够热，从海里上来，赤脚在沙滩边上的海水中散步时，又总嫌天气不够凉快；也有人在睡午觉，阳光不知不觉中变得更加温和，让天空显得更加广漠无垠；天空真大呀，孩子眼中竟然涌出泪水，同时带着欢欣，带着对可爱生活的感激，大声地喊叫起来。但是，玛格丽特姨妈死了，她那么漂亮，而且人们说，她总是穿得那么俏丽；她主张及时行乐并非没有道理，因为后来，她患了糖尿病，不得不坐在轮椅上；在无人照料的公寓里，她的身体开始变得浮肿，身形变得格外胖大，常常喘不上气来，从此丑得叫人害怕；几个女儿和当鞋匠的瘸腿儿子在身边照顾她，小心翼翼地防备着她哪一口气突然喘不上来[1,2]。她还在变胖，注射了大量的胰岛素，最终还是一口气没喘上来，撒手而去了[3]。

外婆的妹妹让娜姨婆也死了，就是星期天下午听雅克和哥哥拉琴唱歌的那个姨婆；她在用石灰刷白了的农庄坚守了很长时间。三个女儿在农庄和她一起生活，她们的丈夫都死于战争，她们都成了寡妇；姨婆的丈夫也早就死了，她总是提起他[4]。约瑟夫姨公只会讲马翁方言，雅克很佩服他；他红润的脸

---

[1] 第二部分第六节。

[2] 弗朗西斯也死了（见最后一条注）。

[3] 德尼丝在十八岁时离开他们，去闯荡生活——二十一岁发了财回来，而且把她的首饰卖了，重修了父亲的马厩——死于一场传染病。

[4] 女儿们？

膛上顶着一头白发，总是戴一顶黑色的阔边毡帽，吃饭时也不摘。他是真正的农民族长，永远一副令人无法模仿的贵族气派，也难免在吃饭的时候抬抬屁股，放一个响屁，面对妻子克制的责备，他彬彬有礼地表示歉意。外婆的邻居马松一家也都去世了。老太太先走，然后是家里的大姐，大个子亚历山德拉，以及那个长了两只招风耳的弟弟【 】[1]，那人是表演柔术的杂技演员，上午也在阿尔卡扎电影院唱歌。一家人都死了，就连家里最小的女儿玛特也不例外；雅克的哥哥亨利追求过这姑娘，而且还不仅限于追求。

再也没有人提到他们。他母亲和舅舅都不再提到去世了的亲戚们。也包括他正想方设法地寻找蛛丝马迹的父亲，以及其他一些人。他们仍然过着紧衣缩食的日子，虽然他们不再缺吃少穿，但是习惯成了自然，也由于他们对生活总有一种无可奈何的疑虑。他们像动物一样热爱生活，但是，他们凭经验知道，生活总是在孕育意外，甚至连声招呼都不打，直接就把灾难送到你面前来[2]。再说，母亲和舅舅两人围坐在他身边的那副样子，默默无言，各自蜷缩成一团地待着，脑子里没有回忆，只牢牢守着几幅朦胧的画面，即使活着，也离死不远了；也就是说，他们总是生活在现实当中。他将永远无法从他们那里知道父亲是个什么样的人，虽然一见到他们，他心中就像有清凉

---

[1] 名字无法辨识。——编者注
[2] 但是事实上，这都是些怪人？（不，他才是怪人。）

的泉水迸发一样,那泉水是从他可悲而又幸福的童年流淌过来的;他对那时的回忆是如此丰富,往事不由自主地从他心中喷涌而出;但他不敢肯定这些回忆是否真的是他儿时的记忆。相反,他觉得更加可靠的是,他应当只局限于两三幅画面,这些画面使他与他们汇聚在一起,使他与他们融为一体,消除了他曾经在那么多年的时间里想成为自己、想有别于其他人的努力,并最终将他化为一个无名的、盲目的人;在那么长的时间里,他是通过自己的家庭活下来的,而且这也成就了他真正高尚的心态。

有一个画面是在炎热的晚上:全家人吃完晚饭,将椅子搬下楼,坐在房门前的人行道上,热气从灰头土脸的榕树上洒落下来;街区的人们在他们面前走过,雅克[1]的椅子略微向后仰,头靠着母亲瘦弱的肩头,透过树枝看着夏季天空的星星。还有圣诞之夜的另一幅画面:午夜之后,他们从玛格丽特姨妈家回来,埃尔奈斯特没有和他们在一起;在家门旁边的餐饮店门口,他们看到地上躺着一个人,另外一个人则围着他跳舞。两个人都喝了很多酒,他们还想再喝。餐馆老板是个瘦高的金发年轻人,要将两个人送出去,他们抬脚便踢怀了孕的老板娘。于是老板开了一枪。子弹打中了那人右边的太阳穴。倒下时,他的头将伤口压在下面。另一个人醉醺醺地,被吓得一时昏了头,便围着死人跳舞;与此同时,餐馆正在关门,在警察来之

---

[1] 为夜的美丽而自豪的卑微的主宰。

前，人们都逃走了。在街区这个僻静的角落，雅克一家人互相紧紧地抱在一起，两个女人把孩子搂在怀里；刚下过雨，稀疏的灯光下，铺路石显得油腻而光滑。汽车在潮湿的地面上滑了很久才停下，隔一段时间便哐哐当当经过的有轨电车里灯光通明，满载欢快的乘客而去，他们对发生在另一个世界的事情无动于衷；这画面深深地铭刻在被吓坏了的雅克心中，别的事都忘记了，唯有这幅画面仍然历历在目：街区的白天始终呈现温馨而令人难忘的景象，笼罩着一种纯真和贪婪的气氛；但是，一到傍晚，气氛便突然变得神秘了，让人心里惴惴不安，街上变得影影绰绰，或者更多时候，只见有个黑影子一闪而过，不知道那是谁，有时候只听见倏忽响起的隐隐的脚步声和模糊的人语声；药房圆球状的红色灯光将街头一隅照成血淋淋的颜色；孩子突然感到焦灼不安，急忙跑回贫寒的家中，去和亲人待在一起。

学　校[1]

这个人[2]并没有见过雅克的父亲，但是，他常常像讲神话中一样和雅克谈及父亲，而且无论如何，在某个确切的时期，这个人代替了他的父亲。所以，雅克永远不会忘记他。雅克从来没有见过父亲，可是，他似乎从未真正体会到父亲这个角色在生活中的缺失；不过，首先在童年时期，后来也在他的一生当中，他还是下意识地承认，那人为他扮演了父亲的角色，以慎重的、决定性的方式对他产生了影响。他上小学时的老师贝尔纳在特定的时刻，以男人的角色，承担了教育孩子的责任，也改变了孩子的命运。

现在，贝尔纳先生就在雅克面前，在罗维果大街拐弯处他的小公寓里。公寓几乎就在卡斯巴赫的脚下；卡斯巴赫是俯瞰整个城市和大海的一个街区，里面住的是各个种族、各个地区的小商贩，那里的房子无不散发出香辛料和贫穷的气味。他就住在那里，人老了，头发变得更加稀疏，脸颊和手上一块块老

1　参见附录，活页二。——编者注
2　第六节的过渡？

年斑亮闪闪的；走路比过去慢多了，得便在藤椅上一坐下，明显露出满意的神色。藤椅摆在窗前，窗外是商业街，窗边有一只金丝雀在笼子里叽叽喳喳地叫。他因为上了年纪而易动感情，也任凭情感溢于言表；他从前可不是这样。不过，他的腰身还算挺拔，嗓音也够洪亮、坚定；他从前就是用这样的口吻对班里的学生们说："两个人站成一排，两个人，我没说是五个人！"于是，学生们不再拥挤，他们既怕这位老师，同时也爱戴他；学生们在教室外面的走廊里顺着墙排队，一直到排得整齐了，孩子们都不动了，都静了下来，他才一声令下："现在进去吧，你们这群机灵鬼。"孩子们被解放了，得到老师发出的行动信号，闹腾得也不那么厉害了；贝尔纳先生脾气虽然很好，却十分严格地管理着这群学生。那时的贝尔纳先生身体结实，衣服穿得漂亮，五官端正的脸上总透着坚毅的神色，头发虽然有些稀疏，但梳理得溜光水滑，散发着科隆花露水的气味。

学校位于老街区相对比较新的部分，四周的房子都是一两层高，建于1870年的战争之后不久，也有一些仓房的建筑年代更近一些，一座接着一座，渐渐把雅克家所在街区的主干道与阿尔及尔运煤的内港码头连成了一片。雅克从四岁的幼儿班便开始上这所学校，一天两次步行到学校去；幼儿班时的事大都不记得了，只记得带遮阳篷的操场里头，有一排黑色石头的盥洗池，有一天他从上面头朝下摔了下来，爬起来满脸是血，眉弓上磕了一道口子，几个女老师被吓慌了。这次事故让他见识了什么是创口夹子，因为刚从一只眼睛的眉弓上取下来，医生又不得不给他用在另一只眼睛的眉弓上。这次是在家里，他哥哥非给他戴上一顶旧瓜皮帽，帽子遮住了眼睛，又给他穿上一件旧大衣，大衣绊住了脚步，结果他摔了一跤，头部先着地，碰在一块碎了的地砖上，再一次被摔得满头满脸是血。当时，他已经和皮埃尔一起上幼儿班，皮埃尔差不多比他大一岁，和单亲妈妈住在附近一条街上。他父亲也死于战争，寡妇妈妈后来成了邮局职员；皮埃尔还有两个舅舅在铁路上干活，也和他们住在一起。两家人的关系应该很好，或者正如街区的人们一样，互相之间很尊重，但是很少来往，虽然互相帮助的愿望很大，只是从来不曾有机会付诸实施。有一天，大人把穿着幼儿罩衫的雅克托付给皮埃尔，皮埃尔觉得自己已经穿上短裤，是大哥哥了，所以要担负起大哥哥的责任；从那天起，两个孩子成了好朋友，总是一起去幼儿班。后来，他们一起上学，一直读到高小。雅克九岁进高小。在五年的时间里，相同的路，两人每天要走四趟，一个是金色头发，一个是黑褐色头发，一个性情冷静，另一个则喜欢闹闹嚷嚷，但他们从出身和命运上是好兄弟，而且都是好学生，疯玩起来一样不知疲倦。雅克有些功课很出色，但是爱冲动，总想出人头地，所以总干蠢事，这就显出遇事沉稳，不爱出风头的皮埃尔的长处。所以，两个人总是轮流成为班里的第一名，但两人都没有因为虚荣而感到高兴，这一点和他们的家人恰恰相反。他们的兴趣在别的地方。早上，雅克在皮埃尔家楼下等他。他们在打扫马路的清洁工过来之前，便出发了。所谓清洁工，其实指的是一辆一匹马拉的大车，马头上戴着红缨子，赶车的是个阿拉伯老头。人行道上还因为夜里的潮气而显得湿漉漉的，海风带着一股咸味。皮埃尔家前面的路通往市场，路边隔不远就有一个垃圾桶；饥饿的阿拉伯人或者摩尔人，有时候还有一个西班牙的老叫花子，在清晨时分用铁钩子在垃圾桶里翻腾，在贫穷而节俭的阿拉伯人看不上眼、扔了的垃圾当中，还真能找到可以吃的东西。垃圾桶的盖子一般都会翻向一边，到了早晨这个时候，街区里的瘦猫便代替了衣衫褴褛的拾荒人，在垃圾桶里找吃的。两个孩子便蹑手蹑脚地走到垃圾桶后面，把歪在一旁的盖子猛地盖上，让里面的猫无处逃脱。其实真要把猫盖在里面并非易事，因为在穷人的街区出生和长大的猫异常警觉、灵敏，它们习惯了保卫自己的生存权利。但是有时候，某只猫发现了好吃的东西，又很难从垃圾中弄出来，正在聚精会神的时候，也会上了两个孩子的当。垃圾桶盖"啪"的一声被盖上，猫被吓得发出一声惨叫，紧张地用背和爪子又拱又抓挠，有时候把铁皮制成的垃圾桶盖顶开，得以从囚笼里逃脱；这时的猫因惊恐而毛发倒竖，夺路飞奔而去，就好像有一群疯狗在后面追一样。孩子们见状，没有意识到自己是多么残忍，却爆发出一阵大笑[1]。

老实说，这些专门折腾野猫的刽子手，也不是对所有动

---

1 异国风情的豌豆汤。

物都那么狠心；因为，对来捕捉野狗的人，他们就恨得咬牙切齿；街区的孩子们把那人叫"加路法"[1]（西班牙语的意思是……）。这人是一名市政的公务人员，差不多在同一时刻来执行公务。根据需要，他下午有时候也来巡视一番。那是一个阿拉伯人，穿着欧洲人的衣服；他一般总是站在一辆很奇怪的马车的后面，车前套着两匹马，赶车的是一个面无表情的阿拉伯老头。车身的主体是用方木拼成的，车厢的两侧装了两排十分结实的笼子，总共十六个，每个里面可以装一只狗。狗被装在笼子里，被卡在笼子底部和上面的铁棍之间，动弹不得。捕狗人站在车后面一块小踏板上，鼻子正好与笼子顶部一样高，因此，他可以随时监视前边有没有狗可供追捕。马车在潮湿的道路上慢慢行驶，路上的行人越来越多，有去上学的孩子，有穿着颜色鲜艳的大花绒布睡袍，去买牛奶或者面包的主妇，也有到市场去的阿拉伯商贩，他们肩上挎着折叠的货架，另一只手提着草编的大篮子，里面装着他们的货物。突然，在捕狗人的一声号令下，赶车的阿拉伯老头向后一拉缰绳，马车便停下。捕狗人发现了一只可怜的猎物：一只狗正急急忙忙在垃圾桶里翻寻可以吃的东西，不时向身后投去惊恐的目光，要不然就是顺着墙根快速地向前跑，永远是一副急匆匆的不安神色，这正是吃不饱肚子的野狗的特点。于是，加路法抓起车顶上的一根牛筋鞭子，鞭子头上是一段小铁链子，铁链子上有个圆

---

[1] 这个名字来源于第一个愿意干这种勾当的人的名字，那人的确名叫加路法。

环，可以顺着鞭杆滑动。捕狗人静悄悄迈着灵活而迅捷的步子接近狗，到近旁如果看到狗的确没有佩戴作为家庭豢养标志的项圈，便突然加快脚步，以惊人的速度向狗跑去[1]，将手中用皮条和铁链形成的像套索一样的武器套在狗的脖子上。狗一下子被勒住，便疯狂地挣扎，发出断断续续的哀号声。捕狗人这时快速地将狗拉到马车旁，打开一只笼子，将狗塞进去，将鞭子套索从铁条栅栏之间穿过。等狗被彻底关在笼子里之后，他再将套索松开，放开狗的脖子。如果狗没有受到街区孩子们的保护，捕狗的经过大概就是这样。可是，所有的孩子们都联合起来，与加路法作对。他们知道被捕获的狗会被送到市政的领养中心，由领养中心保管三天；三天之后，如果没有人领养，狗会被处死。如果孩子们没有得知消息，死亡马车搜寻一趟，回去时往往会很有斩获，车上便装满了倒霉的狗，各种毛色、大小的都有，一个个在笼子里惊恐万状，马车一路走过，便洒下一路呻吟声和狗吠声；只是这幅残忍的情景，也足以让孩子们义愤填膺。因此，捕狗的马车在街区一出现，孩子们互相发出警报。他们分散在各条街道上，将狗都赶走，让它们跑到城市的其他街区去，远离可怕的套索。尽管如此，捕狗人还是发现了流浪的狗，皮埃尔和雅克就遇到过好几次这样的情况，孩子们的战术也万变不离其宗。捕狗人还没有足够接近猎物时，雅克和皮埃尔便开始喊叫："加路法！加路法！"声音尖锐而吓

---

1 原文如此。

人，所有的狗都飞快地逃走，几秒钟便不见了踪影。这时候，两个孩子也要拿出点真功夫，以飞快的速度逃走；因为可怜的加路法每捕捉一只流浪狗，都会得到一笔奖金；财路被断，他会气得发疯，晃着牛筋鞭子来追两个孩子。大人们往往会帮着他们逃走，有的故意挡在捕狗人的路上，有的干脆拦住他，让他去追狗，不必跟孩子们过不去。街区里的劳苦大众都喜欢打猎，所以一般也都喜欢狗，对捕狗人这种奇怪的行当毫无敬重之心。正如埃尔奈斯特说的那样："他是个懒鬼！"在这场混乱当中，赶车的阿拉伯老头一副超然世外的派头，面无表情，一言不发；如果争吵的时间长了，他便不动气色地卷一支烟。孩子们无论囚禁了猫，还是放走了狗，之后便急急忙忙赶着去上学，或者去干活，冬天的风衣使他们像朝圣的僧侣一般迎风而去，夏天的凉鞋（人们称之为"梅瓦鞋"）在路上丢下一串咔嗒咔嗒的响声。经过市场时，他们看看卖水果的摊贩；根据季节的不同，枇杷、橙子、橘子、杏、桃子、橘子[1]、甜瓜、西瓜在货摊上堆成一座座小山，一个个货摊在四周铺展开去；他们只能拣最便宜的，尝上一个半个；经过大喷泉时，他们背着书包，在光滑的石台上跳几个鞍马动作；在梯也尔林荫大道上，他们沿着库房的墙跑过，闻着扑面而来的橙子的香味，那是从工厂里飘来的，那里正在剥橙子皮，以制作橙汁；接着，他们沿一条小小的街道而上，街道的两边都是小花园和别墅；

---

[1] 原文如此。

最后，他们来到奥姆拉街，街上到处是一群群的孩子，大家一边在街上聊天，一边等着学校开门。

然后就该上课了。上贝尔纳先生的课时，学生们从始至终兴趣盎然，只是因为他喜欢自己的职业。外面，照在淡紫色墙上的阳光是那么强烈，墙壁似乎被晒得发出阵阵嚎叫；教室的窗户有黄白两色相间条纹的遮阳帘，使教室沉浸在一片阴影中；尽管如此，空气仍然热得能让豆子噼噼啪啪地爆起来；雨下起来可以没完没了，如瓢泼一样；阿尔及利亚的雨水就是这样，将街道变成一口黑沉沉的、潮湿的水井。但是，全班学生仍然聚精会神。下暴雨的时候，在教室里飞来飞去的苍蝇有时能够转移孩子们的注意力。苍蝇一旦被抓住，会被丢进墨水瓶里，让它慢慢死去，并且死得很难看；墨水瓶是瓷的，瓶身为锥形，嵌入桌角的凹槽里，里面有紫色的墨水浆泥。贝尔纳先生的方法是，引导学生时，需要严格要求，教学方法却要生动有趣。他在课堂上甚至比苍蝇更能吸引孩子们的注意力。他总是在适当的时候从收藏宝贝的教具橱里拿出矿石、植物标本、蝴蝶和昆虫标本、卡片等等，重新唤起学生略显疲惫的注意力。学校唯一的一台幻灯机就在他手里，他每个月两次给学生放一些自然历史或者地理的幻灯片。在算术课上，他建立了一套心算竞赛的机制，引导孩子们提高心算的速度。当大家无所事事的时候，他就出一道除法和乘法的试题，有时候也出一道有难度的加法题，类似于1267＋691等于多少。第一个答对的人会在月度考核时加一分。除此之外，他知道该如何使用教材，该讲什么就讲什么……课本一般都是宗主国的通用教材，而孩子们只知道西罗科风，飞扬的尘土，急促而短暂的暴雨，海边的沙子，以及在太阳的照射下像燃起大火一样的海；孩子们用心地阅读课文，连故事的标点符号也念出来。他们觉得，故事永远笼罩着一种神秘的色彩，故事中的孩子戴着软帽，围着羊毛长围巾，脚上穿着木屐，在冰天雪地里，在白雪皑皑的路上拖着一捆木柴回家；从覆盖着厚厚的积雪的屋顶上，他们看到烟囱往外冒烟，便知道屋里的炉灶上炖着豌豆汤。在雅克心中，故事的异国情调真美。他梦想能够见到这样的世界，写作文时便添加了很多他没有见过的世界的描写；二十年前，阿尔及尔地区下过一次雪，下了一个多小时；他不断向外婆打听那场雪的情景。对他来说，课本上的故事是他的学校生活极富诗意的部分，有些气味使诗意变得更加丰富多彩：尺子和文具盒散发着清漆味；他用心写作业时，喜欢久久地咬着书包的背带，背带上有股好闻的味道；紫色墨水略带苦涩和刺激的气味，特别是轮到他用一个深色的大瓶子往学生的墨水瓶里补充墨水时，大瓶子的瓶口插着一根玻璃弯管，雅克高兴地闻着管口的气味；有些书的纸张绵软而光滑，摸起来很柔软，也散发着一股好闻的油墨和胶水的气味；最后，在下雨的日子，挂在教室后面的厚呢大衣散发出湿毛毡的气味，让雅克头脑中情不自禁地浮现出伊甸园的情景：那里的孩子脚穿木屐，头戴毛线帽，踏雪跑向温暖的家。

只有学校能让雅克和皮埃尔感受到这种快乐。他们之所以怀着满腔热情喜爱学校的这些东西,无疑是因为,这是他们在家里得不到的;家里的贫穷和无知使生活变得更加艰难,更加沉闷,让人处在自我封闭的状态。苦难是一座没有出路的要塞。

事情还不仅仅是这样。雅克觉得在假期期间,自己简直成了最为悲惨的孩子;外婆为了摆脱这个永不知疲倦的孩子,送他和五十多个孩子一起去夏令营;在几名辅导员的带领下,他们要到米利亚纳的扎卡尔山区去,住在当地一所学校里,学校的宿舍装备齐全,吃和住都不错;在几位和蔼可亲的护士照看下,整天都可以玩和散步;但是除此之外,当夜幕降临时,黑影迅速爬上山坡;大山里的小城远离人世,真正有人烟的地方远在一百公里之外,旁边的军营传来军号声,使空气中平添了一种宵禁的忧伤。雅克心里升起一股无尽的绝望,便开始默默地想念整个童年都与之相伴的贫穷的、缺吃少穿的家[1]。

学校不仅为他们提供了逃避家庭生活的机会,还让他们体会到对知识的饥渴,至少在贝尔纳先生的课堂上是这样;渴求知识,这对孩子比对大人更加重要;对知识的饥渴也是对发现新事物的饥渴。其他老师的课无疑也教给学生们很多东西,但那就像填鸭。人们将现成的食物摆在他们面前,让他们囫囵吞枣。在吉尔曼先生[2]的课堂上,他们第一次感觉到自己的存在,

---

[1] 延长这一段,赞扬世俗的学校。

[2] 作者这里用的是老师的真名。——编者注

觉得他们受到极大重视：老师认为他们有能力发现世界。老师在讲课时兢兢业业，不只是为了对得起那份薪酬，也在自己的生活中诚恳地接纳他们，老师与孩子们生活在一起，给孩子们讲述自己童年的经历，向他们阐述自己的观点，他并不向孩子们灌输他的观念，因为他像很多同事一样，也是反宗教的，但他在课堂上绝不提反宗教的话，也不反对任何属于孩子们的选择或者信念的东西；尽管如此，他仍然非常激烈地反对不容争辩的一些行动：偷东西，告黑状，不诚实，不讲卫生。

而且尤其是，他给学生们讲刚刚过去的战争，他在四年的时间里，亲身参与了这场战争；他讲士兵的痛苦，讲他们的勇敢，他们的耐心，以及停战时他们感到的快乐。每个学期结束时，在放假之前，或者有时候讲完课还有时间，他便找来多日莱斯的《木十字架》，给学生们读一些长长的选段。对于雅克来说，读这样的书为他打开了异国他乡的一扇扇门；但是，在这样的异国他乡，总有恐惧和不幸的影子在徘徊，虽然他从没有认为这些事与他未曾谋面的父亲有什么关联，即使有，也是理论上才有。老师在用心地读一篇故事，雅克也在用心地听故事，故事里再一次讲述着他非常热爱的冬天的雪，但是故事里也讲了一些不寻常的人物，他们穿着厚重的衣服，衣服上沾了泥浆，被冻得硬邦邦的；他们讲着奇怪的语言，住在地洞里，头顶上子弹、炮弹和火箭弹横飞肆虐。他和皮埃尔每次都急不可耐地等着下次的读书会。这场战争仍然挂在所有人的嘴边（雅克总是静静地，却十分用心地听着达尼埃尔以自己的方式讲述他经历过的马恩河战役,到现在雅克也不明白他是怎么活下来的;他说他在朱阿夫军团,他们受命排成散兵战线,后来又排成冲锋的队形,从山上来到小山谷里,他们向前走去,前面一个人也看不见;到了半山腰,突然间冲在前面的士兵一排排倒下,小山谷的底部血流成河,到处躺着哭爹喊娘的伤员,那情景真可怕),活下来的人忘不了他们在战争中的经历,战争的阴影仍然笼罩在与他们有关的一切之上,影响着他们为生活所做的种种打算,这比其他课上讲的仙女故事更加诱人,更加不同寻常;如果贝尔纳先生要换课,换成别人来讲仙女的童话故事,孩子们会感到失望,会觉得无趣。好在贝尔纳先生会继续给孩子们读书,有时候是可笑的场面,有时候是可怕的景象;就这样慢慢地,非洲的孩子们了解了很多的事……,这些事与他们所处的社会息息相关,人们相互之间说起来也像老朋友一样,把战场上的情景描述得活灵活现,栩栩如生,虽然他们已经从战争中生还,但至少雅克一刻也没有想到过,本来他们也会成为战争的受害者。年底有一天,书读到了最后[1],贝尔纳先生以更加低沉的声音读到 D. 的死,然后他默默地合上书,读书产生的激情与他个人的回忆交织在一起。继而,他抬起头,看着沉浸在愕然和沉默中的学生;第一排的雅克目不转睛地看着他,脸上挂满泪水,不停地啜泣,似乎永远停不下来。"好了,孩子,好了,孩子。"贝尔纳先生的声音很低,

---

1 这里的书指的是小说。

孩子们几乎听不见。他站起来，将书放进教具橱里，背对着全班学生。

"等等，孩子"，贝尔纳先生说。他艰难地站起来，食指的长指甲插进金丝雀的笼子里，金丝雀叽叽喳喳地叫得更欢了："啊，卡西米尔，你饿了，你想你父亲了。"说着，他慢慢地将身子移向屋子尽里头；壁炉旁边放了一张学生用的小课桌，他在一个抽屉里翻腾了半天，将抽屉合上，又拉开另一个，从里面拿出一样东西。"你瞧瞧，这是送给你的。"他说。雅克接过一本书，书用杂货店的棕色包装纸包了书皮，封面上没有写书名。雅克没有翻开书，就知道是那本《木十字架》，就是贝尔纳先生在课堂上读的那本书。"不行，不行，这太……"他想说：这礼物太贵重了。他不知道该怎么说。贝尔纳先生摇摇头，他头上已是苍苍白发。"最后那天，你哭了，还记得吗？从那天开始，这本书就属于你了。"说着，他转过头去，不想让雅克看到他的眼睛突然红了。他再一次走向书桌，接着，他又背着手回到雅克身边，在雅克鼻子底下晃动着一把又短又粗的尺子[1]，笑着对他说："你还记得麦芽糖的事吗？""啊，贝尔纳先生，你把这东西保留下来了！你知道，现在可不允许这样做了。""嗯，当时也不允许。然而，你可以作证，我照样使用这样的方法。"雅克可以作证，因为，贝尔纳先生是赞成体罚

---

[1] 惩罚。

的。的确，一般的惩罚是在学生月末的总分当中扣掉一两分，让学生的总排名下降。但是，出现严重过失时，别的老师往往把学生交给校长处理，贝尔纳先生不这样做；他自己有一套不变的仪式处理学生。"可怜的罗贝尔，"他仍然心情不错，只平静地说，"你要尝尝麦芽糖的滋味了。"班里的学生没有任何反应（有可能只是在心里偷偷地乐，人心总是遵循一个不变的规则，看到别人受罚，自己心里会偷偷高兴[1]）。于是，名叫罗贝尔的孩子站起来，脸色苍白；但是大多数情况下，他试图装出若无其事的样子（有的孩子会从课桌后面站出来，用力将泪水吞到肚子里，向讲台走去，贝尔纳先生已经站在黑板前面）。按照仪式，罗贝尔或者约瑟夫自己从讲台上拿起俗称"麦芽糖"的戒尺，交到执行刑罚的老师手中。由受刑者拿出刑具，交给施刑者，这便有些虐待的意味了。

"麦芽糖"是一把又短又粗的红色木头戒尺，上面沾染了很多墨水，显得脏兮兮的，又是凹槽，又是刻痕，已经变形了，是贝尔纳先生很早以前从一个学生手里没收的，学生的名字早已无从考证。受罚的学生把尺子交给贝尔纳先生，贝尔纳先生以嘲弄的神色接过尺子，两腿叉开；孩子要把头放在老师的两个膝盖之间，老师夹紧两条大腿，将接受惩罚的孩子牢牢夹住，让孩子的屁股撅起来，于是，贝尔纳先生根据犯的过错，在学生的屁股上施以数量不同的打击，而且打击的次数在

---

[1] 让有的人受到惩罚的事，也是让其他人感到高兴的事。

两个屁股蛋儿上平均分配。不同的学生对这种处罚的反应不一样。有的还没有挨打,便哭叫起来,老师根本不会被吓住,并告诉他说,还没开始打呢;也有的天真地用手护住屁股,贝尔纳先生则漫不经心地一下子把孩子的手扒拉开;还有的孩子屁股被戒尺打得火辣辣的疼,便拼命挣扎;也有的孩子在受罚时一声不吭,浑身颤抖,回到座位才咽下大滴的泪水。雅克就是这样的孩子。然而,从总体上说,大家都接受惩罚,没有人抱怨。首先是因为,这些孩子在家里都挨打,他们觉得处罚是一种正常的教育方式;其次,老师对所有学生绝对一碗水端平,而且孩子们事先都知道,犯了什么样的事会被老师处罚,更何况仪式永远一样;行为越界的孩子明知道哪些行为不属于被扣分的范围,而是会遭受更大的风险;而且,不管排名最前面,还是最后面的孩子,处罚时一视同仁。贝尔纳先生明显很喜欢雅克,但是雅克也和别人一样,会受到惩罚,甚至头一天贝尔纳先生还当众表示了对雅克的偏爱,第二天就让他尝到了"麦芽糖"的滋味。雅克在黑板前回答一个问题时表现很好,贝尔纳先生摸了摸他的脸颊,教室里有人喃喃地说:"乖乖。"贝尔纳先生把雅克抱在怀里,带着庄重的神色说:"是啊,我对科尔梅利有一种偏爱,正如我对所有在战争中失去了父亲的孩子一样。我和他们的父亲一起参加了战争,可是我活了下来。我在这里至少想代替死去的战友。现在,如果谁再想说'乖乖',那请他尽管说。"贝尔纳先生说完这番话,教室里一片安静。放学时,雅克问"乖乖"是谁说的。的确,受到这样的侮辱，如果不回应，那就等于把脸面丢尽了。"是我说的"，姆诺兹说。姆诺兹是个金色头发的大个子，身上软绵绵的虚胖，面色苍白；他一向讨厌雅克，但很少表现出来。"好，"雅克说，"你妈是婊子。"[1]一般情况下，像这种骂人的话会导致双方立刻打起来。在地中海沿岸，骂别人的母亲，骂人家里已经死去的亲人，都是最为严重的诅咒。但是，姆诺兹还是有些犹豫。只是，该打架时就要打，别人都在替他应战。"我们到绿地去。"绿地离学校不远，是一片荒地，干硬的地面长几丛瘦弱的野草，四处扔着很多铁圈、罐头盒，以及朽烂的木桶。这里就是双方选择的"交手"场所，所谓"交手"，是指两方的决斗，只不过孩子们用拳头代替了剑，但是交手的双方遵守的仪式是一样的，至少在精神上一样，旨在解决双方的争执，双方中的一方认为自己的名誉在争执中受损，或者因为对方骂了自己的前辈或祖宗，或者因为自己的国籍或种族受到贬低，或者因为被指控、被指责干了此类的事，偷盗或被指控偷盗，或者出于一些普普通通的理由，正好比孩子们的世界天天会生出的事端那样。当某个学生认为，尤其是当别人替他认为（而他本人也明知道），他受到冒犯，不得不出手报复时，常规的说法是："四点钟，绿地见。"这话一旦说出口，心中被激起的情绪立刻便平复下来，人们也不再说三道四。双方都在同伴的陪同之下撤出。在剩下的时间里，消息便在一排排课桌之间不胫

---

[1] 你家死的人都是婊子。

而走，人们口耳传说着要"交手"的人名，并不时用眼角瞟一瞟；于是，要参加"交手"的人这时便故作镇静，装出一副男子汉大丈夫该有的坚定神情。至于内心的感受，那完全是另一回事，因为离直面暴力的时刻越来越近，心中难免感到焦虑，再勇敢的人，这时也无心功课了。不过，绝不能让对方阵营的人嘲笑和指责自己胆小，所以，按照常用的说法，这时候就一定要"夹紧屁股"。

雅克像个男人那样向姆诺兹发出挑战，不管怎么说，他使劲"夹紧屁股"，正如他每次要面对暴力，要用暴力回击暴力时那样。但是，他已经下定决心，而且在思想上，他不曾有过片刻的怯懦。事情就是这样，在动手之前，他总觉得似有似无地恶心，这让他心里感到难受；等双方一打起来，恶心感就会消失，就会被他本人的雷霆暴怒驱散，从战术上说，他的爆发力对他既有妨碍，又有利，这使他……[1]

在和姆诺兹决斗的那天晚上，一切都是按照仪式举行的。决斗者在各自支持者的簇拥之下，率先进入绿地；这时的支持者变成了决斗者的护理人员，他们替决斗者背着书包。在支持者身后紧跟着的，是一群来看热闹的人，大家将交手的双方围在中间。交手的人已经脱掉风衣和上衣，交给双方的护理人员。这次，雅克首先走上前去，虽然没有十足的把握，势不

---

[1] 原稿到此戛然而止。

可挡的派头却占了上风，姆诺兹开始向后退，退得失去了章法，胡乱抵挡雅克打过来的勾拳，却挥出一拳，打中了雅克的脸颊，雅克感到一阵疼痛，心里更加气愤，四周支持者的喊叫声、笑声、鼓动声更让他昏了头。他向姆诺兹扑去，拳头如雨点般落在姆诺兹身上，打得姆诺兹晕头转向；雅克一记愤怒的勾拳正中倒霉的姆诺兹的右眼，姆诺兹站立不稳，可怜巴巴地一屁股跌坐在地上，哭得一只眼里流着泪，另一只眼睛眼看着肿起来。那一记勾拳打得实在漂亮，真是求之不得的一击，被打人脸上的乌眼青在好几天的时间里不会消退，也向人们昭示着雅克的胜利；四周的人们像印第安人一样，发出阵阵欢呼。姆诺兹一时站不起来，于是，雅克的好朋友皮埃尔当即权威地出面宣布，雅克为交手的胜者。他给雅克穿好上衣，套上风衣，便在一群佩服得五体投地的支持者簇拥下离开了；姆诺兹则站起身来，仍然哭个不停，在一小群不知所措的支持者当中穿上衣服。雅克因为三下五除二便打赢了，头脑还有点发懵；他没有想到会赢得如此彻底，身边人的赞扬，以及身边人以夸大的言辞对打斗过程的描述，他根本就没有听进去。他很想表示满意，他的虚荣心也得到了些许抚慰；然而，在走出绿地的同时，他转身看了一眼姆诺兹，看到姆诺兹被他打得变了形的脸，心里突然感到一阵郁闷，觉得好难受。由此他认识到，打斗（战争）不是好事，因为打败一个人，和被这个人打败一样，都令人感到痛苦。

后来，人们紧接着还让他认识到，与胜利的荣耀紧紧相随的，也许就是身败名裂，这使他受到的教育达到了极致。的确，第二天，在同学们的欢呼之下，他觉得应当像个好汉一样，拿出大无畏的气势。因为上课之前点名时，姆诺兹没有来，坐在雅克身边的学生发出讥笑，并向雅克频频抛去媚眼；雅克心中喜滋滋的，也向同学们展示他肿起来的半边脸上只能睁开一半的眼睛。他不知道贝尔纳先生正在看他，还向同学们扮了个滑稽的鬼脸；教室里突然静了下来，一片寂静中，老师的声音传来，他的鬼脸霎时消失得无影无踪。"可怜的宝贝儿，"贝尔纳先生板着脸，不见一点笑模样地说，"你也该像别人一样，尝尝麦芽糖的滋味。"得意洋洋的胜利者不得不站起来，去拿刑具，再进来时，闻到贝尔纳先生身上散发出科隆花露水清新的气味；最后，他也摆出耻辱的姿势受刑。

姆诺兹事件并没有因这一堂实践哲学课的教训而结束。那小伙子两天没来上学；雅克虽然故作镇静，但心里隐隐感到不安；第三天，一个高年级的学生走进教室，说校长要见学生科尔梅利。只有遇到严重事件，校长才会亲自召见学生；老师粗重的眉毛向上扬起，只是说："赶紧去，小家伙。但愿你没闯祸。"雅克两腿发软，跟着高年级学生顺着院子上面的回廊，一路向校长办公室走去；院子地面是水泥的，栽了几棵淡紫花的牡荆树，树冠投下一片弱弱的影子，根本无法抵挡灼热的阳光。校长办公室在回廊的另一头。一进办公室，他第一眼看到的，就是站在办公桌前的姆诺兹，以及他身边一脸恼怒的一男一女两个人。姆诺兹的眼睛肿得完全无法睁开，显得面目全非；但是，看到姆诺兹还活着，他还是松了一口气。只是，他还没有来得及品味心中的轻松感，便听到校长说："是你把同学打成这样的吗？"校长是个小个子，秃顶，脸上红彤彤的，说话的声音中气十足。"是我"，雅克平静地说。"我早跟你说了，先生。"那位女士说。"安德烈可不是小流氓。""我们打架了。"雅克说。"这不用你说，"校长道，"你知道，我禁止一切斗殴行为，即使在校外也不行。你打伤了同学，你有可能把他伤得更重。首先作为警告，在一周时间里，所有的课间休息，你都要被罚站墙根。如果再次打架，你会被开除。我要把对你的惩罚通知你父母。你现在可以回教室了。"雅克听呆了，站在原地一动不动。"去吧"，校长说。雅克回到教室，贝尔纳先生问："哎，咱们的大英雄，情况怎么样？"雅克哭了。"说呀，我听着呢。"孩子哽咽着，用断断续续的声音先说了对他的惩罚，接着又说，姆诺兹的父母向校长告状，最后又把打架的过程说了一遍。"你们为什么打架？""他叫我'乖乖'。""是第二次这么叫吗？""不是，就是在这儿，在教室里。""啊，是他！那你认为我对你的保护还不够。"雅克用自己的整个身心看着贝尔纳先生。"不是！不是！您……"说到这里，他嚎啕大哭起来。"去坐下吧"，贝尔纳先生说。"这不公平"，孩子哭着说。"不，这很公平。"贝尔纳先生轻轻地对他说[1]。

---

1 原稿这一段到此为止。

第二天课间休息时,雅克背对着院子,在操场尽头处罚站,同学们在他背后的操场上快乐地叫喊着玩耍。他两条腿的重心不断变换[1],心里烦得要死,真想和同学们一样去疯跑。他不时向后瞅一眼,看到贝尔纳先生和同事们在操场的一角散步,眼睛并没有向他这里看。但是第二天,贝尔纳先生在他不知不觉中来到他背后,拍了拍他的后脖颈,说:"别这么垂头丧气。姆诺兹也在那边站着呢。嗯,我允许你看一眼。"的确,在操场的另一头,姆诺兹也闷闷不乐地站在那里。"在你罚站的这一周,跟你一伙的同学们都不理他。"贝尔纳先生笑了。"你瞧,你们俩都受到了惩罚。这是理所当然的。"说着,他俯身向着孩子,亲热地笑着,这笑容让受罚的孩子心中升起一股像汹涌的波涛一般的柔情;他对孩子说:"嗯,小家伙,看不出来,你的勾拳还挺厉害的嘛!"

今天,雅克已经四十岁了,正在和金丝雀说话的这个男人还称他"孩子";雅克心中一向爱他,虽然有些年,他离开了贝尔纳先生,后来,第二次世界大战爆发,他先是部分地,后来又彻底地与贝尔纳先生失去了联系,得不到他的消息。但是,1945年的一天,一个上了年纪、身穿军大衣的本土保卫军士兵来巴黎敲他的家门时,雅克高兴得像个孩子。那是贝尔纳先生再一次应征入伍;"我不是为了参加战争,而是要打希特勒;孩子,你也上过战场了,我就知道你是个好样的,希望

---

[1] 先生,你看我只长了一条腿。

你没有忘记你母亲。那就好,你妈妈是世界上最好的好人。现在,我要回阿尔及尔去了,别忘了来看我。"从那以后的十五年来,雅克年年去看望他,每年都和今天一样,临走之前,在门口与激动的老头拥抱告别,老人拉着他的手,一直把他送到门口;正是这个老人送雅克来到人世间,他自己承担责任,让雅克离开家,去发现更加广阔的天地[1]。

学年快结束了。有一天放学后,贝尔纳先生让几个学生留下;其中有雅克,皮埃尔,弗洛利(弗洛利是个怪人,但是各科成绩都很好,老师常说:"这个学生的头脑适合去读理工学院。"),以及桑蒂亚哥(桑蒂亚哥是个俊小伙,天赋稍差,但是很用功,所以成绩也很好)。等教室里的学生都离开后,贝尔纳先生说:"是这样,你们几个是我最好的学生。我决定推荐你们去考初中和高中的奖学金。如果通过考试,你们就能得到一份奖学金,能在中学一直读到业士毕业。小学是最好的学校,但是,小学不能给你们提供人生的出路。中学才能为你们打开所有的希望之门。我宁愿让穷人家的男孩子,像你们一样的孩子,进入这些门。但是,我需要你们家长的同意。现在,赶快跑回家去吧。"

他们几个都惊呆了,赶紧跑出去,甚至没有来得及互相打听一下情况,便各自分手回家了。雅克在家里只看到外婆一人在饭厅铺了漆布的餐桌上挑拣青豌豆。他迟疑了一下,决定

---

[1] 奖学金。

等母亲回来。母亲回来了，明显十分疲惫的样子，戴上做饭时穿的围裙，过来帮外婆拣青豌豆。雅克也想帮忙，外婆便把白色的粗瓷盘子递给他，在白色的盘子里，可以更容易分辨哪是碎石头，哪是青豌豆。雅克低着头，眼睛盯着盘子，将学校的消息说了。"怎么回事？"外婆说，"到几岁的时候通过中学会考？"雅克说："六年以后。"外婆推开面前的盘子。"你听见了吧？"她对卡特琳娜·科尔梅利说。卡特琳娜·科尔梅利没有听见。于是雅克慢慢地又对她说了一遍。"啊！"她说，"这是因为你头脑聪明。""不管聪明不聪明，我们明年要让他去学徒。你明知道咱们没钱。他将来每周可以挣一份工钱。""这倒是。"卡特琳娜说。

天色渐晚，外面的热气开始消散。这时候，车间里正忙得不可开交，街区里空荡荡、静悄悄的。雅克看着街上。他不知道该怎么办，只是想听贝尔纳先生的话。但是，他只是个九岁的孩子，不能，也不知道违背外婆的意志。另外，外婆明显在犹豫。"中学会考以后，你能干什么？""不知道，也许当老师，跟贝尔纳先生一样？""那是六年以后的事了！"她手下挑拣青豌豆的速度慢了下来。"啊！"她说，"再说，不行，咱们太穷了。你告诉贝尔纳先生，说我们上不起学。"

第二天，另外三个孩子告诉雅克说，他们的家长都同意了。"你呢？""我不知道。"他说，突然觉得自己家比朋友们的家更穷，心里便很难过。课后，他们四个人待在一起。皮埃尔、弗洛利和桑蒂亚哥把家里同意的消息告诉了老师。"你呢，小家伙？""我不知道。"贝尔纳先生看看他。"好了，"他对其他几个孩子说，"以后，课后我要给你们补课。这事我来安排。你们可以走了。"等几个孩子走后，贝尔纳先生坐在扶手椅上，将雅克拉到身边。"怎么回事？""我外婆说我们太穷，我明年要开始干活。""那你母亲怎么说？""我们家是外婆说了算。""我知道。"贝尔纳先生说。他考虑了一会儿，然后把雅克抱起来。"你听我说，我们要理解她。对她来说，生活很艰难。她们两个人把你和你哥哥养大了，并把你们培养成像现在这样的好孩子。眼下，她有点害怕了，这是肯定的。你还需要更多一点资助，虽然有奖学金，可是无论如何，在六年的时间里，你不可能给家里挣钱。你能理解她吗？"雅克点点头，没有看老师。"好了。但是，我们也许可以给她解释解释。背上你的书包，我跟你一起回家！""去我家？"雅克说。"是啊，我很高兴能再次见见你母亲。"

过了一会儿，在雅克惊愕的目光中，贝尔纳先生敲了敲他家的门。外婆来开门，一边用围裙擦着手；围裙在她身上系得太紧，衬出老年妇人圆滚滚的肚子。她一看见老师，马上用手去梳理头发。"外婆好啊，"贝尔纳先生说，"又像平时一样忙着呢？啊，您真了不起。"外婆让客人进屋。要到饭厅去，先要穿过一间屋子；她让老师坐在餐桌旁，拿出杯子和茴香酒。"您不用忙了，我来和您说说话。"贝尔纳先生一开始先打听她的孩子们的情况，接着又打听她在农庄的生活，她的丈夫；他也谈到自己的孩子。正在这时，卡特琳娜·科尔梅利回来了，一见有客人，她便慌了神，称呼贝尔纳先生"老师先生"，马上回自己屋里梳梳头，换上一件干净的外衣，又回来坐在离餐桌远些的一把椅子边上。"孩子，"贝尔纳先生对雅克说，"你到街上去看看，等着我出来。你要知道，"他对外婆说，"我会说一些关于他的好话，他听了，真会觉得自己了不起了呢……"雅克出了门，三步并作两步走下楼梯，站在楼下的大门口。一个小时之后，他仍然在那里站着，一动也没动。街上已经热闹起来，从榕树的枝叶间透射下来的光线变成了绿色的；这时，贝尔纳先生从楼梯上下来，突然出现在他背后。他挠了挠雅克的头。"噢，说好了！"他说，"你外婆是个好人。至于你母亲……啊，你永远不能忘记她。""先生"，外婆出现在走廊尽头处，突然说。她一手拉起围裙，擦了擦眼睛。"我忘了……您刚才说要给雅克补课。""是啊，"贝尔纳先生说，"而且，他可就没有时间玩了，请相信我。""可是，我们付不起补课费呀。"贝尔纳先生用心地看了看她。他抓着雅克的肩膀，说："这您就不用操心了。"说着，他晃了晃雅克："他已经付给我了。"说着便走了。外婆拉着雅克的手上楼去，这是她第一次拉住孩子的手，攥得紧紧的，流露出一种绝望的柔情。"我的孩子，"她说，"我的孩子。"

在一个月的时间里，每天放学后，贝尔纳先生都给四个孩子补两个小时的课，也让他们回家做功课。雅克回到家又累，又激动，但马上又开始做作业。外婆用交织着忧郁和自豪的神情看着他。"他脑子好使。"埃尔奈斯特舅舅深信不疑地说，还用拳头敲敲自己的脑袋。"是啊,"外婆说,"可是,咱们怎么办呢?"一天晚上,她突然惊跳起来:"他初领圣体的事怎么办?"老实说,宗教在家里一点儿地位都没有[1]。没有任何人去望弥撒,没有任何人援引或者讲授神圣的戒律,也没有任何人会提到来世对今生善恶的奖惩。当有人对外婆提到某人,说那人死了的时候,她会说:"好啊,那他就再也不能放屁了。"如果涉及到的人在感情上与她多少有些瓜葛,她会说:"可怜的人,他还挺年轻的呢。"哪怕那人早就到了该死的年龄。这并不是她无意识中说的话。因为,她身边死去的人太多了。她的两个孩子,她丈夫,她女婿和所有的外甥都在战争中死了。在她心目中,死亡就像劳动和贫穷一样,是家常便饭;她不会想到死亡,但是,从某种意义上说,她常常亲身体验到死亡。再者说,与一般的阿尔及利亚人相比,现实生活的迫切需要对她的压力更大,一般的阿尔及利亚人忙于日常糊口,一心只关注大家的集体命运,已经顾不上对死者的虔诚敬畏。心系死者的行为,只是在文明的峰巅才能开出的花朵[2]。像外婆这样的人认为,死亡是需要面对的一种考验,正如他们的前辈一样。他们从来不会提到自己的前辈,他们只是想表明前辈的这种勇气,认为这是人的主要美德。但是眼下,要尽量忘记前辈,尽量摆脱前辈。(所以凡是葬礼,总会有笑闹的一面。莫里斯

---

1 页边有三行无法辨识的文字。
2 阿尔及利亚的死亡观。

表兄？）除了这种普通的心态之外，还要说明的是，人们日常的劳动和斗争已经十分艰苦，且不说在像雅克这样的家庭里，人们还会遭受贫穷的可怕磨难；在如此艰难的生活中，哪里还能有宗教的地位呢？埃尔奈斯特舅舅只生活在自己的感性层面上，对他来说，所谓宗教，只是他看得见的东西，也就是本堂神甫和礼拜仪式。他用自己的滑稽表演天赋，有机会就模仿教堂里的弥撒仪式，和人们逗逗笑，用一些单音节的象声词（拖着长声）模拟拉丁文的祷辞，也模仿信徒们如何随着铃铛的响声低头俯身，教士则趁机偷喝敬神的葡萄酒。只有卡特琳娜·科尔梅利温和的性格有可能让人想到信仰，但是，温和恰恰就是她的全部信仰。她不说否认宗教，也不说赞同，对弟弟的玩闹只报以微笑，遇到教士，她会十分尊敬地说"本堂神甫先生"。她从来不会谈到上帝。的确，雅克在童年时期，从来没有听她提到过这个词，雅克自己对此也不甚在意。神秘而光彩夺目的生活就已经把他的心装得满满的。

尽管如此，如果家里某个人的民事葬礼没有教士参与，外婆或者埃尔奈斯特舅舅会一反常态地抱怨几句。他们会说："就这么像条狗一样地走了。"因为，对于他们和对绝大多数阿尔及利亚人一样，宗教属于社会生活，仅此而已。他们是法国人，所以，他们是天主教徒，某些仪式也就必不可少。实际上，所谓仪式，准确说也就是四种：洗礼，初领圣体，婚礼（如果结婚的话），以及临终的圣事。每种仪式之间的间隔时间肯定很长，其间人们就要忙于别的事，首先是要活下去。

因此，不言而喻，要为雅克举办初领圣体的仪式，正如亨利一样。这件事给亨利留下了极坏的记忆，不是因为初领圣体的仪式本身，而是因为由此导致的社会后果，主要是在此后几天时间里，他要戴着一个臂章，去拜见亲朋好友，每个人都要送给他一点零钱，作为礼物，孩子挺不好意思地收下礼物，紧接着外婆便把钱全额收走，再拿出一小部分给亨利，其他的便悉数装入了外婆的口袋，因为让他初领圣体，家里是要"付出代价"的。不过，这种仪式一般是在孩子十二岁左右的时候举办，在此之前要接受两年时间的教理知识教育。如此算来，雅克到了上中学的第二年或者第三年时，才能举行初领圣体的仪式。但是，外婆恰恰是想到这一点，才突然吓了一跳。她不知道中学是怎么回事，觉得那地方有点可怕，觉得孩子在那里的功课要比街区学校多十倍，因为，读过中学之后，能有更好的前程。在她的头脑中，任何物质上的改善，都只能通过更加辛勤的劳动来换取。另外，由于她知道家人要为此做出一定的牺牲，便全心全意地希望雅克能够成功，她想象学习教理会耽误功课。"不行，"她说，"你不能既上中学，又学教理。""那好，我就不去初领圣体了。"雅克说。他主要想的是，这下可以不必去拜见亲朋好友，可以不必丢人现眼地伸手要人家的钱。外婆看了看他。"为什么？总可以想想办法。你穿上衣服，咱们去见本堂神甫。"说着，她站起身来，坚定地到卧室里去了。再从卧室出来时，她已经脱了短上衣和干活时穿的裙子，穿上了她唯一的一件外出时穿的【 】[1]裙子，将纽扣一直扣到脖领处，并把黑丝头巾围在头上，只露出绕着脸孔的一圈白发。明亮的眼睛和紧闭的嘴唇表现出一副坚毅的神情。

圣查理教堂是一座丑陋的现代哥特式建筑。在教堂的圣器室里，她坐在一把椅子上，手拉着站在旁边的雅克；坐在她对面的本堂神甫是个身宽体胖的人，六十来岁，圆圆的脸庞，一望而知是个性格懦弱的人，大鼻头，厚厚的嘴唇总是带着善意的笑，顶着一头银发，两手合拢放在因双膝分开而紧绷着的袍衣上。外婆说："我想让孩子初领圣体。""好哇，夫人，我们会让他成为一个很好的基督徒。他几岁了？""九岁。""那让他早早就开始学教理，这样做很好。三年之后，他完全可以为伟大的日子做好准备。""不是，"外婆干脆地说，"他要马上举办初领圣体的仪式。""马上？但是，初领圣体的仪式要在一个月之后才会举办，而且，他至少要先学习两年的教理，才能来到祭坛前，参加初领圣体的仪式。"外婆把情况解释了一下。但是，她说初中学业和宗教教育不能同时兼顾的话，神甫根本就不相信。他耐心而好意地援引自己的经验，举例说明……外婆站起身来："要是这样，那他就不领圣体了；走，雅克。"说完，她拉着孩子便向出口走去。本堂神甫在后面紧紧追着他们。"请等一等，夫人，请等一等。"他和气地又将她拉回来，让她坐下，和风细雨地跟她讲道理。但是，外婆像头犟驴一

---

[1] 此处有个无法辨识的词。

样，不停地摇头。"要办就马上办，否则就不办了。"最后，本堂神甫让步了。双方说定，经过一段速成的宗教教育，雅克下个月举办初领圣体的仪式。教士摇着头，一直把他们送到大门口，在大门口抚摸了一下孩子的头。"你要好好听教理知识课。"他说着，带着某种忧郁的表情看着孩子。

于是，雅克一边要听吉尔曼先生为四个孩子补课，另一边每星期四和星期六晚上要去听教理知识课。奖学金的考试和初领圣体的时间几乎在同时，都越来越近；他一天天的功课安排得满满当当，再也没有时间玩。尤其是星期天，他比其他日子更忙；星期天，他一放下手中的作业本，外婆便有一大堆家务活让他干，一大堆东西要让他出去采买，借口说为了让他接受教育，家里将来要牺牲很多东西，而且在他上学的很多年期间，他什么事也不能为家里做。"可是，"雅克说，"我有可能考不上啊。考试挺难的。"而且，从某种意义上说，他有时候也很希望自己考不上，因为外婆不断地强调家人为他做出的牺牲，即使他有少年的自豪感，也觉得自己快承受不住了。外婆看着他，被惊呆了。她没有想到还有这种可能性。紧接着，她耸了耸肩，也不顾自己的话是否有矛盾，便说："我劝你还是考上的好，否则，小心你的屁股。"教区的副本堂神甫负责教理知识课。副本堂神甫是个大个子，穿着长长的黑色教袍，让人觉得他像根高高的竹竿；脸上的表情冷冰冰的，鹰钩鼻子，脸颊凹陷，待人态度严厉，与和气、善良的老本堂神甫是截然相反的人。他的教学方法就是让孩子们死记硬背；这种方法也许很初级，但是，他要从精神上教导的，是一群粗野和顽劣的孩子；对这样的孩子来说，死记硬背不失为唯一真正适合的办法。孩子们要记住教理问答中的问题和答案："上帝是什么……？"[1]对于初学教理的孩子们来说，这样的字句根本就没有任何意义；雅克的记忆力很好，能静下心来背诵这些东西，但他从来不懂那些问答说的是什么意思。当一个孩子在背诵时，他便浮想联翩，或者张着嘴发呆，要不然便和同学们做鬼脸。有一天，大个子副本堂神甫恰巧看到了他的鬼脸，以为孩子是冲着他来的；他想让教理问答课具有神圣的威严，认为有必要让孩子们尊重这一特点；他把雅克叫起来，让他站在全班同学面前，也不过多解释，便用他瘦骨嶙峋的手掌，抡圆了打了雅克一巴掌。雅克被打得差点摔倒在地上。"现在，回你座位上去吧。"神甫说。孩子一滴眼泪也没有，定睛看了看他，（他一辈子都是因为善良和爱而流泪，从来不会因为恶毒和迫害而哭泣，相反，恶毒和迫害只能让他的心变得更加坚强，）便回座位去了。他左边脸上火辣辣的，嘴里有一股血腥味。他用舌尖舔了舔，发现脸颊里面被打破了，在流血。他把流出的血咽了下去。

在剩下的教理知识课期间，他的心思都不在课堂上；当教士问他话时，他平静地看着他，没有责怪的意思，也没有好感，一字不落地背诵书上有关人的神性和基督的牺牲之类的句

---

[1] 找一份教理问答看看。

子，思想与他背诵的东西相去十万八千里。他心想，这两场考试说到底是一样的，他沉浸在功课当中，就像陷入一场连续不断的梦。只有晚上的弥撒让他莫名其妙地感动，冷冰冰的教堂里显得怪吓人的，弥撒的影子在殿堂里无所不在；但是，做弥撒时演奏的管风琴是他有生以来第一次听到的不一样的音乐；在此之前，他只听过一些愚蠢的老调。管风琴的声音似乎让他的思想变得更加厚重、更加深沉；于是，在半明半暗的光线中，他依稀看见圣事服饰和物品上闪烁着点点金光；他心想，也许他会遇到奇奇怪怪的神秘事物；这些神秘的事物当然不是教理问答中提到并严格定义的圣人，也与圣人无关，只是使他生活在其中的赤裸裸的世界变得更加丰富了。当时浸润着他的身心，让他觉得温暖而朦胧的神秘感，与日常生活中母亲落寞的笑，或者遇事缄默的态度让他产生的感觉一般无二；晚上回到家，他来到饭厅，看见母亲单独在家，她没有点煤油灯，任凭夜色慢慢充满整间屋子，母亲像是一团更加黑暗，更加浓密的影子；她的表情若有所思，眼睛从窗口望着街上热闹的人来人往；但是对她来说，窗外的景致是无声的。每当这种时候，孩子便停在门口，感到非常难过，心中充满对母亲的不顾一切的爱；母亲似乎不属于，或者不再属于这个世界，与日常的俗务也再无关联。后来就到了初领圣体的仪式；对此，雅克并没有留下多少记忆，只记得头一天的忏悔。忏悔期间，他承认了几件事，人们说那些事是罪过，其实也算不上什么。"你没有产生过罪恶的想法吗？""有过，神父"，孩子胡乱说道。虽然他并不知道，一个想法怎么能是罪恶的，而且一直到第二天，他都焦灼不安，害怕在不知不觉中流露出有罪的想法，或者，他更加心心念念的是，小学生们常说的脏话，他可千万别脱口而出；他好歹忍着不说话，一直到举行仪式的那天早上。他穿了一身海员服，戴上臂章，拿了一本小小的经书，一串白色的串珠。这些东西都是家境比较好的亲戚送的（玛格丽特姨妈等），手里拿着一支大蜡烛，和其他手拿蜡烛的孩子们在中央小道上排成一排。站在两侧凳子中间的家人，用欣喜的目光注视着他们；这时，如雷鸣般的音乐声轰然响起，倏忽间使他全身一阵冰凉，心中充满了恐惧，也充满了异样的激情。他第一次体会到自己的力量，体会到自己无限的生命力，他觉得自己会无往而不胜。在整个仪式期间，这样的激情始终伴随着他，让他无心关注身边发生的事，包括仪式的过程，包括回去时的情景，也包括家长应邀参加的比平时更加丰盛的晚宴；客人们平时习惯了节衣缩食，在晚宴上渐渐也被触动了，宴会厅充满了欢乐的气氛。这种气氛破坏了雅克心中的激情，在吃甜食的时候，当所有人的情绪达到高潮时，他竟嚎啕大哭起来。"你怎么了？"外婆问他。"我不知道，我不知道。"外婆气极了，给了他一耳光。"这样，你就知道你为什么哭了。"但是实际上，他知道为什么哭，因为他看见母亲在桌子对面向他露出淡淡的、蕴含着忧伤的微笑。

"领圣体的事顺利结束了，"贝尔纳先生说，"现在，嗯，该做功课了。"他又刻苦地学了几天，最后几节课是在贝尔纳先生家里上的（描写贝尔纳先生的公寓？）。一天早上，四个孩子在离雅克家不远处的有轨电车站集合，每人手里都拿着垫板、尺子和文具盒，围着吉尔曼先生站成一圈；雅克看到母亲和外婆在阳台上向前倾着身子，用力向他们挥手。

举行考试的中学与小学恰好遥遥相对，在沿着海湾建成的弧形市区的另一边；中学所在的街区从前是个死气沉沉的富人区，现在西班牙移民越来越多，也就变成了阿尔及尔人口最多、最有活力的街区之一。中学本身也是一个大型的四方形建筑，在街上显得鹤立鸡群。进入学校时需要通过侧面两道台阶，或者正面的一道台阶；正面的台阶又宽又大，十分壮观；台阶的每个侧边都有一个小小的花园，里面种了香蕉树和[1]，花园的边上围着栅栏，以防止学生们损坏里面的公物。登上中间的大台阶，便到了一个回廊里，回廊的两边连着两侧的两道台阶，宏伟的正门也在回廊里。只有举行重大活动时，正门才会开启。正门的旁边是一个小门，供平常进出使用，小门与带玻璃门窗的门房连通。

早到的学生们待在回廊里，其中大部分故作轻松，以掩饰内心的怯场；也有的学生面色苍白，一声不吭，明显表露出紧张和焦虑。贝尔纳先生和他的几个学生也在小门前等着；小门仍然关着，清晨的空气还很凉爽，街上仍然显得潮乎乎的，过一会儿，太阳会让街上尘土飞扬。他们早到了半个多小时，一

---

1 原稿这里没有树的名称。

个个默不作声，围在老师身边，老师也想不起对他们说什么；突然，老师说了一声"我马上回来"，便离开了他们。的确，片刻之后，他又回来了，仍然很帅的样子，头上戴着卷边帽，他这天还特意穿了护腿套，每只手上拿着两个绵纸包，纸包的上面简单卷了几下，便于拿在手里；等他走近了，孩子们看到纸包透出油渍。"这是羊角面包，"贝尔纳先生说，"你们每人现在吃一个，另一个留到十点的时候再吃。"他们对先生说了谢谢，便开始吃；但是嘴里嚼来嚼去，就是咽不下去。"你们不要紧张，"老师反复说，"一定要看清楚题目，作文要好好审题。题目要多看几遍，你们的时间是够用的。"是啊，他们会多看几遍题目，老师说的话，他们总是唯命是从，因为老师什么都知道，对于老师来说，生活没有障碍，他们只要让老师领着向前走就行。这时，小门旁响起一片喧哗。现在，聚集在一起的六十几名学生都向小门走去。一名办事员打开校门，按照名单点名。雅克的名字是排在最前边的几个人之一。这时，他拉着老师的手，有些迟疑。"去吧，孩子。"贝尔纳先生说。雅克身子颤抖着向校门走去，在跨过校门时，又转身看了看老师。老师仍然站在那里，个子高高的，结实而稳健；他平静地微笑着，冲雅克点点头。[1]

中午，贝尔纳先生在学校门外等他们。他们把草稿拿给老师看。只有桑蒂亚哥在回答问题时出了错。"你的作文写得很

---

1 核实奖学金计划。

好。"他简单地对雅克说。下午一点,他再次送孩子们到学校门口。下午四点,他仍然在出口处与孩子们研究考试答题的情况。"好了,"他说,"咱们等结果吧。"两天之后,五个人于上午十点再次来到学校门口。校门开了,学校的办事员读了一个名单,比上次的名单要短得多,因为这次的名单是考试合格的学生。在一片喧闹声中,雅克没有听到自己的名字,不过,有人在他的后脖颈上轻轻拍了一下,他听到贝尔纳先生对他说:"你真棒,小家伙。你被录取了。"只有老老实实的桑蒂亚哥考试不及格,他们怀着郁闷的心情,有些漠然地看了看他。"没什么,"他说,"没什么。"雅克已经不知道自己身在何处,也不知道发生了什么事。四个学生都是坐有轨电车回来的。"我要去见见你们的家人,"贝尔纳先生说,"我先到科尔梅利家去,因为他家最近。"可怜的饭厅里现在坐满了女人,有他外婆、他母亲,母亲这天专为这事休了一天假(?),以及邻居马松家的女人们。雅克依偎在老师身边,最后一次呼吸着老师身上科隆花露水的气味,紧贴着老师结实的身体,感觉着他的温暖。外婆在邻居们面前显得神采奕奕。"谢谢,贝尔纳先生,谢谢您。"她说。贝尔纳先生用手抚摸着孩子的头。"你再也不需要我了,"他说,"将来你的老师会更有学问。但是,你知道我在哪里,如果需要我的帮助,就来见我。"说完,他就走了,雅克孤身一人留下,在这群女人当中,他觉得手足无措。接着,他向窗口跑去,看着他的老师,老师最后一次向他挥了挥手,从此撇下他孤单一人;他没有体会到被录取的欢乐,反而幼稚地感到一阵巨大的痛苦袭来，让他觉得揪心裂肺，似乎他事先就知道，这次考试被录取后，他将脱离穷人的世界；在社会上，这个天真而热情的世界就像一个自我封闭的孤岛，这里的家庭生活虽贫贱，但是家人团结一致。他将被抛入一个陌生的世界，那已经不再是他的世界，他原来的老师无所不知；他不相信新的世界里的老师比贝尔纳先生更有学问。从今往后，他要在新的世界里学习知识，理解世事，却无人再帮扶他，他要靠自己去成长，并为此付出极大的代价。人世间唯一帮助他的人再也不能帮他了。

蒙多维：移殖民与父亲

现在，他长大了[1]……在从波尼到蒙多维的公路上，雅克·科尔梅利乘坐的汽车与几辆吉普车交错而过，缓慢行驶的吉普车上有不少手持长枪的人……

"是韦亚尔先生吗？"
"是。"

一个人站在小农庄的大门口看着雅克·科尔梅利，那人是个小个子，矮胖，肩头圆滚滚的。他用左手将门保持在推开的状态，右手用力地抓着门框；所以，表面看，他为来客打开了自己的家门，但实际上是一夫当关的架势，不会轻易让任何人进去。从头上稀疏的灰白头发来看，他大概四十来岁，像个罗马人。只是，五官标致的脸上肤色黧黑，眼睛炯炯有神，身材虽略显笨重，但并不是满身肥肉，穿着卡其布的长裤，也不显肚子；脚上是一双皮条编织的凉鞋，带口袋的蓝色衬衣反倒让他显得年轻得多。他一动不动地听着雅克的解释。然后说：

---

1 马车，火车，轮船，飞机。

"进来吧。"说着,才闪身一旁。雅克走进小小的走廊,两边的墙用石灰刷成白色,只摆了一只褐色的箱子和一个木制弯头的伞架;雅克听到农庄主在身后的笑声。"总而言之,您是来朝圣的!如果是这样,说实话,您来得正是时候。""为什么?"雅克问道。"我们到饭厅里去吧,"农庄主回答说,"那儿是最凉爽的地方。"饭厅有一半位于阳台上,用麦草编的遮阳帘在放下的状态,只有一个开着。除了现代风格的餐桌和镂空的食具橱之外,屋里还摆放着藤椅和折叠式的帆布躺椅。雅克转回身,发现屋子里只剩下他一个人。他向阳台走去,通过遮阳帘之间的空隙,看见院子里栽了几棵淡紫花的牡荆树,树之间停着两辆鲜红色的拖拉机,在阳光下显得流光溢彩。再远处,在上午十一点钟仍然可以忍受的阳光下,是一排排的葡萄。片刻之后,农庄主端着一个托盘进来,托盘上有一瓶茴香酒、两只杯子和一瓶冰水。

农庄主举起斟满乳白色酒液的杯子。"要是您晚来一会儿,可能就什么也看不到了。不管怎么说,这里再也没有一个法国人可以向您介绍情况。""那个老医生告诉我说,我就是在您这个农庄里出生的。""对,这个农庄属于圣阿波特地产。不过,我父母是在战后买下这个农庄的。"雅克看了看四周。"您肯定不是在这间屋子里出生的。我父母把一切都重建过了。""他们战前认识我父亲吗?""我认为不认识。他们本来是定居在靠近突尼斯边境一带的,后来又想离文明世界更近一些。对他们来说,索尔弗里诺就已经是文明世界了。""他们没有听说过这个农庄原来的管理人吗？""没有。您也是当地人，您知道这里的情况。这里的人不会保留任何旧的东西。一切都要被推倒、重建。人们只想着未来，其他的都会被忘记。""好吧，"雅克说，"那打扰您了。""没有，"对方回答说，"很高兴您能来。"说着，他冲雅克笑笑。雅克喝完杯中的酒。"您父母后来留在边境附近了吗？""没有，那里成了禁区。离大坝不远。看来您不认识我父亲。"他也喝完杯中的酒，似乎从而得到了新的活力，突然哈哈大笑起来："他是个上了年纪的老式移民，就是巴黎人咒骂的那种人，这您是知道的。确实，他一向非常严厉。六十来岁，体形干瘦，生了一张【马】脸，就像吃苦耐劳的清教徒一样。他是像族长一样的人，您明白吧。他让阿拉伯工人卖力地给他干活，但是他很公平，他的几个儿子也一样干活。因此，当去年不得不撤退时，情况就难以掌控了。那个地区没法待了。睡觉时也得带着枪。拉斯基尔农庄受到攻击的事，您还记得吗？""不记得了。"雅克说。"怎么会不记得，农庄主家，父亲和两个儿子被杀，母亲和女儿长时间被强奸，最后也被弄死了……总而言之……倒霉的镇长对聚集在一起的农民工们说，必须重新考虑【移殖民的】问题和对待阿拉伯人的方式，现在，那一页已经翻过去了。我们家老头子却扬言说，在他家里，谁也别想作威作福。可是从那以后，他就再也不开口了。夜里，他有时候会起来，出门到外面去。我母亲通过百叶窗盯着他，看见他在自家的地里走来走去。当撤退的命令传达下来时，他什么也没有说。他的葡萄已经采摘完了，葡萄酒也收藏到了酒窖里。他将储酒罐都打开,然后又到盐水泉那里去;他从前让泉水改了道,现在则把盐碱水直接引入田地里;他在拖拉机上装了深耕犁。就这样,他连帽子也不戴,一声不吭地开着拖拉机干了三天。他把地产上的葡萄都连根拔起。你想想吧,一个干瘦老头,在拖拉机上颠颠簸簸,有的葡萄植株比较粗大,犁铧挖不动,这时,他便将加速杆向前猛推,一脚将油门踩到底;吃饭的时候也不见他停下来,我母亲把面包、奶酪和【辣味香肠】给他送到地头,他心平气静地吃着,态度像他平常干活时一样;他扔下最后的干硬面包头,转身干得更快了。就这样,从日出干到日落,对天边的远山和聚集在远处的阿拉伯人连看也不看一眼;阿拉伯人很快便得到消息,只站在远处看着他,也和他一样一声不吭。一个年轻的上尉不知从哪里得到了消息,赶了过来,问他为什么要这样做。老头回答说:'年轻人,既然我们在这里所做的一切都是罪恶,那就要消除罪恶。'当一切都被彻底破坏了,他才回到农庄。院子里到处是从酒桶中流出的葡萄酒,他穿过院子,开始整理行装。阿拉伯农工在院子里等他。(也不知道为什么,上尉派来一个巡逻队,带队的是一名客客气气的中尉,也在院子里等命令。)'老板,我们怎么办?''我要是你们,'老头回答说,'我就到丛林里去打游击。他们会赢得胜利的。法国已经没有男子汉了。'"

农庄主笑着又说:"这话说得多么直白,啊!"

"他们跟您在一起生活吗?"

"没有，他再也不要听到阿尔及利亚的事。他在马赛，住在一个现代的公寓里。妈妈给我写信说，他在自己屋里不停地转来转去。"

"那您呢？"

"我要留下，并会坚持到底。不管发生什么事情我都会留在这里。我把家人送到了阿尔及尔，我就在这儿等死。对这种事，生活在巴黎的人是不会理解的。除了我们，您知道谁才能理解这种事吗？"

"阿拉伯人。"

"您说得太对了。我们命中注定是可以互相理解的人。他们像我们一样蠢，一样粗野，我们身体里流着同样的男子汉的血。人们还会互相残杀、互相阉割、互相折磨一阵子。而后再开始像男子汉一样生活在一起。国家希望形势变成这样。喝点茴香酒吗？"

"少来一点。"雅克说。

晚些时候，他们出了门。雅克问，本地留下的人当中，还有没有曾经可能认识他父母的人。据韦亚尔说，除了给他接生的老医生，再也没有别人；老医生在索尔弗里诺退休了。圣阿波特地产已经两次易手，很多阿拉伯农工都死于两次世界大战，很多人都是后来出生的。"这里的一切都变了，"韦亚尔反复说，"变化很快，太快了，而且人们把从前的事都忘了。"然而，汤扎尔老头有可能……汤扎尔是圣阿波特一个农庄的守门人。1913年，他大概二十来岁。不管怎么说，雅克可以看一看他出生的地方。

除了北边，这地方其他几面都有远山围着，正午的炎热让远山的轮廓显得模模糊糊，像是被光雾笼罩下的一块块巨石，巨石之间便是塞布兹平原；从前这里是一片沼泽地。在因为炎热而泛着白光的天空下，平原上的葡萄田一直延伸到北边的海滨；一行行的葡萄植株笔直排列，叶子因为施用硫酸铜杀菌而显得发蓝，葡萄已经变成黑色；不时有一排排的柏树或者桉树的矮树丛将葡萄田分隔开来，树荫遮蔽下，有几座房子。他们走在一条农庄的小道上，每一步下去，都会腾起一片红色的灰尘。在他们面前，一直到远处的山峦，空间似乎在颤抖，阳光好像在发出呜呜的响声。他们来到几棵梧桐树后面的一座小房子前，已经浑身是汗了。一只看不见的狗用疯狂的吠叫声欢迎他们。

小房子已经相当破旧，桑木的房门关得紧紧的。韦亚尔敲了敲门。狗的吠叫声又响了起来，似乎来自房子另一边一个紧紧关闭着的院子。房子里一点儿动静也没有。"信任是个大问题，"农庄主说，"他们在家。但是，他们还在等待。"

"汤扎尔，"他喊道，"我是韦亚尔。"

"六个月前，人们来抓他女婿，想知道他女婿是不是给游击队提供给养。后来就再也没有他女婿的消息。一个月前，有人对汤扎尔说，很可能是他女婿想越狱逃走，被打死了。"

"啊，"雅克说，"他给游击队提供过给养吗？"

"可能提供过，也可能没有。有什么办法，现在是战争期间。但是，这说明为什么在这个本来十分好客的地方，人们迟迟不愿意对外人开门。"

正在这时，门开了。汤扎尔小个子，头发【　】[1]，头上戴一顶宽边草帽，身穿一件打了补丁的蓝色工装裤；他向韦亚尔笑笑，又看看雅克。"这是一个朋友，他是在这里出生的。""进来吧，"汤扎尔说，"喝杯茶吧。"

汤扎尔什么也不记得了。是啊，有可能。他听叔叔说过一个农庄管理员的事，那人只在这里待了几个月；那是在战后。"是在战前"，雅克说。也许是战前的事，有可能是在战前，那时候汤扎尔还年轻；他父亲后来怎么样了？在战争中被打死了。"麦克土博[2]，"汤扎尔说，"战争不是好事。""什么时候都有战争，"韦亚尔说，"只不过人们很快就习惯了和平。人们认为和平是常态。其实不对，战争才是常态。"[3] "人们在战争中会发疯的。"汤扎尔说着，走过去从一个女人手中接过茶盘，那女人在另一间屋子里只露了露头。他们喝了滚烫的热茶，说了几句表示感谢的话，便穿过葡萄园，在弥漫着热气的小道上往回走。"我还是乘来时的出租车回索尔弗里诺，"雅克说，"医生请我和他一起吃午饭呢。""那我不请自来。请等一等，我去拿些吃食。"

---

[1] 此处有两个无法辨识的词。

[2] Mektoub，阿拉伯语，是"命中注定"的意思。——译者注

[3] 展开阐述。

后来，在回阿尔及尔的飞机上，雅克试图梳理了解到的情况。老实说，他了解到的情况并不多，而且与父亲都没有直接关系。夜色奇怪地似乎是从地下冒起来的，而且眼看着就把飞机吞没了，速度快得惊人；飞机不动声色地飞着，像一颗螺丝钉直接拧入厚厚的夜色中。夜色更增添了雅克的不适感，他感觉到一种双重的禁锢，一重是飞机，另一重便是外面的黑暗；他觉得连呼吸都不顺畅了。他脑海中又浮现出户籍簿上两个见证人的名字。那的确是法国人的名字，正如在巴黎的广告牌上【人们】可以看到的名字一样；老医生给雅克讲了他父亲是如何来到这里，他是如何出生的，然后又对雅克说，愿意给他父亲帮忙的，是他父亲在索尔弗里诺最先遇到的两个商贩，商贩的名字与巴黎郊区人们的名字一样。事情就是这样，不过，这有什么奇怪的呢？索尔弗里诺本来就是由1848年的革命党人建立的。"是啊，"韦亚尔说，"我曾祖辈的人也是48年的革命党人。正因为如此，我的祖爷爷也算是一颗革命的种子。"他还具体补充说，他的祖爷爷是巴黎郊区圣德尼镇的木工，祖奶奶是专洗高档衣物的洗衣工。巴黎当时失业的人很多，社会动荡；制宪会议通过了一项五千万法郎的决议，外派一批移殖民[1]。人们许诺向每个人提供一处住宅，两到十公顷土地。"你想会不会有人愿意来。有一千多人报名。大家都以为那是福地洞天。尤其是男人。女人对未知的事总是感到害怕。可是男

---

[1] 48年【作者用方框将数字框了起来——编者注】。

人!他们可不是平白无故就闹起革命来的。当时的情景,就像人们相信真的有圣诞老人一样。而且,对于他们来说,圣诞老人披了一件阿拉伯的斗篷。他们最终拿到了小小的圣诞礼物,于1849年出发。1854年,最早的房子便在当地建了起来,其间……"

现在,雅克的呼吸顺畅些了。最初的黑暗沉了下去,像海浪一样退潮了,留下一片星云,而且现在,外面星光满天。只有身下的发动机发出震耳欲聋的嗡嗡声,让他头脑依然晕沉沉的。他试图回想卖角豆树果和草料的老商人说的话,这人认识他父亲,还隐隐记得父亲的事;老商人不停地反复说:"不爱说话,他不爱说话。"但是,发动机的声音让雅克浑浑噩噩,使他陷入一种痛苦的麻木状态,他无法得知,也无法想象父亲是如何消失在这片广漠的、充满敌意的国度,如何默默无闻地融化在那个小村子和那片平原的历史当中的。在医生家谈话时的一些细节又浮现在他的脑海里,在他心中忽隐忽现,就像水中忽上忽下的驳船一般。据医生说,巴黎的移殖民是乘驳船到索尔弗里诺来的。如此说来,当时还没有火车。不对,不对,当时有火车,只不过火车只通到里昂。于是,人们登上由马拉纤的六条驳船;当然,还有市政府的管乐队演奏《马赛曲》和《出征之歌》,神职人员在塞纳河岸上为人们祝福。人们举着小旗子,小旗子上绣着村庄的名字;这些村庄还不存在,但是,船上的乘客将像变魔术一样把村庄建起来。驳船已经开始移动,巴黎向后漂去,已经成了一片飘忽不定的影子,慢慢地消失了。愿神圣的祝福伴随你们去创业。即使是思想坚定的人，即使是在革命的巷战中不怕死的勇士，这时候也感到心中难过，陷入了沉默。他们的女人感到害怕，紧紧依偎着他们强壮的身体。在船舱里，人们不得不睡在窸窣作响的草垫子上，头前就有脏水流淌。女人们互相扯起被单子，在后面换衣服。在这幕幕情景当中，他的父亲在哪里？哪里也没有。然而，一百年前，驳船在秋天的运河上被拖着向前行进，在满是枯黄叶子的河水中漂了整整一个月，两岸是光秃秃的榛树和柳树，头上是灰蒙蒙的天空。沿途经过城市时，官方的乐队鼓角喧天地欢迎他们，又将一批新的流浪者送上船，将他们送去陌生的国度。雅克本想去寻找一些杂乱无序的【陈年旧事】，可是所有这一切让他了解到的，更多却是关于死在圣布里厄的年轻人的故事。发动机的速度变了。下面夜色中可见一团团的黑影子，一片片四分五裂、边缘尖锐的团块，那就是卡比利亚。在很长时间，那里曾经是这个国家的野蛮和血腥之地。一百年前，1848年的失业工人乘着一艘拥挤的轮式军舰，向这里进发。"猎犬号，"老医生说，"这是军舰的名字，你想想吧，用'猎犬号'向蚊子和太阳进军。"总而言之，"猎犬号"的轮盘叶片全速转动，搅起冰冷的海水，密史脱拉风又在海中掀起滔天巨浪；在五天五夜的时间里，极地的寒风吹过甲板；征服者躲在船舱里，病得九死一生，呕吐物喷溅到别人身上，简直让人觉得生不如死。就这样，人们一直到了波尼港；当地全体民众聚集在码头上，用音乐欢迎下船的冒险家；他们的脸色发绿，他们来自遥远的地方，抛弃了欧洲的首都，携妻儿、带家具，经过五个星期的流浪之后，摇摇晃晃地登上这片土地，心中却十分不安地发现，这里远方闪着蓝光，近处散发着粪便、香料和【　】[1]的怪味。

雅克在座椅上转过身；他在半睡半醒的状态。蒙眬中，他看到了父亲，可他从未见过父亲，甚至不知道他的身材如何。在波尼港口码头上的移民人群中，他看到了父亲，滑轮车正从船上卸下一些可怜的家具；很多家具在航行中丢失了。为此，人们还发生了争执。他父亲就站在人群中，目光坚定，表情阴沉，紧咬着牙关。不管怎么说，四十年之前，秋日当空，父亲坐着马车从波尼到索尔弗里诺去的一路上，不也是这样的情景吗？但是，对最初的移殖民来说，那时还没有道路，妇女和孩子挤在军队的辎重车上，男人步行，在到处是沼泽或者灌木荆棘的平原上，凭感觉向前走；远处不时有聚集在一起的阿拉伯人用充满敌意的目光看着他们，一群狂吠不止的卡比利亚狗几乎不间断地尾随着他们；日暮时分，这群最早的移殖民终于到达的地方，也是父亲在四十年前来到的地方，一片平坦的开阔地，四外有高山围护。这里一座房子也没有，一块耕种的田地也没有，只有几顶土黄色的军用帐篷，只是一片赤裸的荒漠；对他们来说，这里就是荒凉的天和危险的地[2]之间的天涯。女人们在夜里哭了。她们是因为疲劳，因为恐惧，因为失望而哭泣。

1　此处有个无法辨识的词。
2　陌生之地。

同样的人，在同样的夜色中来到同一个穷困的、充满敌意的地方。后来，同样的情景再一次出现，后来……啊！雅克不知道父亲的情况如何，但是他知道其他人的情况，他知道其实都是一回事。在嘿嘿笑着的士兵们眼前，他们不得不打起精神，在帐篷里安置下来。房子以后会有的，人们将来会盖房子，会分配土地，分配劳动，神圣的劳动是一切的救星。"不是马上就能干活……"韦亚尔说过。雨水，阿尔及利亚的雨水如瓢泼一般，骤然从天而降，没完没了，一下就下了八天。塞布兹河的河水泛滥，帐篷外面成了一片沼泽，人们出不去了，不管是兄弟还是对头，都只能挤在大帐篷里，没完没了的雨水拍打在帐篷顶上，发出咚咚的响声。为了避免帐篷里发臭，他们割了空心的芦苇管，以便在帐篷里尿尿时，用芦苇管将尿液引到外面；雨一停，人们便在木工的领导下干起活来，搭建简易棚屋。

"那些人真是勇敢啊，"韦亚尔笑着说。"春天，他们建起了一间间小小的棚屋；后来，就发生了霍乱。听我家老头子说，当木工的曾祖父、他女儿和妻子都死于霍乱；在出远门之前，她们就不无道理地很迟疑。""就是这样"，老医生在屋子里走来走去地说。他裹着绑腿，身板仍然挺得笔直，派头仍然显得十足；他一会儿都坐不住。"每天都有十多个人病死，天气热得早，人们在棚屋里像在蒸笼里一样。当时，哪有什么卫生条件。总而言之，每天都有十来个人死于非命。"他的同行军医简直应付不了当时的局面。况且，当时他的同事们也感到奇怪。他们用尽了所有的药品，也无济于事。后来，他们想起一个怪主意让人们跳舞，通过运动来活血。每天夜里，在干完活之后，当移殖民埋完死人，便在小提琴的伴奏下跳舞。这个办法倒是真不错。勇敢的人们跳得身上发热，出一身大汗，让身体内的毒素随着汗液排出，瘟疫也就被止住了。"这种办法值得挖掘。"是啊，这是一个很好的想法。在闷热而潮湿的夜里，在病人睡觉的棚子之间，拉小提琴的人坐在一把椅子上，身边放一盏灯笼，蚊子和昆虫绕着灯笼嗡嗡地飞，身穿长袍和呢子制服的人们围着一堆烧得很旺的篝火，一本正经地跳舞、出汗。营地的四角有卫兵守护着，因为有时候，有黑色鬃毛的狮子会撞进来伤人，偷牲畜的强盗会来偷东西，阿拉伯匪帮以及需要寻开心，或者吃不饱饭的其他殖民地的法国人，也会跑来干坏事。后来，终于分了土地，把远离村庄和棚屋区的地块分给了人们。再后来，人们建了村庄，用泥土垒了围墙。只不过，移殖民当中，已经有三分之二的人死于疾病。这里和阿尔及利亚其他地方一样，很多人还没有来得及拿起镐头和犁铧开荒种地，就撒手而去了。活下来的人在地里干活时仍然一副巴黎人的派头，头戴高筒大礼帽，肩上扛着枪，嘴里叼着烟斗。在这些地方只允许抽带盖的烟斗，绝不允许抽纸烟，因为会导致火灾；人们口袋里总是装着奎宁；在波尼的咖啡馆和蒙多维的饭店里就可以买到奎宁，像买一般的消费品一样，为了人们的健康，这东西必不可少。穿着丝质长裙的妻子总是陪在男人身边。但是，人们永远带着枪，身边总有士兵陪伴；哪怕是到塞布兹河边去洗衣服，也要有护卫队的人陪着。从前，她们在巴黎档案馆街的洗衣房干活时，是一边干活，一边像在和平沙龙里一样聊天的。夜里，移民村也经常受到攻击，比如1851年发生暴动时，便有好几百名身披阿拉伯斗篷的骑兵绕着村庄兜圈子，最后看到被围困的人们支起火炉子上的烟筒，以为是大炮，才逃走了。在怀有敌意的国家从事建设和开疆拓土的工作并不容易，当地人不接受被外国人占领的事实，想方设法地寻仇。现在，当飞机上升和下降的时候，雅克为什么想到母亲了呢？他脑海中又浮现出去波尼的路上陷入泥沼的马车，移殖民把一名孕妇留在车上，去找人帮忙，回来时只见孕妇的肚子被开了膛，乳房被割掉。"那是战争时期。"韦亚尔说。"咱们说话要公平，"老医生补充道，"移殖民也曾把土著人的一家老小封在山洞里，是啊，是啊，他们阉割了最早遇到的柏柏尔人，柏柏尔人又……就这样，你来我往，冤冤相报，一直可以回溯到最早的罪犯，您知道，那人叫该隐，从那以后，战争便开始了。人是可怕的动物，尤其是在残酷无情的阳光之下。"

午饭后，他们穿过村庄。像这个地区数百个其他的村子一样，村里的房子是十九世纪末小市民风格的建筑，数百幢房子分成好几条街，街道的尽头处是大型的房屋建筑，比如合作社、农业银行或者大礼堂；所有的建筑都汇聚向一个金属结构的音乐亭，亭子看起来像游戏场的旋转木马，也像地铁站的大门；在多少年间，每逢节日，市政乐队或者军乐队都在这里举办音乐会，穿着节日盛装的一对对夫妻，在炎热的空气和尘土中一边剥花生吃，一边绕着圈子散步。今天也是星期天，军队的心理辅导机构在亭子里安置了高音喇叭，聚集的人群大都是阿拉伯人，只是，这些人并不围着广场转圈，只一动不动地待在原地，听着阿拉伯音乐。音乐亭里有人讲一段话，放一段音乐。人群中的少数法国人看起来都一个模样，阴沉着脸，一心思谋未来，正如从前乘坐"猎犬号"来的那些人一样，也像其他地方，在同样的条件下乘船而来的人们一样；他们都遭受过一样的痛苦，都是为了逃离贫穷和迫害，才到这里来，与困苦和石头打交道。从马翁来的西班牙人也是这样，雅克的母亲就是这些人的后裔。1871年不接受德国统治的阿尔萨斯人选择了法国，于是，人们把1871年起义者的土地分给了他们，起义者被杀或者被关进监狱。他们尸骨未寒，叛乱分子便抢占了他们的位置，从被迫害者变成了迫害者；雅克的父亲就是这种人的后代；四十年后，雅克的父亲也来到这个地方，同样是一副阴沉和倔强的样子，一心谋划着未来，正如那些不喜欢、不承认自己的过去的人一样，他也是移殖民，也像当时和从前生活在这片土地上的人一样；这些人没有留下任何踪迹，只在墓地破旧的，被绿苔覆盖的墓碑石板上，还能找到他们的名字。正如在韦亚尔走后，雅克和老医生一起参观的移殖民墓地一样。墓地里，一边是按照最时兴的殡葬方式新建的坟墓，装点着可以从跳蚤市场和珍珠市场上找到的饰物，用以表达当代人对死者的虔敬。另一边，在苍老的柏树之间，在布满松针和松塔的小道两旁，或者靠着潮湿的墙壁，坟墓的旧石板与土地混在一起，已经很难分辨哪是泥土，哪是墓石；只有墙脚处长出的酢浆草开着黄色的小花。

一个世纪以来，很多人来到这里。他们耕种土地，开挖垄沟，有的地方垄沟挖得越来越深，有的地方则越来越浅，直到一层薄薄的泥土盖住垄沟，于是，整个地区又恢复了荒野的植被。到这里来的人生儿育女，然后又在人间消失了踪影。他们的儿子也和他们一样。雅克的父亲就是这样来到这片土地上的；他们没有过去，不讲道德，没有给后人留下任何遗训，他们没有宗教；但是，他们很高兴这样生活，他们的儿子，他们的孙子也过着这样的生活。沐浴着明媚的日光时，他们高兴；面对黑夜和死亡时，他们焦虑。一代代的人，一群群来自各个不同国家的人，在无限美好的夕阳景色中来到这里，又撒手人寰，没有留下任何踪迹，只是自生自灭。人们随即把他们忘得干干净净。实际上，这片土地的作用，就是让人们忘记过去。随着夜色的降临，从天上泼洒下来的某种气氛笼罩在走回村子的三个人身上，夜的降临让他们感到紧张，心中充满惶惑[1]；每当夜色快速落在海上，落在起伏不定的山上和高原上的时候，所有的非洲人都会感到惶惑；在德尔斐山的半山腰，人们也能体会到带有神圣意味的焦虑，那里的夜晚也会产生同样的效果，让人们对神庙和祭坛产生敬畏。但是，在非洲的土地

---

[1] 焦虑。——可能的字句

上，神庙被拆毁了，只剩下令人难以忍受的重负压在人们心头；同时，夜色也让人感到温馨。是啊，正如他们死去时的感觉一样，他们的后代在死时也会有同样的感觉！他们默默无闻，背弃了人间的一切温暖。雅克的父亲何尝不是如此，他远离祖国，却死在一场令人难以理解的悲剧中。父亲一辈子身不由己，从孤儿院一直到战地医院，其间还经历了无法避免的婚姻；生活围绕着他织成一张网，丝毫不由他主宰，一直到战争杀死了他，埋葬了他，让他成了家人、儿子心目中永远的陌生人，被人遗忘，而被遗忘才是他们的宿命。他们从远处漂泊而来，生活一开始便无根无源，最终的结果也只能是被忘得一干二净。当时的图书馆里有很多回忆录，讲的都是这个国家殖民化过程中失去了亲人的孩子；是啊，人们找到了这些孩子，但是最终又失去了他们消息；他们建设的村庄也注定了不会长久，他们也在默默无闻中死去，没有任何人记得他们。似乎人类的历史，在这片最为古老的土地上不断前进的历史，在这里并没有留下多少踪迹，像一滴水，在永不停歇的太阳照射下蒸发了，在天地之间消失得无影无踪；同时被蒸发而消失的，还有真正创造了历史的人们；从而使历史变成了一场场暴力和谋杀的危机，变成了仇恨的火焰，激励着人们大行杀伐，致使血流成河，血迹又像当地的季节河一样，随后便被太阳晒得干涸了。现在，夜色似乎从地面升起，并开始淹没一切，不管是死人还是活人，都在自古以来便如此神奇的天空下被夜色淹没。不，他永远不可能了解父亲，他父亲仍将长眠在那里，父亲的面孔永远消失在了灰烬中。父亲是个谜团，他本想刺破这个谜团。但是说到底，人因为贫穷才会默默无闻，才会没有过去；只是因为贫穷，人才会消失在芸芸众生当中。世界是这芸芸众生创造的，可是创造者永远消失在了人们的遗忘中。这正是他父亲与"猎犬号"上的人们拥有的共同命运。此时此刻，一片无边的寂寥开始漫天笼罩下来；萨赫勒的马翁人，高原的阿尔萨斯人，以及沙漠和大海之间这个广袤的大岛，统统被笼罩在寂寥之中。人们的血缘、勇气、劳动、本能，所有这一切既残酷，又令人同情；可是桩桩件件，无不在寂寥中随着时光而湮灭。雅克也曾想脱离这寂寥之地，脱离寂寥的人群和家庭；但是，总有人执着地不断呼唤他归来，让他重新融入芸芸众生的群体和寂寥的生活，他本来就属于这个群体。他跟着老医生，在夜色中盲目地向前走去，听着从广场上传来的阵阵音乐声。老医生在他右侧喘着粗气。他脑海中又浮现出站在亭子四周的阿拉伯人，他们脸上表情冷峻，让人觉得神秘莫测；他又想起韦亚尔的笑和倔强的表情；他也再次想到外面发生爆炸时，母亲脸上像濒死的人一样的神色；想到母亲，他心中感到温馨，也感到一阵撕心裂肺的忧伤。在那片使人遗忘的土地上，在黑暗的夜色中，他走了一年又一年，这片土地上的每个人都是第一人。在这片土地上，他不得不依靠自己长大成人，他没有父亲，他从来没有像别人家的孩子那样，体会过父亲招呼儿子，等着儿子到了懂事的年纪，将家庭的秘密，将父亲经历过的苦难，或者父亲的生活经验告诉他。像这样父子传经的时刻，即使是可笑又可恶的波罗尼乌斯，在向拉厄耳忒斯[1]传经时，其形象也在倏忽间变得高大了。雅克到了十六岁，后来又到了二十岁时，没有任何人向他传授任何事，他不得不自己学习，自己长大，自己获得力量，自己增长才干，自己去寻找道德和真理。总而言之，他是自己成长为男人的，然后又变得更加坚强，在别人的心目中，在女人的心目中成为男子汉。正如这里的每个男人一样，他要学会像浮萍一样生活在没有信仰当中。而今天，所有这些人都有可能最终消失在寂寥之中；他们在这片土地上留下的唯一神圣的足迹，就是公墓里与泥土已经融为一色的墓石板；现在，夜色笼罩了下来；在征服者的喧嚣声中，他们必须学会在别人面前重生；在这片土地上，征服者是他们的先驱，可是现在，先驱者受到了排斥，他们应当承认，他们与先驱者像亲兄弟一样，有着共同的种族，共同的命运。

现在，飞机正在向阿尔及尔降落。雅克心里想着圣布里厄那片小小的墓地；军人的坟墓比蒙多维[2]墓地维护得更好。在他心目中，地中海隔开的，是两个世界。在一个世界里，逝者的名字，以及对过去的回忆在有限的空间被保留了下来；在另一个世界里，风沙在广大的空间将前人的足迹抹杀得干干净净。他曾试图摆脱默默无闻的境遇，摆脱贫穷的生活和顽固的无知。他无法生活在盲目的耐心当中，他忍受不了无法表达的

---

1 荷马史诗《奥德赛》中，希腊英雄奥德修斯的父亲。——译者注
2 阿尔及尔。——可能的字句

痛苦，他无法接受除了眼前的即时之需，对未来没有任何计划的生活。他跑遍了全世界，他教育别人，他创造了别人的人生，也激励别人去生活，他的日子过得充实，甚至忙得不可开交。然而，他现在从内心深处知道，圣布里厄，以及圣布里厄所代表的一切，在他心目中曾经没有任何地位；他再次想到刚刚离开的那些被光阴销蚀，被日月染成绿色的坟墓；他怀着一种奇怪的欣悦之情认为，是死亡引领他回到了自己真正的祖国，也用无限的遗忘掩盖了他作为一个不同寻常而又【平凡】之人的记忆，他在贫贱中长大成人，没有人帮助他、救护他；可他漂流到了一片幸福的海岸，在晨曦的光明照耀下，以没有记忆，没有信仰的心态，接触到新时代的人，接触到这些人的可怕的，却又是令人激情澎湃的历史。

第二部分

儿子或者第一人

中　学

这年的十月一日[1]，雅克·科尔梅利[2]穿着粗笨的新鞋，脚下总觉得有点儿不自然，新浆洗过的衬衣也让他显得呆板，肩上斜挎的皮书包还散发着清漆和皮鞋的味道；他和皮埃尔一起站在电车前面，看见电车司机将变速杆挂上一挡，沉重的车辆便离开贝尔古车站。雅克转回身，想看看几米之外的母亲和外婆；她们仍然俯身向着车窗一边，在他第一次出发去往神秘的中学时，她们想用目光再多陪伴他一会儿；但是，他再也看不见她们，因为他旁边的人打开《阿尔及利亚快报》，报纸完全挡住了他的视线。于是他转过身向前看，看着电车有规律地吞没一节节铁轨，头顶的电线在早晨清凉的空气中振动着；他背对着家，背对着古老的街区，心里有点难受。他从来没有离开过这个街区，除了难得几次短暂的出游（当人们要去这一片城区的中心时，便说"我要去阿尔及尔"）；电车行驶的速度越

---

[1] 或者从中学入学开始，然后按照顺序写，或者开始先介绍丑恶的成人，然后再回到中学入学时期，一直写到生病。

[2] 描述孩子的外貌。

来越快，尽管皮埃尔友好地与他肩并肩站在一起，他还是有一种因为走向陌生的世界而不安的孤独感；他不知道该如何去应对陌生的世界。

实际上，任何人都无法给他们提供建议，他和皮埃尔很快便注意到，他们的处境孤立无援。贝尔纳先生不了解这所中学，无法对他们说什么，更何况他们也不敢去打扰贝尔纳先生。家里人对情况更是一无所知。对于雅克的家里人来说，拉丁语根本就是一种毫无意义的文字。（除了他们可以想象的原始兽性时代，）历史上竟然还有过不讲法语的时代，而且，各种文明（对于他们来说，"文明"这个词本身就没有任何意义）继往开来，各个时代的习俗和语言天差地别，这都是他们闻所未闻的事。他们从来没有接触过有关的图片、文字、口头信息，甚至在一般的谈话中也从来没有听说过这一类的事。这个家里没有报纸，也没有图书，直到雅克把书带回家来；家里没有收音机，只有维持生活必需的东西。到家里来的客人，只有家人的亲戚，人们也很少离开家，日常见到的，只是同一个家庭的成员，大家都一样无知无识，雅克从中学带回来的东西，没有任何人可以理解，于是，他和家人之间便越来越无话可说。在中学里也是一样，他根本无法和同学、老师谈到自己的家人。他能够感觉到家人的不同寻常，即使能够克服羞耻感，他也不知道该如何表达。

让他们一家人感到与众不同的，甚至不是阶级的差别。在这个移民国家，有人一夜暴富，也有人转眼家破人亡；阶级之间的界限不如种族之间的界限明显。如果孩子们是阿拉伯人,他们会觉得更加痛苦,更加苦涩。况且,他们在社区学校读书时,班里有不少同学是阿拉伯人;而中学的阿拉伯学生少之又少,即使有,也是有钱的显贵人家子弟。雅克比皮埃尔更加与众不同,因为雅克的家庭比皮埃尔的家庭更加特殊;之所以如此,是因为雅克无法用价值观或者传统的习俗来解释家庭现状。在学年开始时遇到老师询问,他当然可以说父亲死于战争,这大体上算是一种社会身份,他是受国家照顾的孤儿,这是人人都可以理解的事。但是,其他情况就很难说了。在学校要求他们填写的表格中,有"父母的职业"一栏,他就不知道该写什么。他先是写了"家务",可是看到皮埃尔填写的是"邮局职员"。皮埃尔又跟他说,"家务"不是一种职业,只是指在家里看家、做家务的女人。"不对啊,"雅克说,"她替别人做家务,尤其是对面的杂货店。""要是这样,"皮埃尔有点迟疑地说,"我想你应当写'佣人'。"雅克从来没有想到过这一点,只是因为这个词很少用,他家里人从来没有人提到过这种说法——也是因为他家里任何人都没有想到过自己是在为别人工作,他们都觉得,他们首先是在为自己的孩子工作。雅克开始写,又停了下来,突然间觉得羞耻,而且为觉得羞耻而羞耻。

一个孩子,他自己并不觉得他代表什么,能够代表他的,是他的家长。孩子通过家长定义自己,在世人的眼中,孩子也是由家长定义的。孩子们真正觉得,自己通过父母得到别人的评价，也就是说，在受到别人评价时，他自己是无能为力的。雅克刚刚发现世人的这种评价，同时他也发现了对自己不好的心态的评价。他那时不可能知道，人在长大成人之后，如果不能评价情感的善恶，那是缺乏德行的表现。因为，在别人眼中，一个人是好是坏，主要是看这个人怎么样，而不是看他的家庭。有时候，人们甚至会通过长大成人的孩子，来评价其家庭的是非。但是，雅克要有一颗不同寻常的勇敢而纯洁的心，才不会因他刚刚发现的事物而感到痛苦；同样，他要有世人不可能拥有的谦卑之心，才会在刚刚发现的事物揭示了自己的本性之后，不感到愤怒和羞耻。但是，他做不到超凡脱俗，他没有勇敢而纯洁的心，也没有超常的谦卑，他只有坚强而蹩脚的自傲，至少可以在眼下的情况中帮助他，让他稳住手下的笔，在表格上写了"佣人"一词，面无表情地将表格拿给辅导员，辅导员却连看也没有看一眼。尽管如此，雅克丝毫不想改变自己的出身和家庭；而且，他母亲本来就是他在世界上最爱的人，虽然他对她的爱得不到回应。一个穷人家的孩子，虽说从来没有羡慕过别人的任何东西，但是，他有时候也会感到耻辱；如何才能让人们懂得这一点呢？

还有一次，辅导员问他的宗教信仰，他说他是"天主教徒"。辅导员便问他要不要登记上宗教教育课，他想到外婆的担忧，便回答说不用了。总是板着脸，从来不见笑模样的辅导员又说："那也就是说，你是不参加修行的天主教徒。"雅克无法解释家里人的情况，也无法说明家人对待宗教的奇怪态度，于是便坚定地说："是的。"人们听了他的话，都笑了，他从此也就有了个不信教的名号；而这时候，正是他觉得心中茫茫然无所适从的时候。

还有一天，教语文的老师向学生们分发了一张表格，是关于内部组织的问题，让学生们拿回家，给家长签字。表格上列举了禁止学生带入学校的所有东西，包括武器、画报和扑克牌之类，表格的说辞非常讲究，雅克不得不用简单的话，给母亲和外婆概要地讲了一下内容。家里只有母亲能在表格下面好歹画个签名[1]。因为在丈夫死后，她每个季度领取烈士遗孀抚恤金；政府管理部门——这里指的是公共财务处，卡特琳娜·科尔梅利每次只说她去"财务处"领钱；对她来说，那只是个专有名词，没有任何意义，但是孩子们却觉得那是个神秘莫测的地方，那里钱财无数，他们的母亲每隔一段时间，就可以到那里去领一小笔钱花——每次都要求她签名；开始时很难，但是有个邻居（？）教她模仿 Vve Camus（寡妇卡缪）[2]的签名，她学得勉强能画出个模样，公共财务处的人也就接受了。然而，第二天早上，雅克发现母亲忘了给他画签名；母亲走得比雅克早得多，要去打扫一家很早就要开门的商店。外婆不会签字。外婆只是用画圆圈的办法记账，根据在圆圈上画一道或者两道横线，代表个位、十位或者百位。雅克不得不把没有签字的表格

---

1 旧事重提。

2 原文如此。

带回学校，说他母亲忘了签字；老师问他，家里是不是没有别人能够签字，他回答说是没有；从老师惊讶的表情，他才看出这种情况并不像他以为的那么普遍。

他有些同学，是由于家长的工作才偶然从法国本土来到阿尔及尔。这些同学更让他感到困惑。让他思考得最多的，是乔治·迪迪耶[1]；雅克和他一起上法文课，两人有共同的兴趣，也喜欢读一样的书，所以他们走得很近，甚至产生了亲密的友谊，这让皮埃尔感到嫉妒。迪迪耶的父亲是军官，也是勤于修行的天主教徒。他母亲是"专攻音乐"的，他姐姐（雅克从来没有见过他姐姐，但是一想到她，心里便感到十分甜蜜）是专做刺绣的。据迪迪耶自己说，他将来要当教士。他非常聪明，在信仰和道德问题上毫不妥协，在这些问题上，他的信念就是对事物进行裁决的标准。他从来不说脏话，也不像其他孩子们非常喜欢的那样，在言谈话语中影射人的生理或者生殖功能；孩子们虽然喜欢或明或暗地说这些事，但实际上他们并不是十分明白。当两个人之间的友谊变得明确之后，他向雅克提出的第一个要求，就是再也不要说粗话。和他在一起时，雅克做到这一点并不难；但是和其他孩子在一起时，很容易又是满口粗话。（他的多重天性开始表露出来。这样的天性在很多事情上为他提供了方便，让他见什么人说什么话，并能适应各种环境，扮演各种角色，除非是……）认识迪迪耶之后，雅克才

---

[1] 在他死后又发现了他。

知道什么是法国的中产家庭。雅克的朋友在法国有一幢祖传的房子,学校一放假,他便回那里去度假。他不断地和雅克谈到那所房子,写信里也总是提到说,房子里有个阁楼,阁楼上有很多旧箱子,旧箱子里保存了家人的信件、纪念品和老照片。他知道祖父母、曾祖父母以及一个远祖的历史,远祖曾在特拉法加当过海员。这段漫长的历史在他的想象中是有生命的,也为他的日常行为提供了榜样和告诫。"我祖父说……我爸爸想让我……"这就是他日常行为严格,道德极为纯正的理由。当他讲到法国时,他会说"我们的祖国",而且他会接受祖国要求他做出的牺牲("你父亲是为祖国牺牲的。"他对雅克说……),而对雅克来说,祖国的概念没有意义;雅克知道自己是法国人,这使他肩负了某些义务,但是对于他来说,当他需要法国时,法国是个并不存在的实体,不过有时候,这个实体又需要他做某些事,就像他在自己的家庭之外听说的上帝一样;看起来,上帝是至高无上的主宰,善恶都由他来决定,人对上帝无能为力,相反,上帝却能决定人的命运。他的这种感觉比家里女人们的感觉更加明显。有一天他说:"妈妈,祖国是什么?"[1]她脸上露出惊慌不安的表情,正如每次遇到不明白的事物时一样。"我不知道,"她说,"不知道。""是法国?""噢!对啊。"她显得松了一口气。但是迪迪耶知道什么是祖国;对于他来说,通过一代代的家人,家

---

[1] 1940年第一次发现祖国这一概念。

庭是一种坚实的存在；通过国家的历史，法国对他也是一种实实在在的东西；他知道圣女贞德，而且亲切地称呼她"让娜"；同样，在他心目中，善恶都有明确的定义，正如他现在和未来的命运一样。雅克和皮埃尔一样，觉得自己属于另类。没有过去，没有祖宅，也没有家庭；自己家里没有装满旧时信件和纪念品的阁楼，他们是不明确的民族理论上的公民，祖国的屋顶上盖着雪，可是他们却永远头顶着一颗不变的、野性的太阳；他们只有最为初级的道德观，比如，他们知道不能偷东西，他们知道要保护自己的母亲和女人；但是，对于和女人有关的很多事，对于和上级的关系的问题，他们便一无所知了……（如此等等）。最后，他们是被上帝抛弃的孩子，他们也不知道上帝的存在，他们无法设想未来，因为对于他们来说，太阳、海洋、困苦就是护佑他们的种种神灵，在这些神灵冷漠的注视之下，每天的现实生活已经让他们穷于应付。而且实际上，雅克之所以从内心深处十分关注迪迪耶，无疑是因为这个孩子热爱被推向极致的事物，他的整个身心都沉浸在忠诚的激情当中。（雅克虽然从书上多次看到"忠诚"这个词，但是从迪迪耶口中才第一次听说。）迪迪耶也会表现出感人的柔情，这也来自他奇怪的人格；在雅克心目中，他的魅力完全变成了某种异域的东西，所以就更加吸引雅克，正好比雅克长大后，觉得异域的女人对他具有无法抵抗的吸引力一样。对于雅克来说，传统的、笃信宗教的世家子弟，就像从热带地区回来、被太阳晒得黝黑的冒险家一样，对他有着极大的诱惑力，因为他们身上包裹着一层奇怪的、令人难以理解的秘密。

但是，卡比利亚的牧童在被灼热的太阳晒得光秃秃的山上放牧，看见一群来自遥远的北方的鹤从头顶飞过，便开始梦想北方是什么样，从而一整天沉浸在幻想当中。晚上又回到长满乳香黄连木的高原上的家中，家人都穿着长袍，住在穷苦的茅草房里，他的根就扎在这里。雅克和牧童一样，虽然可以陶醉于像春药一样的资产阶级传统（？），但实际上，他依恋的，还是和他一样的人，也就是皮埃尔。每天早上六点一刻（除了星期日和星期四），雅克便急急忙忙从楼梯上下来，跑进炎热季节的潮气或者冬季的暴雨中，他的披风鼓胀起来，像一团海绵，在喷泉处拐进皮埃尔家那条街，又跑上两层楼，轻轻地敲响皮埃尔家的房门。皮埃尔的母亲是个仁慈而漂亮的女人，她为雅克打开门，门里直接就是饭厅，只有很少的几件家具。饭厅最里面，一边有一扇卧室的门。其中有一间卧室是皮埃尔和他母亲住的，另外一间住着他的两个舅舅，都是身材粗壮的铁路工人，两个人话不多，脸上总是笑眯眯的。走进饭厅，右边有一间既不通风，也不透光的小黑屋子，是厨房和洗手间。皮埃尔总是晚起。他坐在铺了漆布的餐桌旁，如果是冬天，桌上会有一盏煤油灯，他手里端一个褐色的陶瓷大碗，正在慢慢喝母亲刚刚倒在碗里的滚烫的牛奶咖啡。"吹一吹。"他母亲说。他便吹吹，带着很大的响声吸溜着喝；雅克一边看着他，一边捯换两条腿的重心[1]。等皮埃尔吃完早饭,还要到有烛光照明的厨房里去,白铁皮的洗碗池上已经摆好一杯水,杯子上横放着牙刷,上面有厚厚的一条特制的牙膏,因为,皮埃尔患有牙槽脓肿。他套上风衣,背上书包,戴上鸭舌帽,就这样全副武装好之后,再去用力地、久久地刷牙,然后又声音很大地将牙膏吐进白铁皮的洗碗池里。牙膏的药味和牛奶咖啡的味道混合在一起。让雅克感到有些恶心,同时也等得不耐烦了;他把不耐烦的心情表露给皮埃尔看,两个小朋友常常因此闹情绪,而这种情绪又使两人的友情变得更加紧密。于是,他们默默地下楼来到街上,板着脸一直走到电车站。也有的时候,他们大声笑着互相追逐,或者边跑边传递书包,就像在橄榄球场上传球一样。他们在车站等着,看着红色的电车驶来,猜测今天开车的是两三个司机中的哪一个。他们不喜欢后面的两节车,总是挤上动车,想到前面去。不过,在车上根本挤不动,因为车上已经挤满了去干活的人,都是从郊区到中心市区去上班的。而且两个孩子背着书包,在拥挤的乘客中行动也不方便。到了前边之后,只要一有乘客下车,他们便乘机向铁皮和玻璃的壁板以及电车的变速箱处挤去。变速箱又高又窄,上面的变速杆有个圆头状的把手;变速杆可以平行移动,下面是个圆盘,中间有个凸起的钢制齿盘,最上面的齿槽是空挡,挨着的三个齿槽挡位越来越高,第五个是倒挡。只有驾驶员才可以操纵变速杆。驾驶员的上方有

---

[1] 中学生的鸭舌帽。

块牌子，说明禁止与驾驶员谈话。在两个孩子心目中，驾驶员简直是半人半神一样的存在。他们穿的制服像军装，制服帽子上有牛皮的硬帽檐；阿拉伯的驾驶员例外，他戴的是小圆帽。两个孩子按照长相区别各个驾驶员。有一个"年轻而热情"，头像个少年，肩膀显得孱弱。"棕熊"是个又高又壮的阿拉伯人，五官显得十分厚实，眼睛总是盯着前方。"动物的朋友"是一个上了年纪的意大利人，面色灰暗，眼睛倒是十分明亮，整个上半身都压在操纵杆上，他的外号之所以叫"动物的朋友"，是因为有一次，一只狗心不在焉地待在轨道上，他几乎把电车停了下来，以避免撞到那只狗；还有一次，一只狗大模大样地在钢轨之间拉屎，他干脆停下车等着。"佐罗"是个又瘦又高的大个子，面部和脸颊的小胡子像道格拉斯·范朋克[1]。"动物的朋友"也是孩子们心中的朋友。但是，他们对"棕熊"佩服得五体投地；只见他稳如大山，端正地坐在驾驶座上，操纵着咣咣当当的电车向前飞奔；大大的左手握着操纵杆上的木球，只要道路情况允许，便把操纵杆推到三挡；右手十分警觉地放在变速箱右侧粗大的制动轮上，遇有情况，便用力将制动轮转上好几圈，另一只手同时将变速杆拉回空挡，于是，电车便显得非常沉重地在钢轨上原地空转起来。"棕熊"开车的时候，一到拐弯处，或者在通过道岔的时候，动车车顶上用一组钢板弹簧顶着的受电弓往往会与电线脱离开来，而在正常情况

---

[1] 打动人之处，以及音色。

下，受电弓是通过空心轮缘的小轮子顶在电线上的；受电弓脱线之后，又向上弹去，电线会发出很大的震动声，冒出一串串火花。售票员这时会跳下电车，抓住动车后面一个铸铁箱子里自动缠绕着的一条绳子，绳子系在受电弓下面的连杆上，售票员使劲拉绳子，以克服钢板弹簧的压力，将受电弓的连杆向后拉，再让受电弓慢慢向上，让电线卡进小轮子的空心轮缘里，这时的电线和小轮子之间又会冒出一片火花。孩子们将身子俯向外面，或者，如果是冬天，便将鼻子挤在车窗玻璃上，眼睛一眨不眨地盯着整个操作过程。当受电弓和电线重新接合之后，孩子们便通告众人，好让驾驶员知道，同时又没有违规直接与驾驶员讲话。但是，"棕熊"总是一副处变不惊的神色，按照规定等着售票员拉响吊在动车后面的一根绳子，绳子连着动车前面一个铃铛，向司机发出信号。于是，司机这才重新启动电车，却也不见他把车开得更加小心。孩子们挤在前边，看着地上的钢轨和头顶的金属馈线飞快地向后退去。不管是大雨滂沱，还是阳光灿烂，当电车全速超过一辆马拉的大车，或者与一辆呼哧喘气的汽车在短时间里齐头并进的时候，孩子们便高兴得不得了。每到一个车站，都有一些阿拉伯的和法国的工人下车，随着电车越来越接近中心城区，再上来的乘客衣着会更整齐一些，铃声一响，电车便再次出发；就这样，电车从城市延伸而形成的圆弧形的一端跑到另一端，一直到港口，一直到看见海湾巨大的空间与地平线上泛着蓝光的山地相接。再有三站地，就到终点站政府广场了，孩子们便在这里下车。广场的四周，三面是树木和拱廊形的房子，一面是白色的清真寺和港口的空场。广场中间是奥尔良公爵的骑马铜像，在灿烂的阳光下，更显出铜像身上的灰绿色，天气不好的时候，铜像会变成黑乎乎的，雨水从铜像上流淌下来（人们传言说，雕刻铜像的人因为忘记了一条马衔索而自杀了），马尾巴上没完没了地向下流水，雨水流进铜像下面的一个小花园里，小花园的四周围着一圈栅栏。广场其他地方铺着小块的方石，表面亮晶晶的；孩子们从电车上跳下来，在光滑的石头上打着出溜向巴博阿苏恩街走去，打一次出溜便可以向前滑动很长一段距离；这样，五分钟后，孩子们便可以到达中学了。

巴博阿苏恩街是一条十分拥挤的街道，两边的拱廊落在巨大的方形石柱上，让街道显得更加狭窄，留下的空间仅容电车线路通过；这条街上的电车是由另一家公司经营的，将这个街区与城市最高处的几个街区联系在一起。天气炎热的时候，天空是一片厚重的蓝色，像灼热的盖子扣在街道上，拱廊下的阴凉倒是十分清爽。下雨天，整条街便成了一道深深的壕沟，铺在路面上的石头潮湿而光滑。拱廊下的商铺一家挨一家。批发布料的商铺正面是深色调的装饰，浅颜色的布料便在黑影中闪着柔和的光；杂货店散发着丁香和咖啡的香味；阿拉伯人的小铺子里卖的甜食上闪着油脂和蜂蜜的亮光；昏暗而幽深的咖啡馆里，大咖啡壶此刻正嗞嗞地冒着热气（晚上则是一片耀眼的灯光，人声鼎沸，一群男人脚下踩着撒在地板上的锯末，拥挤在吧台前，吧台上摆满了杯子和小盘子，杯子里是乳白色的饮料，小盘子里则装着各色小吃，比如羽扇豆，鳀鱼，切成小块的芹菜，橄榄，炸薯条，花生米），还有专做游客生意的大卖场，里面卖一些难看的东方彩色玻璃制品，都摆在玻璃展示柜里，展示柜的四周摆放着旋转货架，上面是各种明信片和色彩鲜艳的摩尔式头巾。

拱廊正中间的一家大卖场是一个胖男人开的；那人总是坐在玻璃橱窗里面，或者躲在阴影里，或者坐在电灯的光线下；那人身形巨大，脸色苍白，圆圆的眼睛向外凸起，有点像掀起石头或者朽烂的树干时发现的大虫子的眼睛；他还有一个特点，那就是绝对的秃顶。中学生们根据这一特点，给他起了个外号，叫"苍蝇滑冰场"或者"蚊子赛车场"，意思是说，苍蝇和蚊子落在他头顶上一根毛都没有的地方，想转个弯都会滑倒。傍晚时分，学生们往往成群结队来看他，像一群惊鸟飞过一般，从大卖场前跑过，喊叫着倒霉的老板的外号，同时嘴里发出嗞……嗞……声，模仿苍蝇和蚊子在他头顶上打滑的声音。身材胖大的商人斥骂这群学生；有一两次，他甚至不自量力地站起来，想去追他们，但是每次都不得不放弃。面对学生们如潮水般的喊叫和嘲笑，他突然一声不吭了，而且有好几天晚上，任凭孩子们胆子越来越大，最终来到他跟前大吼小叫。有一天晚上，商人花钱雇来的一些阿拉伯年轻人突然从藏身的柱子后面出来，向孩子们扑去；这天晚上，雅克和皮埃尔只是因为跑得快，才没有被教训。雅克后脑勺上挨了一巴掌，从懵懂中醒过神来，赶紧逃脱了对方的追击。有两三个同学结结实实地挨了几巴掌。后来，学生们密谋抢劫那家商店，用拳脚教训店主，但是实际上，他们计议中的阴谋并没有实行，也不再折磨那个商人，而且也习惯了可怜巴巴地从对面的人行道上溜走。"大伙儿泄气了。"雅克心酸地说。"不管怎么说，"皮埃尔回应道，"是我们做得不对。""是我们做得不对，而且我们怕挨揍。"后来，他又回想起这件事，才明白（才真正地明白），人们假装遵守法律，但实际上，人们只是在武力面前才会低头[1]。

到了巴博阿苏恩街的中间，街道一侧的拱廊便消失了，街道突然变得宽阔，街边上是圣维多利亚教堂。这座小小的教堂占据的，原来是一座清真寺的位置。教堂的正面用石灰刷成白色，在墙上挖进去一个献祭的神龛（？），里面总是摆着各色鲜花。在空出来的人行道上，是一些花店，在孩子们经过的时候，花店的花已经摆放开来，向行人展示一把把各色鲜花，根据季节不同，有鸢尾、康乃馨、玫瑰或者银莲花，花束插进高高的保鲜桶里，因为需要经常往花上喷水，保鲜桶的上沿已经生锈了。同一段人行道上，还有一家卖阿拉伯炸糕的小店；实际上那只是一个小小的角落，里面站三个人都有些困难。在角落的三面墙当中，有一面的墙上挖了一个灶，灶的四周镶着蓝色和白色的瓷砖，灶上安一口大锅，锅里的油沸腾着，发出欢快的嗞嗞响声。灶火前总是盘腿坐着一个奇怪的人物，穿着阿拉伯式的短裤，天气热的时候上身几乎赤裸，其他日子则穿一

---

[1] 他和其他人都是这样。

件欧式的上衣，翻领用安全别针固定；这人剃了光头，脸上显得很瘦，嘴里的牙齿掉了，看起来像没有戴眼镜的印度甘地；他手里拿一把红色的搪瓷漏勺，照看着油锅里颜色渐渐发黄的圆形炸糕。当一个炸糕的火候恰到好处，也就是说四周变成金黄色，中间极细极薄的面变成透明状，同时变得酥脆了的时候（就像透明的炸薯片一样），他便小心翼翼将漏勺伸到炸糕下面，很快将炸糕从油里捞出，在油盆上将漏勺掂上两三次，控控油，然后便将炸糕放在前面一个架子上，架子的前面挡着一块玻璃，隔板上有些小洞；隔板的一边已经摆放着炸好的蜂蜜糕条，另一边就是炸好的油糕[1]。皮埃尔和雅克非常喜欢吃这种甜食。如果两人中有人极其意外地有了一点钱，两人便花点时间，停在小铺子前，接过用纸包着的炸糕，炸糕上的油立刻让纸变成透明状；有时候他们也买炸糕条，商贩先将炸糕条浸入放在面前的一只罐子里，罐子里是深色的蜂蜜，上面星星点点漂着一些炸糕的渣子；商贩再将蘸了蜂蜜的炸糕条递给他们。孩子们接过这美妙无比的甜食，一口咬下去，同时不停地向学校跑，上身和头部向前探着，避免让油渍污了衣服。

每次开学后不久，就离燕子从圣维多历亚教堂开始迁徙的时候不远了。的确，在街道之上变得宽阔了的地方，架着很多电线，甚至有从前电车调度使用的高压电缆，后来不用了，也

---

[1] 兹拉比亚，马科鲁德（Zlabias, Makroud）。

没有拆除。天气刚一变冷，当然这里说的冷是相对的，因为这里从来不结霜，只是，在持续了好几个月的炎热天气之后，人们对温度的变化还是十分敏感；燕子[1]一般是在滨海的林荫大道上空飞，也在中学前面的广场上空或者穷人街区的上空飞，有时候尖叫着扑向榕树果，扑向海里的垃圾或者地面上新鲜的马粪，先是一只鸟儿出现在巴博阿苏恩街的走廊里，迎着电车飞得很低，然后又突然直飞向上，消失在房子上面的天空中。突然之间，某一天早上，成千上万只燕子落在圣维多利亚广场的电线上，房屋的屋顶上；一只只燕子互相拥挤在一起，浅黑色脖颈上的小脑袋晃来晃去，摇着尾巴用爪子轻轻挪动身体，给新来的同伴腾个地方；人行道上落满灰白色的小块鸟粪。燕子发出叽叽喳喳的叫声，叫声汇成一片沉闷的声响，时而也有短促的鸣叫，交头接耳的啾啾声从早晨便在街道上空响起，而且声音越来越大，当夜幕降临，孩子们跑向回家的电车时，燕子的鸣叫声几乎震耳欲聋，又不知道在谁的命令之下，突然间一齐静下来，数千只小脑袋和黑白色羽毛的尾巴低垂着，进入了梦乡。在两三天的时间里，从萨赫勒各处飞来的一小群一小群的燕子（有时候甚至还有从更远处飞来的），试着与早先飞来的群体融汇在一起，渐渐便在沿街的屋檐上安下身来，主要在街道两侧聚集；行人头顶上翅膀的扇动声，叽叽喳喳的鸣叫声响成一片，最终变成巨大的轰鸣。继而，一天早上，街上突

---

[1] 参见格列尼埃提供的阿尔及利亚雀类说明。

然变得空空荡荡。夜里，就在天亮之前，群鸟一起飞向了南方。对于孩子们来说，冬天这就开始了，比日历上标注的日期要早得多，因为对于他们来说，晚上在依然炎热的天空有燕子叽叽喳喳的叫声，那才是夏天。

巴博阿苏恩街最终通到一个大广场，中学和军营分别在广场的左右两边面对面。中学背对阿拉伯城市，城市的街道陡峭而潮湿，从这里开始沿着丘陵一路向上攀爬。军营则背对大海。从中学再过去，便是马朗格公园；而从军营再过去，是巴博埃尔乌德贫民区，里面住的大半是西班牙人。在七点一刻之前几分钟，皮埃尔和雅克三步并作两步爬上台阶；荣誉门旁边就是有门人守着的小门；进入小门之后，他们便汇入成群结队的孩子们当中。他们走进大楼梯，大楼梯的两侧张贴着光荣榜；他们仍然快速走上大楼梯，来到楼梯的平台上；楼梯左侧是楼上的教室，教室外面有一道带玻璃隔断的长廊，长廊的外面就是学校里的大院子。就在楼梯平台的一根柱子后面，他们看到"犀牛"正在盯着迟到的学生。（"犀牛"是总学监，科西嘉人，小个子，神经质，因为留着两撇向上翘起的胡子而得了个"犀牛"的外号。）另一种生活由此开始了。

由于家庭状况，皮埃尔和雅克获得了半住宿生的助学金。因此，他们一整天都待在学校里，中午在食堂吃饭。根据每天情况不同，早上八点或者九点开始上课；住校生早上七点一刻吃早饭，半住宿生也可以在学校吃早饭。两个孩子的家人从没有想过放弃任何可以享受的权利，因为他们能够享受的权利本来就少得可怜；七点一刻之前赶到白色的圆形食堂来吃早饭的半住宿生很少，雅克和皮埃尔就是其中的两个；还没有完全睡醒的住宿生们已经在包着铁皮的长条桌子旁边坐好，面前摆着大碗和大筐，大筐里装满大片的干面包；食堂的服务生大都是阿拉伯人，他们身上穿着粗麻布的紧身围裙，拿着大咖啡壶在一排排桌子之间穿梭往来，咖啡壶从前是亮晶晶的，上面有个长长的弯嘴，滚烫的咖啡饮料便从弯嘴流进学生面前的大碗里，饮料中的菊苣粉比咖啡多。在食堂享受了自己的权利，两个孩子在一刻钟之后回到自习室；上课之前，学生们可以在一名辅导老师的监督下，在自习室预习功课；辅导老师也是住宿的。

中学和社区的小学最大的不同，是老师多。贝尔纳先生什么都会，而且以同样的方式，把他的知识教给学生。在中学，每个科目都有一名教师专门教，而且每个人的教学方法都不一样[1]。学生可以在各个老师之间进行比较，也就是说，他们可以选择喜欢哪些老师，不喜欢哪些老师。从这个角度看，小学的老师有点近似于父亲，他扮演的完全是父亲的角色，小学老师不可避免地像父亲一样对待孩子，是孩子成长过程中必不可少的人；所以实际上，孩子们没有爱不爱老师的问题。孩子们一般会爱老师，因为他们依赖他。但是，如果个别情况下，孩子

---

[1] 贝尔纳先生受人爱戴，学生们都很佩服他。中学的老师最多是受人佩服，学生们是不敢爱老师的。

不喜欢，或者不太喜欢老师，可是仍然需要依赖老师，老师仍然是他离不开的人，"依赖"和"离不开"其实与"爱"相距并不远。相反，在中学，老师们就像家里的叔叔、舅舅一样，你可以选择喜欢哪个，不喜欢哪个。特别是，你可以不喜欢他们；比如有些教物理的老师，穿衣打扮很雅致，可说起话来却十分专横、粗鄙，是雅克和皮埃尔永远无法"忍受"的，虽然在几年的中学生活当中，他们不得不多次面对这些老师。最有可能受到学生爱戴的，是教语文的老师，孩子们与他们接触也更多；的确，雅克和皮埃尔在各个年级的时候都很喜欢语文老师[1]，却不能依靠他，因为他对孩子们的情况一无所知，而且一下课，老师和学生便各奔东西，各过各的日子，学生们又回到远处的街区，任何中学的老师都不可能住在那样的街区里；所以，孩子们课后乘电车回家的时候，根本不可能遇到任何一个老师和学生——红色电车（C.F.R.A.）在下面的街区运行，而在上面被称为豪华街区运行的，是另一条绿色电车线（T.A.）。绿色电车可以一直通到中学，而红色电车则到政府广场为止。人们从下面【　】[2]中学。所以，等一天的功课结束了，两个孩子在学校门口，或者再稍远一点，在政府广场与一群欢快的同学分手，走向通往贫民区的红色电车时，便感觉到与其他孩子们分别了。他们感觉到的，只是与其他孩子的"分别"，

1　说明喜欢哪些？进一步阐述？
2　此处有一个无法辨识的词。

而不是低他们一等。他们来自与其他孩子不同的地方，仅此而已。

相反，白天上课时，这种分别感便被消除了。每个人穿的外衣不一样，有的好看些，有的不那么好看，但是都差不多。学生们唯一竞争的，是上课时的心智快慢，是游戏时身体的灵活程度。而在这两种竞争当中，两个孩子都不落在人后。他们在社区小学受到的教育都很扎实，这让他们在学习上颇有优势，到了六年级，他们的成绩在班上便名列前茅。他们的语文和算术知识很稳固，记忆力久经考验，尤其是人们向他们灌输了尊重【　】[1]各种知识的态度，至少在学业一开始的时候，就让他们胜券在握。雅克好动，这使他经常受到影响，无法被列入光荣榜，皮埃尔的拉丁语学得差一些；要不是两人各自的缺点，他们会在方方面面都成为优等生。无论如何，他们受到各科老师的鼓励，大家都很尊重他们。说到游戏，主要是足球，而且雅克在最早的课间休息时，便发现了他对足球运动的喜爱，这也成了他在多少年的时间里非常热爱的运动。足球比赛在课间休息时举行，对于住宿生来说，半住宿生和留在学校自习的走读生之间的区别，是半住宿生在食堂吃完午饭后到下午一点之间有课间休息，而走读生是在下午四点最后一节课结束之后才有课间休息。课间休息的时间是一个小时；这时候，孩子们可以吃些点心，休息一下，再上自习；自习期间，学生们

---

[1] 此处有一个无法辨识的词。

可以准备第二天的课程[1]。雅克没有点心吃，他跟喜欢足球的同学们一起冲向铺了水泥地面的院子，院子四面是粗大柱子支撑的拱廊（功课好的学生和听话的学生在拱廊下面一边聊天，一边散步），拱廊边上有四五排绿色的长凳子，也栽种了粗大的榕树，榕树四周有铁栅栏围护着。两个球队各在院子一边，两根柱子之间就是球门，守门员分守两边，一个很大的橡胶泡沫球放在院子正中间。没有裁判，只要一脚开球，孩子们便开始喊叫和奔跑。雅克本来和班里学习好的学生是平起平坐的，到了球场上，他又受到学习不好的学生的尊敬和爱戴，学习不好的学生脑子不够聪明，身体往往天生就非常壮实，再怎么奔跑，也不会感到体力不支。雅克在球场上第一次与皮埃尔有了区别，因为皮埃尔不踢球，虽然他的身手天然就十分敏捷；他现在身体更加脆弱了；他长得比雅克快，头发也变得更黄。他和雅克就像两棵树一样，经过移植之后，他的生长状态不如雅克好[2]。雅克却不见长高，由此得了"贴地飞"和"矮屁股"的雅号。但是雅克才不在乎这些，他脚下带着球疯狂地奔跑，避开一棵树，再避开对方的一名球员，他觉得在球场上和在生活中一样，他都是王者。当鼓声敲响，宣布课间休息结束，自习时间开始时，他才真正从天上落到地上，在水泥地面上突然站住，口中喘着气，身上冒着汗，为休息的时间太短而

---

1 这时候，由于走读生都回家了，院子里的学生会少一些。

2 进一步阐述。

懊恼不已，然后才慢慢清醒过来，奔跑着冲进同学们当中，用衣袖频频擦着脸上的汗，想到鞋底的钉子磨损的程度，他突然感到害怕；在开始上自习时，他焦虑地查看鞋底，想看看和前一天有没有差别，看看钉头的光亮程度，觉得很难看出钉子的磨损，这才放下心来。若是出现无法弥补的破损，鞋底脱开，鞋面断裂，或者鞋跟扭歪了，让他觉得回家毫无疑问会受到训斥，他便只能在两个小时的自习期间忍受着肚子一阵阵抽紧的感觉，吞咽着口水，努力将心思用在功课上，以弥补过失；然而，不管他怎么努力，由于害怕挨打，他怎么也无法把精神集中在功课上。更何况最后一节自习课是他觉得最长的一节课。开始时，自习课是两个小时。后来延长到傍晚，或者夜幕降临。教室高大的窗户正对着马朗格公园。坐在雅克和皮埃尔周围的学生比平时显得更加沉默，因功课和游戏而累了，沉浸在当天最后所要完成的功课当中。尤其是年底，夜色落在高大的树木上，落在花园的花坛和一片片的香蕉树上。天空的颜色变得越来越暗，天幕也显得越来越遥远；城市的喧嚣声越来越远，越来越低沉了。当天气特别热，有的窗户半开着的时候，可以听见小花园上空最后几只燕子发出的鸣叫声，也可以闻到山梅花和大玉兰花的香味；花香味冲淡了墨水和尺子发出的酸味和苦涩味。雅克走神了，他心里奇怪地有些发紧，直到年轻的辅导老师将他的思绪拉回教室；辅导老师也是正在用功研习大学课程的学生。必须等到最后一通鼓声敲响，才能够离开教室。

七点钟，学生们向学校外面涌去[1]，成群结伙地沿着巴博阿苏恩街边跑边大呼小叫；街上所有的商店都亮堂堂的，拱廊下的人行道上行人很多，学生们有时候不得不跳下人行道，在电车的轨道上奔跑，一直到看见电车过来，才跳上拱廊下的人行道，一直跑到政府广场；广场四周的亭子和阿拉伯货摊上都点着明亮的电石灯，孩子们欢快地闻着电石发出的气味。红色的电车正等着发车，车上的乘客已经挤得满满的，比早上乘车的人要多很多。遇到这种时候，孩子们就坐在脚踏板上；那里本来是禁止坐人的，人多的时候不得不允许例外，直到有乘客到站下车，孩子们才挤进人堆里，分散开来，再也无法聊天，用胳膊肘和身子拼命向前挤，一直挤到有扶手的一侧，便可以从车窗看到昏暗中的港口。海天之间的夜色中，邮轮上亮着耀眼的灯光，看上去就像高低错落的楼房着起了大火，在燃烧之后留下了一堆堆炽热的火炭一样。灯光通明的电车哐当哐当地在高于海平面的城区驶过，接着，又向内陆方向深入一些，在显得越来越贫穷的房子之间穿行，一直到贝尔古街区。到了这里，雅克和皮埃尔就要分手了，雅克随后走上从来没有灯光照明的楼梯，再看到煤油灯圆形的光线照在铺了漆布的桌子和桌子四周的椅子上，屋里其他地方沉浸在黑暗中；卡特琳娜·科尔梅利在黑暗中的橱子前忙碌着，在桌子上摆餐具；与此同时，外婆在厨房加热中午剩下的杂烩菜；雅克的哥哥坐在桌子

---

[1] 男同性恋者的攻击。

一角读惊险小说。有时候,雅克要到姆扎博人开的杂货店去买盐,或者买四分之一块黄油,都是到用时才发现家里没有,临时不得不去买的;有时候也要到卡比咖啡馆叫舅舅回来吃饭,他正在那里与人高谈阔论。家里人八点钟吃晚饭;吃饭时没有人说话,舅舅有时候讲个莫名其妙的故事,逗得雅克哈哈大笑;但是无论如何,绝没有人提到中学里的事,只有外婆偶尔问问雅克考的分数好不好,雅克回答说"好",然后就再没人提到这事;母亲什么也不问,只是点点头,当他承认考的分数不错时,母亲也会用温柔的眼睛看看他,总是略微歪着头,但总是一声不吭。"你别动了,"他母亲对外婆说,"我去拿奶酪吧。"然后就再也不说话,一直到吃完饭,她才站起来收拾桌子。"帮帮你妈。"外婆说。因为这时,他拿起《帕尔达扬》,入迷地读了起来。他帮母亲收拾完桌子,又回到桌上的灯前,将那本讲决斗和勇敢行为的厚书放在光滑的漆布桌子上,现在的桌上已经空无一物;他母亲则拉一把椅子,躲开桌上的灯光,若是冬天,她就靠着窗户坐下,夏天就坐在阳台上,看着街上变得越来越稀少的电车、汽车和行人[1]。到时候提醒雅克该去睡觉的,仍然是外婆,雅克第二天早上五点半就要起床。于是雅克先拥抱外婆,然后是舅舅,最后是母亲;母亲温柔地,却心不在焉地吻他一下,便又恢复到在黑影中一动不动的姿势,失神的眼睛望着街上,正好比她待在河岸上,无可奈何地

---

[1] 吕西安——十四岁高小学生——十六岁保险公司。

望着下面河中的生命之水不断地流淌而去；同时，儿子也在黑暗中不知疲倦地观察着她，他嗓子发紧，看着她瘦弱而弯曲的后背，面对无法理解的不幸，阵阵莫可名状的焦虑袭上他的心头。

鸡窝与杀鸡

从学校回到家后,他总是感到人在面对未知和死亡时产生的焦虑;每天傍晚,他心中总是很快便充满这种感觉,正好比黑暗很快吞没光明和土地一样;只有当外婆点煤油灯的时候,他的焦虑感才会有所停歇。这时,外婆将玻璃罩放在漆布上,略微踮起脚尖,大腿靠在桌沿上,上身向前倾,头部向边上扭,以看清灯罩下的灯芯,一只手捏着灯下面调节灯芯的铜钮,另一只手用一根点着的火柴刮灯芯,一直到灯芯不再结炭,而是发出好看而明亮的火焰,外婆才把玻璃罩再放回火头上,插进铜质灯座的齿状槽里,玻璃罩与齿状槽摩擦时发出轻微的咔咔响声;而后,外婆再次挺直身子站在桌旁,抬起一只胳膊,再次调节灯芯,一直到温暖的黄色光线在桌面上形成一个完美的大圆圈,以更加柔和的光线照着女人和孩子的脸,好像那光线是从漆布上反射出来的一样。孩子在桌子的另一头关注着整个点灯的仪式,随着光线的升起,他的心才慢慢从被揪紧的状态放松了。

有时候,外婆让他到院子里去抓鸡时,他也会感到同样的焦虑;出于自傲或者虚荣,他极力想克服焦虑的心情。这种情况总是出现在晚上，往往是某个重要节日的前夜，比如复活节或者圣诞节，或者是有钱的亲戚要来，外婆既要给亲戚面子，又要照顾自己的面子，不想让外人看到自己生活的窘迫。的确，在上中学的最初一两年时间，外婆让约瑟夫舅舅趁星期天出去采买的时候，给她带回来几只阿拉伯母鸡；又让埃尔奈斯特舅舅在院子最里面又潮又光滑的地面上盖了个简陋的鸡窝；就这样，她养了五六只鸡，平时可以下蛋，有客人来时，有的鸡就要牺牲性命了。外婆第一次决定杀鸡时，全家人正在吃饭，她要两个外孙中的老大去抓鸡，但是路易[1]说什么也不去，干脆就说他害怕。外婆嘲笑他胆子小，斥责说，家里的孩子都是富家子弟，不像她小时候的人们，本来就生活在穷乡僻壤，是什么也不怕的。"雅克胆子更大，这我知道，雅克去吧。"老实说，雅克根本不觉得自己胆子比哥哥大。但是，既然外婆已经这样说了，他便没有了退路，于是第一次抓鸡，他便去了。他要在黑暗中摸索着走下楼梯，然后在黑暗的走廊里向左转，摸到通向院子的门，将门打开。外面的夜色不像走廊里那么浓密。可以看见通向院子的四级台阶，台阶上长了绿苔，非常光滑。右边，是剃头匠一家住的小房子的百叶窗，这家阿拉伯人小气得很，家里只透出一点点光亮。对面是睡梦中的鸡；他只看见一团团白乎乎的影子，趴在到处是鸡屎的地面上或者栏杆上。来到鸡窝前，他蹲下身子，一只手在头顶上方抓着粗

---

[1] 雅克的哥哥有时候叫亨利，有时候叫路易。

铁丝做成的网栅，另一只手刚一摸到摇摇晃晃的鸡笼，鸡窝里便发出沉闷的鸡叫声，同时一股热烘烘令人作呕的鸡粪味弥漫开来。他打开齐着地面的小格栅门，俯身向前，好将手和胳膊伸进鸡窝里，手摸到腻乎乎的地面或者脏兮兮的木棍，让他感一阵恶心，赶紧抽回手，鸡翅膀和鸡爪子一阵扑腾，几只鸡便向四处飞或者跑，他的心脏因为害怕而一阵阵抽紧。但无论如何也要下定决心，因为人家说了，他是胆子最大的人。只是，一群鸡在黑暗而肮脏的角落胡乱扑腾，让他焦虑不堪，肚子也因之而抽紧了。他等着，看看头顶上方明净的天空，天上闪烁的繁星显得明晰而平静，紧接着，他向前一扑，伸手抓住够得着的鸡爪，将疯狂叫着挣扎的鸡拉过来，一直拉到小小的门口处，用另外一只手抓住另一只鸡爪，猛地将母鸡拉出鸡窝，很多鸡毛在小门的门框上被撕扯下来；同时，整个鸡窝里尖锐而惊恐的鸡叫声响成一片。阿拉伯人的家门突然开了，喷涌而出的光线在地上划出一片长方形，阿拉伯老头十分警觉地走出来。"是我，塔阿先生，"孩子漠然道，"我来给外婆抓一只鸡。""啊，是你呀。那就好。我还以为是小偷呢。"说着，他又回到屋里，关上门，让院子再次淹没在黑暗中。于是，雅克撒腿就跑，手里的鸡发疯似的挣扎，碰在走廊的墙上或者楼梯的栏杆上；雅克的手掌感觉到鸡腿上的皮肤是厚厚的鳞片状，而且冷冰冰的；他又恶心，又害怕，心里一阵难受，便在楼梯平台和家里的走廊中跑得更快，突然以战胜者的姿态出现在饭厅里。人们看见门口战胜者的影子头发乱成一团，膝盖上沾了院子里的绿苔，手里的鸡向前伸着，让它尽可能远离自己的身体，脸色因恐惧而变得苍白。"你看，"外婆对大外孙说。"他比你小，可他让你感到羞耻。"雅克等着外婆用一只有力的手接过他手里的鸡腿，然后才有空感到自豪；母鸡突然间静了下来，似乎明白，从现在开始，它已经落入一只无情的手中。哥哥正在吃甜食，根本没有正眼看他，只是冲他做了个鬼脸，表示蔑视，这让雅克感到更加得意。他得意的时间并不长。外婆因为有个勇敢的外孙而感到高兴，为了奖励他，便请他在厨房里观看杀鸡。她已经围上一个蓝色的大围裙，仍然一只手抓着母鸡的腿，在地面上放了一个白色的搪瓷大盘子，以及一把长刀，埃尔奈斯特舅舅经常在一块长方形的黑色石头上磨这把刀，刀刃已经被磨得窄而细长，几乎成了一道亮闪闪的细线。"你站在那儿。"雅克站在厨房里为他指定好的位置上，而外婆则站在厨房的入口处，堵住厨房，让母鸡和孩子再无出路。雅克的腰顶在洗碗池上，【左】肩抵住墙，惊恐地看着外婆精准的宰杀动作。的确，外婆将盘子向前推了推。厨房门左侧一张小木桌上放了一盏小煤油灯，盘子刚好暴露在灯光下。她将鸡伸向地面，右膝跪在地上，将鸡腿卡住，再用手压住母鸡，不让它挣扎，然后再用左手抓住鸡头，向后拉到盘子上面。她用像刮脸刀片一样锋利的厨刀，慢慢杀向类似于人的喉头的位置，割开一个切口，同时用力扭转鸡头，好让刀更深地割进脆骨里，进刀时发出一种可怕的声音，她用力将鸡按在地上，鸡的全身上下发出一阵可怕的颤抖，然后就再也不动了。与此同时，深红色的鸡血流进白色的搪瓷盘子里。雅克看着眼前的情景，两条腿直打哆嗦，好像那是他自己的血在流，他觉得身上的血流干了。过了很久，外婆才说："把盘子拿走。"鸡脖子不再往外流血。雅克小心翼翼地将盘子放在桌上，里面的血颜色变得更深了。外婆将鸡扔在盘子旁边，鸡的羽毛变得黯淡，眼睛成了土灰色，圆而多褶的眼皮已经落下。雅克看看鸡一动不动的尸体，鸡爪子现在已经蜷缩在一起，无力地垂下来，鸡冠子已经失去了鲜艳的颜色，也变得软绵绵的，总而言之是彻底地死了；雅克回到饭厅[1]。"我可见不得这种事，"那天晚上，雅克的哥哥压抑着气愤的情绪对他说，"真让人恶心。""怎么会呢。"雅克以不置可否的声音说。路易看着他，表情是又恨，又不解。雅克挺直身子。他沉浸在内心的焦虑当中，陷入了面对黑夜和可怕的死亡而感到的惶恐；自傲，也只有自傲才能让他对自己说：我要拿出勇气来；而愿望也就真的成了勇气。"你害怕，仅此而已。"他最后说。"对，"外婆这时从厨房回来，"以后就让雅克到鸡窝里去抓鸡。""好，好，"埃尔奈斯特舅舅十分高兴地说，"雅克胆子大。"雅克呆了，他看着躲在一旁的母亲；母亲正用一个木制的圆形楦子补袜子。母亲看看他。"是啊，"她说，"这样好，你胆子大。"说着，她又转身对着街上，雅克则睁大眼睛看着她，觉得不幸又在他抽紧的心中扎下了根。"去睡觉吧。"外婆说。雅克没有点那盏小煤油灯，

---

[1] 第二天，火燎鸡毛的气味。

在屋里借着从饭厅照进来的亮光脱了衣服。他躺在双人床的床边上，不想碰到哥哥，也不想妨碍他。他马上就睡着了，由于太累，也由于受了太多的刺激。他有时候会因为哥哥而醒来，哥哥因为比雅克起得晚，所以睡在靠墙的里面，夜里起夜就要从雅克身上跨过；有时候被吵醒是因为母亲，母亲在黑暗中脱衣服，难免会碰到衣柜，然后她慢慢地上床，而且睡得很轻，好像根本就没有睡着一样。雅克有时候觉得她没有睡着，很想叫她，但心里又想，反正她也听不见，于是便强迫自己和她一样醒着，只是静悄悄的，一动不动，尽量不发出一点响声，直到困得受不住了，正如他母亲白天洗了一天的衣服，或者经过一天繁重的家务劳动之后，也会沉沉地睡过去一样。

星期四和假期

只有星期四和星期天,皮埃尔和雅克才能又回到他们熟悉的天地(除非有的星期四雅克被罚,也就是说,被留在学校,正如总学监的通知上所注明的那样,雅克要把处罚通知的大致内容说给母亲听,然后让母亲签字;所谓处罚,就是要到学校去两个小时,从八点到十点,如果属于严重错误,那会处罚到校四个小时;雅克会和其他接受处罚的学生一起,待在一间特殊的教室里,有一个辅导员监视他们,辅导员往往因为这种苦差事而十分气恼;学生们这一天被罚做功课,其实也不会有太大的收效[1]。在八年的中学期间,皮埃尔从来没有被留校处罚过。但是雅克太爱闹,也太虚荣,所以有时候为了出风头,会干些蠢事,受过不少次被留校的处罚。他向外婆解释说,学校的处罚只是因为行为不当。说也没用,外婆无法区别行为愚蠢和行为不当。她认为,好学生一定会品德高洁,乖乖听话;同样,品德好的人,学问才会真的好。正因为如此,星期四被罚留校的事,再加上星期三的处罚,在外婆心目中就变得十分严

---

[1] 在中学不会是一般的小打小闹,而是打架斗殴。

重，尤其是最初的几年）。

没有被处罚的星期四和星期天，他上午给家里买东西和干活。一到下午，皮埃尔和约翰[1]便可以一起出去玩了。季节好的时候，他们可去海滩或者演兵场；所谓演兵场，其实是一大片空地，有一个简单勾画出轮廓的足球场，以及多处滚球游戏场。可以用一个填塞了破布的球当足球踢，和一伙孩子们进行比赛，其中有阿拉伯孩子，也有法国孩子，球队是自发组织的。在其他的季节，两个孩子可以去库巴（Kouba）残废军人院[2]，皮埃尔的母亲离开邮局后，在库巴残废军人院当洗衣女工的领班。库巴是阿尔及尔东边一片丘陵的名字，位于一条电车线路的终点站[3]。实际上，那里也是城市的边缘，再往外便是萨赫勒令人赏心悦目的乡野风景了，一片片高低错落的山丘，水塘也更多，草场说得上肥美，还有一片片好看的红土耕地，隔不远便见一丛高大的杉树或者芦苇将土地分隔开来。葡萄、果树、玉米的长势很旺，而且不需要过多的劳动干预。对于从城市和低矮而潮湿、炎热的街区来的人，这里的空气显得十分清新，也被认为有益于健康。阿尔及利亚人只要稍微有点儿财产或者收入，便想逃离阿尔及尔的夏天，到气候更加凉爽的法国去度夏，只要某个地方的空气略微清爽一些，人们便说，这儿

---

1 这里指的是雅克。
2 是这个名称吗？
3 火灾。

的空气"像法国一样"。在库巴就是这样，人们呼吸的是法国的空气。残废军人院是在战后不久为伤残军人建立的，离电车终点站有五分钟的路程。原来这里是一个修道院，里面很大，建筑非常复杂，分成好几翼，用石灰刷成白色的墙壁非常厚，有回廊和大厅，大厅带圆形的穹顶，里面宽敞而凉爽，现在是食堂和后勤处。皮埃尔的母亲马隆夫人领导的洗衣房就在这样的一间厅房里。她先在厅房里弥漫着蒸汽熨斗和潮湿衣物的气味中接待两个孩子，那里还有两名女职员，一个是阿拉伯人，另一个是法国人，也归皮埃尔的母亲管。她给两个孩子每人一个面包，一块巧克力；紧接着，她卷起袖子，露出鲜嫩而有力的漂亮胳膊："把这些东西装在口袋里，四点钟的时候当点心吃；你们到花园里去玩吧，我要干活了。"

两个孩子先是在回廊和院子里转悠，而且大部分时候，他们会马上把下午的点心吃掉，免得面包装在口袋里碍事，巧克力拿在手里会变软化掉。他们遇见一些残废军人，有的缺了一条胳膊或者少了一条腿，有的坐在装了自行车轮子的小车上动弹不得。见不到有脸上破相，或者眼睛看不见的人，人们都是肢体残疾，穿得都很干净，衣服上往往戴着勋章；衬衣或者上衣的一只袖子，或者一条裤腿细心地挽起来，用安全别针别着，让人看不见残缺的肢体，似乎也并不可怕。像这样的人很多。两个孩子开始时感到吃惊，后来也就理所当然地接受了；他们每次看到新的事物，都会认为，这是世间本该有的事。马隆夫人给他们解释说，这些人在战争中失去了一只胳膊或者一条腿，而战争又恰恰是与他们息息相关的事；孩子们整天听说的，无不与战争有关，战争影响到他们身边的很多事，所以他们很容易认为，在战争中失去一只胳膊一条腿，并不是什么了不起的大事，甚至可以把战争定义成是生活的一个阶段，人在这个阶段很容易失去胳膊或者腿。正因为如此，缺胳膊少腿的世界对两个孩子没有丝毫凄惨的意味。有些残疾人的确寡言少语，一副愁眉苦脸的样子，但是大部分都很年轻，脸上笑眯眯的，甚至拿自己身体的残疾开玩笑。有个金黄头发，大方脸盘，身体显得十分壮实的人经常在洗衣房附近转悠，他就对孩子们说："我只有一条腿，可我的脚照样能够踢到你们的屁股。"说着，他用右手支撑拐杖，用左手扶着回廊的扶栏，挺起身子，将唯一的一条腿向孩子们踢过来。两个孩子跟他一起笑了，然后撒腿跑开。两个孩子是唯一能够跑，能够使用两只胳膊的人，孩子们觉得这是再正常不过的事。只有一次，雅克在踢足球时崴了脚，有好几天时间只能拖着一只脚走路，他这才突然意识到，星期四在残废军人院看到的那些人一辈子残疾，不能跑，不能跳上已经开动了的电车，也不能踢球。人的身体这种奇妙的功能顿时让他惊异万分，同时又无缘无故地感到焦虑，害怕自己会不会也成了残疾人；但是很快，这种想法就被丢到了脑后。

他们[1]沿着食堂走过，食堂的百叶窗半闭着，大桌子完全

---

1 指两个孩子。

包着白铁皮，白铁皮在阴影中闪着微弱的亮光；然后是厨房里各种巨大的器具，各种炖锅和平底锅，里面总散发出一种油脂的焦煳味，经久不散。在最后一翼，他们看到一些屋子，里面似乎放了两张或者三张床，床上铺了灰色的床单，屋里摆放着白色的木制衣橱。接着，他们通过建筑外面的一个楼梯，来到公园里。

残废军人院的四周是一片大公园，几乎被完全废弃了。一些残废军人自告奋勇，来维护四周的玫瑰花丛和花坛，以及一个小菜园，小菜园的四周用干芦苇围护着。但是再往远处去，从前非常漂亮的大公园现在已经荒芜了。有高大的桉树、棕榈树、椰子树；树干粗大的橡胶树[1]低矮处的树枝垂下来扎进地里，成为树根；各种树木形成了一片植物的迷宫，到处洒下阴影，形成一片片神秘的氛围；枝叶浓密而结实的杉树，生命力旺盛的柑橘树，一丛丛异常高大的月桂树，树上开着粉红色和白色的花朵，在小道上洒下浓重的阴凉；小道上的黏土覆盖了沙石，爬满了芳香的山梅花、茉莉花、铁线莲、西番莲；疯长的忍冬成了一片灌木，忍冬的根部又被三叶草、酢浆草和各种野草侵袭，长成一片茁壮的草毯。在这片芳香四溢的大丛林中散步，爬树，藏身在野草丛中，在纵横交错的植物中用刀子开辟出一条通道，从里面走出来时，腿上被划出一道道血印子，脸上大汗淋漓，心里却陶醉了。

1　其他的高大树木。

但是，下午很大一部分时间被他们用来制作可怕的毒药。有个旧石凳子靠着一堵残墙，墙上爬满了野葡萄藤；石凳子下面放着两个孩子搜集来的各种器具，有阿司匹林针管，各种药瓶，或者旧墨盒，碎盘子的瓷片，破了口的杯子；这就是他们的实验室装备。就这样，他们藏在树林最浓密的地方，躲开世人的目光，制造他们最为神秘的毒药。药物的基础成分是夹竹桃，只是因为他们常听身边的人说，夹竹桃的阴影会给人带来厄运，谁要是不小心在夹竹桃树下睡着了，那就再也不会醒来。到了某个季节，他们用两块石头细细地研磨月桂树的叶子和花，直到研磨成气味难闻的糨糊状（成为害人的东西），谁要是看上一眼，这东西会让他死得非常难看。把糊状物暴露在空气中，天上立刻会出现极其可怕的虹彩。与此同时，一个孩子跑去用旧瓶子装满水。松果也被研磨成粉末，两个孩子肯定这东西也具有害人的功能，原因却不甚明了，也许因为松树和柏树常见于墓地。但是，松果一定要从树上采摘，而不能从地上捡，因为落地的果实变得干枯，他们觉得那样子很难看，干巴巴的，又很硬实[1]。他们还要将两种研磨过的东西在一只旧碗里混合在一起，用水稀释，然后再用一块脏手帕过滤。由此得到的汁液呈现绿色，令人望而生畏，胆战心惊，两个孩子在摆弄这种东西时，异常小心，把这东西当成会让人立时毙命的剧毒之物。两个孩子将毒药小心翼翼地灌进阿司匹林针管或者小

---

[1] 这里需要按时间顺序重新排列。

药瓶里，然后再仔细将瓶口拧紧，极力避免用手触碰里面的液体。剩下的便与他们采集的各种浆果制成的不同糊状物混合在一起，以制成一系列功效越来越强烈的毒药；两个孩子小心地给每种毒药编上号，藏在石凳子下面，一直到下个星期，等容器里面的液体经过发酵，最终转化成致命的毒剂。当这项见不得人的工作完成之后，雅克和皮埃尔兴致勃勃地欣赏一个个能把人吓得魂飞魄散的小药瓶，石头上粘了一小片绿乎乎的糊状物，他们高兴地闻着那东西散发出的苦味和酸味。其实，这些毒药并不是用来对付什么人的；两位化学家倒是估算过，眼前的毒药可以杀死多少人；有时候，他们甚至乐观地认为，他们制备的毒药可以大大减少城市的人口。但他们从来没有想过用这些神奇的东西清除某个讨厌的同学或者老师。之所以如此，因为他们并不真正地讨厌什么人。等他们成年了，在他们不得不生活的社会上，这种情绪会极大地妨碍他们。

但是，最好的日子还是刮风的时候。在残废军人院向着公园的一侧，最外面从前有个大平台，平台上的石头扶栏倒塌之后，已经被荒草淹没，只剩下铺了红色瓷砖的巨大的水泥底座。平台三面开放，俯瞰大公园，再远处是一道山谷，将库巴山丘和萨赫勒的一片高原分隔开来。在阿尔及尔，一刮东风，风力往往非常大；根据平台的朝向，凡是刮东风的日子，风就会横扫平台，直吹向残废军人院的房子。在这样的日子，两个孩子便向最近的棕榈树跑去，树下总有干枯的长长的棕榈叶子，他们刮掉叶柄上的刺，好用两手握持。接着，他们在身后拖着棕榈叶，向平台跑去。这时，狂风怒吼，吹得高大的桉树最高处的树枝疯狂地摇摆，棕榈树的树冠被吹成了一头披散的乱发，橡胶树油亮的阔叶被风揉搓得像纸一样，发出沙沙的声音。孩子们只好举着棕榈叶，背对着风爬上平台。他们紧紧抓着干枯的棕榈叶，用身体好歹护着发出沙沙响声的叶子，继而突然转过身，棕榈叶一下子便贴在他们身上，他们呼吸着棕榈叶上的灰尘和干草的气味。这时候，两个孩子玩的，就是顶着风向前冲，并将棕榈叶子举得越来越高。谁能最先到达平台的尽头处，手中的棕榈叶又没有被风刮走，谁就是赢家，而且赢家还要将棕榈叶举得高高的，将整个身体的重量落在向前迈出的一条腿上，能够顶着狂风，尽可能长时间地稳稳站着。就这样，大公园里高大的树木被狂风吹得东倒西歪，天上大团的乌云疾速奔跑，雅克挺身站在公园和高原之上，感觉到来自天涯海角的风顺着棕榈叶和他的胳膊而下，使他的身体里充满了力量和激情，他便连续发出悠长的叫声，一直到手臂和肩膀累得像断了一样；他手一松，干枯的棕榈叶便与他的喊叫声一起，瞬间被风吹上天。晚上，他躺在床上，累得筋疲力尽；屋里静悄悄的，他母亲睡了，发出轻而细微的呼吸声；他心中仍然回响着风的喧嚣和怒吼。这是他一辈子都迷恋的声音。

星期四[1]也是雅克和皮埃尔到市政图书馆去的日子。雅克一向非常喜欢读书，手头拿到什么，就读什么，读起书来的贪

---

[1] 使他们与日常生活的环境有了分别的日子。

婪劲儿，就像他对待生活、足球和梦想的态度一样。读书能够让他摆脱日常生活，躲进一个无害的世界，在这个世界里，财富和贫穷都同样值得关注，因为两者都同样是不真实的。同学之间互相传阅《无畏者》，以及一些大型的连环画册，一直到硬纸封面变成灰色，被磨得起皮，里面的纸页也卷边了，撕破了；这些书先是把他带入喜剧的世界，或者英雄的天地，满足了他内心的两种渴望，那就是欢乐和勇敢。两个孩子都读了大量侠客小说，而且很容易将《帕尔达扬》中的人物和日常生活交织在一起；由此来看，他们都喜欢英雄主义，喜欢人过留名、雁过留声的侠客精神。的确，他们最喜欢的作家就是米歇尔·泽瓦科，以及文艺复兴时期发生在罗马和佛罗伦萨宫廷的故事，故事以豪华的皇家宫殿或者教廷为背景，带有武士和阴谋的色彩，尤其是关于意大利的这一类故事，这是他们最喜欢的领域。两个孩子在故事的熏陶下，像两个贵族一样，在皮埃尔家所在的以黄色调为主，到处是灰尘的街上，他们像故事里描述的那样互下战表，动不动就像拔剑一样抽出书包里【　】[1]的长尺子，在几以垃圾桶之间展开激烈的决斗，手上便常常因之而留下青紫的斑痕，久久不会消散[2]。在这段时间，他们读不到其他的书，因为在这个街区，没有人看书，他们自己又只能买

1　此处有一个无法辨识的词。
2　他们为谁是达达尼昂（Artagnan）或者帕斯普瓦（Passepoil）而真的打起来。两人谁也不愿意成为严格意义上的阿拉米斯（Aramis）、阿托斯（Athos）和波尔图斯（Porthos）。

得起书店里卖不出去的一些大众读物。

但是，就在他们进入中学的那段时间，街区设立了一个市政图书馆，就在雅克家所在的那条街和高地之间；从高地开始，就是一些更加富裕的街区了，一幢幢小别墅四周都有小花园，花园里种着芳香植物；在阿尔及尔潮湿而炎热的坡地上，这些植物生长得十分茂盛。位于这些别墅当中的，是圣奥迪尔寄宿学校；这是一所教会学校，只招收女生。这个街区离他们近在咫尺，却又远如天边；正是在这个街区，雅克和皮埃尔领略到了他们最为深刻的激情（现在还不是谈这一点的时候，但是后面一定会谈到，如此等等）。两个世界之间的界线（一边到处是灰尘，没有树木，所有的地方都被街区的居民以及居民居住的房屋所占据；而在另一边，鲜花和树木为人们带来人世间真正的奢华），是一条相当宽阔的林荫大道，大道两边的人行道边上，栽种着高大的梧桐树。大道的一边是一排排小别墅，另一边则是廉价的低矮住房。市政图书馆就位于廉价住房一侧。

图书馆每周开放三次，其中包括周四的一次；除了周四，另外两次都是晚上，在工作时间之外；周四的开放时间还包括整个上午。有个外表不怎么讨人喜欢的小学女老师无偿为图书馆工作几个小时；她坐在一张相当宽大的白木桌子前，管理外借的图书。图书馆是一间方形的屋子，四周的墙边都摆着白木书架，书架上陈列着黑色漆布封面的图书。还有一张小桌子，桌子周围有一些椅子，供人短时间查阅字典时使用；因为，图书馆只向公众借阅图书，有一个按字母顺序排列的书目，雅克和皮埃尔从来不查书目。他们借书的方法，是在一排排的书架之间转，根据书名选中一本书；有时候也根据作者的名字选择图书，不过这种时候很少；选好之后，记住书的编号，并将编号写在蓝色的借阅卡上，凭借阅卡借书。若想获得借书的权利，只需要提供一张交房租的收据，支付一笔微不足道的费用，便可以得到一张带折页的借书卡，借阅的图书要登记在借书卡的折页上，同时也登记在小学女老师掌握的登记册上。

图书馆的图书大多是小说，但是对于十五岁以下的少年，很多属于禁书，是单独存放的。而且两个孩子只是纯粹凭直觉选择图书，这种办法让他们无法在能够借阅的图书中很好地选择。不过，对于文化上的事情，偶然性并不是最糟糕的事。两个嗜书如命的孩子贪婪地读着胡乱选择的一些图书，其中既有最好的，也有最坏的；而且，他们并没有想从读书中得到什么，他们也的确没有什么收获，读过的书只给他们留下了一种奇怪而强烈的激情；就这样，在多少个星期，多少个月，多少年的阅读之后，他们心中产生了一个由各种形象和回忆组成的世界，这个世界渐渐变得越来越大，而且无法与他们日常生活的现实相兼容，但可以肯定的是，这个世界对孩子们产生了同样大的影响，因为心性热烈的孩子对梦想的体验与对生活的体验一样强烈[1,2]。

---

1 吉耶词典（Guillet）的页面，插图的气味。
2 小姐，杰克·伦敦的书，好看吗？

实际上，书的内容并不重要。重要的是他们一走进图书馆，心中首先会产生的那种感觉；他们在图书馆看到的，不是四面墙上摆满了的黑皮漆面的图书，而是具有多重色彩的空间和远景；他们一迈进图书馆的门，这些空间和远景便将他们的心从街区的狭隘生活中拉了过来。接着，他们每人手里拿着可以借阅的两本书，用胳膊肘紧紧夹着，悄无声息地走进这时候已经变得黑黢黢的林荫大道，脚下的梧桐树果被他们踩得粉碎，他们心中思量着将从书中得到的莫大快乐，已经在与上个星期读的书进行比较，一直到他们走上街区的主干道，在刚刚点亮的路灯下迫不急待地翻开书，从中采撷几个句子（比如，"他的力量大得异乎寻常"），这更加强了他们充满欢乐和贪婪的期待。他们匆匆分手，跑回饭厅，将书摊开在铺了漆布的桌子上煤油灯的灯光下。一种十分强烈的胶水味，从粗糙的装潢和磨手的封面上，从自己的手上散发出来。

从图书的印刷方式，我们的小读者便预先可以得知即将从中获得的快乐。皮埃尔和雅克不喜欢版面很大、页边留白很宽的图书；讲究的作者和读者很喜欢这样的版面；但是，如果页面排满一行行的小字，行距很窄，字词和句子将整个页面占得满满的，就像乡村风格的大盘菜，让人吃起来很有充实感，而且很长时间也吃不完；只有这样的菜，才能让食量大的人感到满足。他们不讲究高雅；他们什么都不知道，而他们什么都想知道。书写得不好，版面粗制滥造，这对他们来说并不重要，只要写得清楚，只要书中充满强烈的生命气息就行。这样的书，只有这样的书，才能为他们的梦想提供原料，这样的梦想让他们晚上睡得更加踏实。

另外，根据印制图书所用纸张的不同，每本书都有一种特殊的味道；那是一种细腻的、秘密的味道，而且每种味道都是与众不同的，雅克闭着眼睛也能分辨出法斯盖尔出版社普通版本的纳尔逊丛书的气味。在阅读之前，图书的每种气味都会把雅克吸引进不同的一片天地当中，他知道那里充满了美好的事物，对此，他已经【有体验】；一旦沉浸在图书的世界中，他所在的屋子会变得朦胧起来，整个街区及其声音都消失了，整个城市，整个世界也随之而变得踪影全无；雅克痴迷而贪婪地读着书，内心激情四溢，完全陶醉在书中，外婆对他反复多次发出的命令，他根本就没有听见[1]。"雅克，去摆餐具，我这是第三次说了。"他终于摆好了餐具，目光空洞、无神，有点发呆，好像读书中毒了；他重新拿起书，似乎从来就没有放下过。"雅克，吃饭了。"他终于开始吃饭；嘴里咀嚼的东西，的确是食物，但是，他总觉得嘴里的食物不像书上的那么真实，不如书上的那么牢靠。接着，他放下盘碗，又拿起书。有时候，母亲在回到她的角落坐下之前，先到他身边来。"是图书馆的书。"她说。"图书馆"这个词她说得还不太准确，只是她从儿子口中听说的，对她也没有什么意义。但是，她认得出图

---

1 展开。

书的封面[1]。"对，"雅克说，连头也没有抬。卡特琳娜·科尔梅利俯身从他肩头上看了看。在灯光下，她看到页面上字符排列出两个并排的长方形，看到一行行整齐的文字；她也闻了闻书的气味，有时候，她伸出因为长期浸泡在洗涤液中而导致皮肤发皱、手指发硬的手，摸摸书页，好像她要更好地了解什么是书，好像她要更亲近地接触一下那些神秘的符号；她无法理解那些符号，可是，她儿子却经常长时间地沉迷在书中的世界里；这个世界对她是陌生的，当儿子从书的世界中回来，目光再次落在她身上时，便像在看陌生人。她畸形的手轻轻抚摸着孩子的头，可是孩子一点反应都没有；她叹了一口气，只好去坐下，远远地躲开。"雅克，去睡觉吧，"外婆反复命令道，"明天你会迟到的。"雅克站起身，拿起第二天上课用的书包，手里的书并没有放下，只是夹在腋下，而后，他将书塞在枕头下面，便像醉汉一样，沉沉地睡着了。

就这样，在许多年间，雅克的生活分成了大小不相等的两个部分，他无法将这两个部分联系起来。在十二个小时的时间里，他随着鼓声的起落，生活在学生和老师的群体中，沉浸在游戏和学习中。白天剩下的两三个小时里，他生活在老街区家里母亲的身边，可是，只有在穷人的睡梦中，他才能真正地与母亲在一起。尽管实际上他最初的生活是在这个街区里体验到的，可是他现在的生活，尤其是他的未来，却是在中学里。所

---

1 人们（埃尔奈斯特舅舅）给他做了一个白木小书桌。

以，从某种方式来说，时间长了，街区便与晚上和睡梦融合在一起。况且，世上真的有这个街区吗？这个街区难道不曾在孩子无意识的时候突然变成了一片荒漠吗？醒来时，他无异于跌落在水泥地上……无论如何，在学校里，他无法对任何人谈到母亲和家庭。在家里，他又无法对任何人谈到学校。在拿到业士学位之前，读中学的这些年期间，任何同学、任何老师都没有来过他家。至于他母亲和外婆，她们也不到学校去，除了一年一次在七月初举行颁奖仪式的时候。这天，她们和一群群穿着盛装的家长和学生，从学校的荣誉门走进学校。外婆穿上在重要场合出门时才穿的裙子，头上戴着黑色头巾；卡特琳娜·科尔梅利则头上戴着栗色绢网、蜡染紫葡萄色的帽子，身穿一件栗色夏装裙，脚上是她唯一的一双半高跟鞋。雅克穿了一件丹顿领的白色短袖衬衣，裤子开始时是短裤，后来成了长裤，但是，他母亲头一天夜里一定会将衣服小心地熨烫过。他走在两个女人当中，指挥着她们在下午一点的时候走向红色电车站，安置她们在电车的一只长凳子上坐下，自己则站在前边等着，他透过车窗玻璃上的影子看着母亲，母亲有时候冲他笑笑，并在整个乘车期间，总是不断地关注帽子是否戴得正，长袜子是否垂了下去，或者一条细细的链子上佩戴的代表圣母的小金牌位置是否得当。到了政府广场之后，她们走上巴博阿苏恩街，那是孩子在一年期间天天都要走过的，可是一年期间，他只有一次是在两个女人的陪伴之下，沿着这条路走过。雅克闻着母亲身上【朗普洛】花露水的气味，为了今天的活动，母亲在身上洒了很多花露水，外婆走路时身板挺得笔直，神气活现，当她女儿抱怨说脚痛时，她还训斥女儿（"你都这个岁数了，还穿小鞋，这对你是个教训"）；雅克则不知疲倦地指给她们看在他生活中变得十分重要了的商店和商人。中学的荣誉门被打开了，巨大的台阶两边从上到下装饰了盆栽植物，来得最早的家长和学生开始走在台阶上；科尔梅利一家当然远远地走在最前面，穷人总是事事走在前面，因为他们必须参加的社会活动少，快乐的事也少，而且总怕自己到晚了[1]。他们走进高年级的院子，院子里已经摆好一排排的椅子，那是从专门组织舞会和音乐会的一家企业租来的；院子最里面，在大挂钟的下面，是一个和院子一样宽的台子，台上也摆满了扶手椅和椅子，而且也摆放着大量盆栽的绿色植物。院子里渐渐坐满了穿着浅色服饰的人，大多数是女人。先来的可以选择坐在树下有阴凉的地方。其他的人则用阿拉伯扇子用力地扇着，扇子是用细草编的，边上缀了一圈红色的毛线绒球。在参加活动的人们头顶上，蓝色的天空似乎凝固了一般，在暑气的蒸腾下变得越来越热。

下午两点钟，楼上走廊里的一支军乐队开始奏响《马赛曲》；院子里的人们看不见乐队，但是所有人都一齐站起来，老师们进场，他们都戴着方帽，穿着平纹布的长袍，长袍的颜

---

1 命运不好的人内心深处总会不由自主地觉得自己对很多事负有责任，所以就不想在一些小事上再做得不周到，以增加自己的负罪感……

色因专业不同而异；走在老师队伍最前边的，是校长和一名本年度来担当这一苦差事的官方人士（一般是总督府的一名高级官员）。在老师们落座时，乐队再次奏响进行曲。随后官方人士立刻讲话，表明他对法国一般情况，尤其是对教育的观点。卡特琳娜·科尔梅利用心听着，却什么也听不见，但她从不表现出不耐烦和倦怠的心情。外婆倒是听得见，但是她什么也听不懂。"他讲得真好。"她对女儿说，她女儿则深信不疑地点点头。外婆受到鼓励，看看左侧邻座的男人或者女士，并冲他们笑笑，点着头证实她刚刚表达的判断。第一年，雅克注意到，全场只有外婆一个人戴着西班牙老太太的黑头巾，他因此而感到尴尬。老实说，这种虚伪的羞耻感始终伴随着他。他只是简单地认为，他反正也无法改变这种事，因为当他小心翼翼地向外婆说，她应该有一顶帽子时，她便回答说，她可没钱浪费在帽子上，更何况头巾可以为她的耳朵保暖。但是，在颁奖的时候，当外婆与邻座的人讲话时，他脸红了，觉得很丢人。官员讲完话之后，最年轻的一位老师站起来，一般是刚从法国本土来的新人，根据传统，由这位老师负责发表庄严的讲话。讲话的时间可以是半个小时，也可以长达一个小时；刚刚大学毕业的年轻人少不了会在讲话中运用很多文化上的比喻，大讲微妙的人文主义精神，这让阿尔及利亚的听众像听天书。再加上炎热的天气，人们的注意力开始涣散，扇子摇摆的速度更快了。即使是外婆，眼睛也望向别处，以表示她的倦怠。只有卡特琳娜·科尔梅利一副全神贯注的样子，眉头也不皱一下，全盘接受了像不间断的雨点一般落下来[1]的博学和智慧。雅克再也坐不住了,他用目光在人群中寻找皮埃尔和其他的同学,用秘密的暗号向他们发出警示,用各种鬼脸与他们开始了一场漫长的对话。密集的掌声终于响起,向发言人表示感谢,感激他愿意结束讲话。于是,有人开始宣读获奖学生名单。开始时是高年级的学生,两个女人要坐在椅子上等一下午,才能等到雅克所在的班级。只有在念到优秀奖时,人们看不见的军乐队才奏乐祝贺。越来越年轻的获奖人站起来,绕着院子走上领奖台,接受官员的握手,同时听取他三两句赞扬的话,接着是校长握手,校长将一包书发给获奖人(在获奖人上台之前,校长从台下一名办事员手里接过书,台下早就放好了带轮子的大箱子,里面装满了图书),然后,获奖人在音乐声中,在人们的掌声中走下台,用胳膊搂着书,昏头涨脑地用目光寻找台下的家长,看着他们用手去擦拭幸福的眼泪。天空变得不那么蓝了,大海上空某个地方出现了一道裂缝,似乎将热气吸走了不少。获奖的学生上台又下台,军乐队一遍遍不厌其烦地奏响音乐;院子里慢慢空了,现在的天空开始变成绿色,终于轮到雅克的年级了。一念到他的班级,他便不再做鬼脸,变得严肃了。听到他的名字,他站起来,头脑中嗡嗡作响。母亲没有听见宣读名单。他依稀听见身后的母亲对外婆说:"是在叫科尔梅利吗?""对。"外婆说着,激动得脸都红了。他走过水泥

---

[1] 悄无声息地落下。

路，登上领奖台，官员的背心上有一条怀表链子，校长露出善良的笑脸，有时候，他还能看见颁奖台上的人群中有他的某个老师，老师向他投来友好的目光；而后，他便在音乐声中走向两个女人，她们已经站在过道上，他母亲用类似于惊异的欢乐表情看着他，于是，他将一摞奖品交给她拿着，外婆则用目光让邻座的人们见证外孙的获奖；经过一下午没完没了的等待，激动人心的时刻显得太短暂，雅克急着回家，去读他刚刚得到的新书[1]。

他们一般会与皮埃尔和他母亲一块儿回家[2]，外婆悄悄地比了比两摞书的高度。到了家，雅克先拿起获奖证书，按照外婆的要求，在有他的名字的那一页折个角，她好向邻居和家人们展示。然后便开始清点自己得到的宝贝。还没有清点完，便看到母亲已经换了衣服，穿着拖鞋过来，一边扣着粗布外衣上的纽扣，并将她的椅子拉到窗口。她向他笑道："你干得好。"她说，同时还看着他，点点头。他也看着她，在等待着，也不知道等待什么，可她已经转身向着街上，仍然是他熟悉的那种姿势；她现在远远地离开了中学，再去也是一年之后了；同时，夜晚的影子慢慢侵入屋里，街上[3]已经有人家点灯了，已经看不清下面过往行人的脸孔。

母亲刚刚瞥了一眼学校，便义无反顾地离开了；雅克却是

---

1 维克多·雨果的《海上劳工》。

2 她没有见过中学，也不知道中学的日常生活。她参加过一次为家长组织的演出。原来的中学不是这样，是……

3 人行道上面。

毫无过渡之感地回到了街区和家里，并且再也不出去。

假期时，雅克也回到家里，至少上中学的最初几年是这样。他们家里谁也没有假期，男人一年到头不间断地干活。只有在企业里当员工，企业又为他们上了事故保险时，遇到劳动事故，他们才能有几天空闲，所以他们的假期是在医院里度过，或者和医生在一起度过。比如埃尔奈斯特舅舅，有一阵感觉累得筋疲力尽，用他的话说，既然"入了保险"，便故意用长刨削掉手掌上厚厚的一块肉，好能够休息几天。至于女人，卡特琳娜·科尔梅利没有休息时间，原因很简单，只要她休息，就意味着所有人的饭食要减量了。失业是没有保险的，所以失业是大家最担心的事。这也说明为什么在雅克家和皮埃尔家，工人在日常生活中都是最宽容的人，可是，一涉及到工作的问题，他们就变得排外了。他们先后指责意大利人、西班牙人、犹太人、阿拉伯人偷走了他们的工作，最后又怪罪全世界——从事无产阶级理论研究的知识分子对这样的态度感到困惑，但实际上，这是人之常情，而且是可以原谅的。这些令人感到意外的民族主义者和其他民族的人争夺的，不是统治世界的特权，不是金钱和休假的特权，而是被奴役的特权。在这个街区，劳动不是美德，而是生活的必需，而这种必需在让人活下去的同时，必然将人引向死亡。

无论如何，在阿尔及利亚令人难以忍受的夏天期间，政府公务员和有钱人坐船过海，在"法国的空气"中去养精蓄锐（回来的人莫不用神奇的，令人难以置信的话描述说，那里的草地黑油油的，整个八月都有水在汩汩流淌）；市中心的街区有一半人会在夏天离开，而穷人的社区在生活上却毫无变化，人反而显得更多，因为很多孩子走出家门，到街上来玩耍[1]。

皮埃尔和雅克只能穿着破了洞的草底凉鞋，穿着难看的短裤和针织圆领衫在干燥的街上转悠，对于他们来说，假期首先意味着酷热。最后一场雨是在四月份，最迟也是在五月份。在多少个星期和多少个月的时间里，太阳越来越像挂在天上一动不动了，而且越来越热，先是晒干了墙上的潮气，继而把墙壁晒得干枯，又烤得焦煳，将墙上的灰泥、石头和瓦片烤成了粉末，随风飘扬，使街上、商店的橱窗上和所有树木的叶子上都落了一层厚厚的尘土。到了七月份，整个街区便成了一片灰色和黄色[2]的大迷宫，白天空荡荡的，所有房子的百叶窗都关得严严实实，太阳残酷地主宰了一切；所有的狗和猫都被热得躺倒在房门里面，人们出门时，不得不溜着墙边走路，以躲开太阳的照射。八月份，太阳消失在像一团乱麻一样灰蒙蒙、厚重而闷热的云气后面，天气沉闷，潮湿，天上洒下一片散射的光，白茫茫的，让人的眼睛很容易疲劳，也使街上最后一抹颜色变得黯淡。在制桶工场，锤子敲击发出的回响显得愈加绵软无力，工人们有时候停下手里的活，将流着汗的头和上身伸到

---

1 最好的玩具就是旋转木马，有用的礼物。
2 浅黄褐色。

水龙头下面，用水泵抽上来的清凉的井水冲一冲[1]。在家里，水瓶，以及难得一见的葡萄酒瓶都用湿布包着。雅克的外婆赤脚在阴凉下的各个屋子里转悠，她只穿了一件衬衣，机械地摇着草编的扇子，她上午干活，中午拉着雅克上床睡会儿午觉，然后等着晚上刚显得凉爽一点儿，便又开始干活。在几个星期的时间里，夏天以及在夏天统治下的世间万物，在这样沉闷、潮湿、酷热的天空下百无聊赖，甚至让人们连什么叫清凉都忘记了，让人们不知何为冬天的水[2]，就像世界上从来没有刮过风，从来没有下过雪，从来不曾有过霏霏细雨，似乎从开天辟地一直到九月份，街区就像一片干燥的矿坑，里面热烘烘的像蒸箱，满身灰尘和汗水的人们懵懵懂懂，目光呆滞，动作缓慢地忙碌着。继而，突然之间，极度紧张的天空张力达到了极限，其力度之大，使天空崩裂成了两半。九月的第一场雨来势凶猛，大量的雨水淹没了城市。街区所有的街道都泛起亮光，同时，榕树的叶子也变得绿油油的，电车的电线和轨道上也出现了光彩。一股潮湿泥土的味道跨过俯瞰城市的丘陵，从遥远的田野飘来，为夏天的囚徒们带来空间和自由的信息。于是，孩子们冲到街上，穿着轻薄的衣服在雨中奔跑，兴奋地在街上翻卷着漩涡的溪流中艰难地跋涉，在大片的水洼中站成一圈，两手抱肩，仰头大喊大笑着，迎接不断落下来的雨水，有节奏地

---

1 海滩？以及夏天其他的活计。

2 雨水。

踩踏脚下的水,仿佛他们踩踏的是新收获的葡萄,而脚下溅起的脏水比葡萄酒更加令人陶醉。

是啊,酷暑令人难耐,而且常常热得让人发疯,让人一天天变得越来越容易发脾气,或者让人没有力气,也没有精神对外界的召唤做出反应,便不再喊叫,不再骂人,不再打架。紧张的神经也像酷暑一样慢慢积累,一直到在黄褐色的街区某个地方爆发。比如在里昂街(山丘红土地上建了一片墓地,里昂街便是围绕着墓地的一条街),几乎就在人称"马拉布"的阿拉伯街区的边缘,有一家摩尔人开的剃头铺子;有一天,雅克看到一个阿拉伯人从灰头土脸的剃头铺子里出来;那人穿着蓝衣服,刚刚剃了头,在孩子前面的人行道上走了几步,姿态很是怪异,身体向前倾,头却向后仰得厉害,让人觉得他的头怎么可能向后仰那么多。那种姿势,正常人也的确做不出来。剃头匠在给他刮脸的时候突然发疯了,用剃刀在那人抬头仰起的脖子上给了一刀,那人根本没有感觉到锋利的刀刃割破了脖子,只是因为流出的血而被窒息。他从剃头铺子里出来,在街上跑过,像一只被宰杀后还没有死的鸭子。与此同时,剃头匠被等着剃头的顾客抓住,发出令人毛骨悚然的嚎叫。对没有尽头的、好像着了火一样的天气,他是再也忍受不下去了。

雨水像从天而降的瀑布,用力地冲刷着夏天在树木上、屋顶上、街道上积聚的灰尘。像泥粥一样的雨水很快便汇成一条小河,在阴沟的入口处汹涌翻腾,几乎每年都要冲毁下水道,使雨水漫上马路,在汽车和电车的两侧飞溅起来,车辆像是长出了两支宽阔的黄色翅膀。海滩和港口的海水现在也变成了污浊的黄色。雨后的太阳使屋顶和街道,使整个城市冒起一股股热气。酷暑有可能回头,但是再也没有压倒一切的气势。天空变得更加敞亮,天地的呼吸也更加从容,而且,透过太阳厚重的光线,可以感觉到空气的脉动,期望中的雨水预示着秋天来了,也预示着要开学了[1]。"夏天太长了。"外婆说,她长出一口气,因为秋雨的到来和雅克要去上学而感到庆幸;天气酷热难耐的时候,雅克在关着百叶窗的屋子里无聊得直跺脚,让她心里感到更烦。

况且,她不明白为什么一年专门指定一段时间,让学生们什么也不干。"我可从来没有假期。"她说;而且她说得也对,她从来没有上过学,也没有娱乐;她从小时候就干活,从未间断。为了将来得到更大的好处,她的外孙在几年时间先不给家里挣钱,她愿意接受这一牺牲。但是,她一开始便在心里琢磨该如何处理这被浪费掉的三个月时间;当雅克进入三年级的时候,她认为是时候在假期期间给他找份工作了。"你今年夏天去工作吧,"在学年结束时,她对雅克说,"好给家里挣点钱。你不能就这么待着,什么事也不干。"[2]

实际上,雅克觉得要干的事情很多:他要去游泳,要到库

---

[1] 中学里——订阅卡——每个月办理一次订阅手续——在回答"已订阅"时的陶醉感,以及顺利地得到核实。

[2] 母亲的干预——那会累着他的。

巴去郊游，要从事体育运动，要去（贝尔古的）大街上闲逛，看画册，读通俗小说，读韦尔莫年鉴，以及圣艾田兵工厂没完没了的产品目录[1]。更别说还要替家里出去买东西，外婆还常支使他干些杂七杂八的活。但是，对于外婆来说，所有这一切恰恰就是"什么也不干"，因为孩子没有给家里挣钱，也没有像学年期间一样学习功课，这种没有收益的状况，就像地狱里闪现的种种火光一样。所以，最简单的就是给他找份工作。

实际上，事情没有那么简单。在报纸的小广告里当然也有招工告示，找人去当小职员或者跑腿儿的。贝尔托夫人便把报纸上的广告念给外婆听。贝尔托夫人的乳品店就在剃头铺子的旁边，店里散发着一股奶油的味道（习惯了植物油的人觉得这种味道闻着和吃着都很怪）。但是，招人的雇主总是要求应聘者至少十五岁；雅克的个子对于十三岁的孩子也算不上高，要谎报十五岁，不厚着脸皮是不行的。另外，招人的雇主总想招的人能够长期干下去。外婆将自己打扮起来，又戴上有重要事出门时必戴的头巾，去将雅克介绍给几个雇主，但是，人们都觉得雅克年龄太小，或者干脆拒绝雇用只能干两个月的人。"你只要说你会干下去，就行了。"外婆说。"可这不是真的。""没关系，他们会相信你的。"雅克说的不是这个意思。实际上，他担心的，并不是别人会不会相信他，而是这样的谎话，他说不出口。当然，他在家里经常说谎，以免受罚，或者

---

[1] 以前的读物？上面的街区？

私藏一枚两法郎的硬币，更经常的情况是为了闹着玩儿，或者吹吹牛。他认为，在家里说假话还可以饶恕，对外人说谎，那就是大逆不道了。他隐隐觉得，对自己爱的人，在重要的事情上不能说谎，因为一旦说了谎话，那就无法再与他们一起生活，也没有办法再爱他们。雇主对他的了解仅限于别人对他的介绍，因此雇主并不了解他，他要是说了假话，那就是彻底地说谎了。有一天，贝尔托夫人告诉外婆说，阿加区一家大型五金店想招一个整理货单的年轻职员。"咱们去吧。"外婆边系头巾边说。五金店在通向市中心街区的一道坡上；七月中旬的太阳将店铺烤得火热，附近散发出一股尿臊气，马路上也飘来沥青味。底楼的铺面很窄，但是很深，沿着纵向分成两个部分，中间是一排柜台，上面摆满金属零件的样品和锁具，而且大部分墙上都有抽屉，每个抽屉上都贴着神秘的标签。在入口的右侧，柜台上面装了铁栅栏，铁栅栏当中有个小窗口，是商店的收款台。铁栅栏里面坐着一位浅棕色皮肤的女人，有点心不在焉；她请外婆上楼到二层的办公室去。商店尽里头有个木楼梯，走上楼梯便见一间很大的办公室，布置和朝向都像楼下的商店，里面有五六个职员，男女都有，大家都围着中间一张大圆桌而坐。一边有一扇门，通向经理办公室。

办公室里很热，老板穿着短袖衫，领口敞开着[1]。他背后有一扇小窗，窗外是院子，虽然已经是下午两点，院子里的太阳

1　领子上有一枚纽扣，是可以取下来的假领子。

还照不进来。那人又矮又胖，拇指插在吊裤带里，吊裤带是天蓝色的，很宽；他的呼吸很急促。雅克看不太清那人的脸，只能听见他低沉的声音；他用带气喘的声音请外婆坐下。雅克呼吸着房子里到处弥漫的铁器的味道。他觉得老板之所以一动不动，是因为他有疑虑。一想到要对这个有权势的、可怕的人撒谎，雅克的腿便颤抖起来。外婆不会发抖。雅克快十五岁了，他要为自己谋生，而且要马上开始，不能再拖了。商店的老板说，雅克看起来可不像十五岁，但是，假如他是个聪明的孩子……噢，对了，他有毕业证吗？没有，他有奖学金。什么奖学金？读中学的奖学金。这么说他正在读中学？在读几年级？三年级。他退学了？老板的身子更加纹丝不动了。现在，他的脸孔可以看得清楚一些了，脸上一双乳白色的圆眼睛从外婆身上看到雅克身上。雅克被他看得身上发抖。"对，"外婆说，"我们太穷了。"老板令人难以察觉地放松了。"真令人遗憾，"他说，"因为他挺有天赋的。但是，有天赋的孩子做生意也会有好前程。"的确，好前程都是从卑微的工作开始的。雅克每天工作八个小时，每月将可以挣一百五十法郎。他明天就可以来上班。"你瞧，"外婆说，"他相信我们说的话了。""可是，当我开学要走的时候，该怎么解释呢？""到时候让我来给他说。""好。"孩子无可奈何地说。他看着头顶上夏天的天空，想到那股铁器的味道，以及处处是阴影的办公室。他明天要早早起来，而且对他来说，假期刚刚开始就结束了。

在两年的时间里，雅克夏天都要出去干活。先是在五金店，后来又给一个海运经纪人干。每次快到九月十五日时，他都感到害怕，因为他必须在那一天辞工[1]。

的确，假期结束了，虽然夏天和过去一样，一样炎热，一样无聊。但是，他失去了从前使他发生改变的那些事物，他的天空，他游戏的场所，他在喧闹中的发泄。雅克的日子不是在贫穷的土黄色街区里度过，而是在市中心的街区里。穷人的灰泥屋被富人的水泥建筑所代替，富人区的房屋多了一种灰色，显得更加雅致，更加忧郁。早上八点，雅克一走进散发着铁器和阴影味道的商店，他心中便有一片光明熄灭，天空也消失了。他与收款员打个招呼，便上楼来到光线不是太好的大办公室。中间的大桌子上没有他的位置。老会计整天叨着自己卷的纸烟，胡子都熏黄了；会计助理是个三十多岁的人，半秃顶，身材和脸盘都壮实得像头公牛；另外还有两个更加年轻的职员，一个长得细高，黑褐色头发，肌肉挺多，五官齐整，来到办公室的时候衬衣总是湿的，紧贴在身上，散发着一股好闻的海的味道，因为他每天早晨都到海堤那里去游泳，然后便一整天把自己埋葬在办公室里；另一个是个胖子，总是笑嘻嘻的，抑制不住内心充盈而溢的快乐和活力。最后是经理的秘书拉斯兰夫人，她长了一张马脸，但总是穿着粉红色的平纹或者斜纹布裙，样子挺耐看，只是一双眼睛无论看什么，神色总是十分严厉。大办公室里只有这几个人办公，大桌子上摆满了他们各

---

[1] 作者在这一段文字周围画了方框。

自的文件、账本、各种用具。因此，雅克的位置是经理室门右侧的一把椅子，他就坐在那里等着别人给他活干，经常是将一些发票或者商业信函分类，分别放在窗户两边的文件柜里。开始时，他还喜欢拉开文件匣，摆弄里面的文件，闻着文件的气味，觉得纸张和胶水的味道挺好闻；后来就烦了，觉得极其无聊；人们有时也要求他核对一列长长的数字相加的结果，他便坐在椅子上，把纸摊开在膝盖上计算；会计助理有时候也请雅克和他一起"校对"一系列的数字，这时，他总是站着，会计助理为了不影响其他同事，用低沉的声音念着数字，雅克便认真地用手指着一个个数字核实。从窗口可以看到街上以及对面的建筑，但是永远看不到天空。有时候，人们会派雅克到商店旁边的文具店去买一些办公用品，或者到邮局去寄一份急件，但这种时候不多。大邮局就在两百米之外的一条林荫大道旁，林荫大道从港口通向城市所在的丘陵最高处。雅克在林荫大道上再次见到了天空，再次沐浴着光明。邮局是一座大型的圆顶建筑，有三扇大门，还有一个巨大的圆屋顶；光线从大门照进来，圆屋顶上也有光线透射下来，照得室内流光溢彩[1]。但不幸的是，人们往往在快下班的时候让雅克去发邮件；一离开办公室，才是苦差事，因为天快黑了，他必须赶紧跑，邮局里又挤满了人，还要在窗口前排队，等着办业务，这无形中延长了他上班的时间。实际上，整个漫长的夏天期间，雅克都是在暗无

1　在邮局办理的业务？

天日的室内度过的，整天忙于一些没有意义的小事。"人不能待着，什么事也不干，"外婆说。可是，恰恰是在这间办公室里，雅克觉得自己是什么事也不干地待着。他不拒绝工作，虽然对于他来说，什么也无法代替大海或者库巴的游戏。但是他认为，在制桶工场干活才算得上是真正的工作，长时间用力气干活，要有一系列巧妙和准确的动作，双手要有力而轻盈，而且努力的结果是看得见的：一只新桶，十分精致，没有裂缝，做完以后工人可以欣赏自己的工作成果。

但是，办公室的工作来无源，去无果，只是买了又卖，一切都围绕着买和卖，而且对这些平庸的行动，你无法进行评价。虽然到那时为止，雅克始终生活在贫穷之中，但是，在这家办公室里，他才发现了什么是庸俗，并为失去的光明而感到痛苦。这种令人窒息的感觉不是办公室的同事们造成的。他们对他很好，让他干事时态度并不粗暴，即使是严厉的拉斯兰夫人，也常常对他有笑脸。他们相互之间很少说话，对人的态度看起来友好、欢快，其实很冷漠，这是阿尔及利亚人的特点。当老板比他们晚一刻钟到办公室，或者从办公室出来安排工作，核实某张发票时（对于重要的买卖，他总是把老会计或者有关的人员叫到办公室里去），人们的性格总是表露得更多一些，似乎这些男人和女人只通过他们与权力的关系来定义自己。老会计对人不是特别客气，而且人也很独立，拉斯兰夫人总是沉浸在自己严厉的梦幻中，相反，会计助理却是一副十足的谦卑相。除了和老板打交道，在其他时间里，他们便龟缩进每个人的壳中,雅克坐在自己的椅子上,等着有人对他发出命令,他才有机会可笑地忙碌一阵子,外婆就把这称作是工作[1]。

当他无法忍受下去的时候,不由得坐在椅子上躁动起来;他下楼到商店后面的院子里,躲进蹲坑式的厕所。厕所的墙是水泥墙,光线很暗,弥漫着一股难闻的尿臊味。在这个黑乎乎的地方,他闭上眼睛,呼吸着熟悉的味道,脑子里便开始天马行空。他心中有些莫名的、盲目的躁动,那是来自本能的、人性的冲动。他脑海里再次浮现出拉斯兰夫人的大腿;有一天,他手里的一盒大头针掉在她对面,他跪在地上捡拾大头针,偶然抬头,看到裙子下分开的膝盖,以及穿着花边内衣的两条大腿。在此之前,他从来没有见过女人裙子里的风光,眼前突然见到的情景让他嘴发干,浑身充满几乎无法控制的颤抖。他体会到某种神秘的东西,尽管他不断地试图探索,却永远无法穷尽那谜底。

雅克一天两次冲到外面去,一次是中午,一次是晚上六点;他从坡上跑下去,跳上挤得满满的电车,电车将劳动者带回他们的街区,就连所有的踏板上都坐了一排排的乘客。在闷热的空气中,乘客人挤人,不管是成人还是孩子,没有人吭声,大家都在想等待他们的家人,默默地流着汗,默默地忍受着枯燥的工作,忍受着难耐的电车漫长的旅途,忍受着困倦。有些天的晚上,雅克看着这些人,心里便感到难过。在此之

---

[1] 夏天,中学毕业会考之后的课程——在此之前呆头呆脑。

前，他只领略过贫穷中的财富和欢乐。但是，酷热，烦闷，疲劳向他揭示了他的窘境，愚蠢的事务让人欲哭无泪，单调的工作没完没了，让一天天的日子显得太长，而生命又过于短暂。

在海运经纪人那里做事时，夏天还好过一些，因为办公室朝向滨海林荫大道，而且更主要的是，他的一部分工作是在港口完成的。的确，雅克要登上来自各个国家并在阿尔及尔卸货的船。经纪人是个相貌堂堂的老头，红脸膛，头发带卷，是各种行政管理部门的代理。雅克将船上的各种文件拿回办公室，在办公室翻译。干了一个星期之后，雅克便可以单独负责翻译货物清单和某些提单了，提单是用英文写给海关或者接收货物的进口公司的。因此，雅克要经常到阿加货运港口去取货运文件。向下通往港口的街上，天气十分炎热，街上不见行人。街道两旁粗大的金属扶栏被晒得烫手，让人根本不敢伸手去扶。在宽阔的码头上，炽热的阳光下连个人影也看不见，刚靠岸的船是例外；船的腰部靠着码头，码头工人们围着船忙碌，他们穿着蓝色裤子，裤腿一直卷到小腿肚子，赤裸的上身被晒成古铜色；他们头上顶着一只麻袋，一直盖住肩膀，肩上扛着水泥、煤炭或者边角锋利的邮包。船的甲板和码头之间搭了跳板，工人们便在跳板上来来往往，或者通过船舱张开的大口，直接进入货船的肚子里，在货舱和码头之间搭的厚木板上，迈着小碎步很快地走着。码头上冒起太阳和灰尘的气味，灼热的甲板上弥漫着熔化的沥青的气味，或者铁器被烧红了的气味。透过气味，雅克能够辨识不同的货船。挪威的船有一股木头的味道，来自达喀尔或者巴西的船带着咖啡和香料的好闻的气味，德国的船散发着油脂的气味，英国的船有一种铁器的味道。雅克沿着跳板爬上船，把经纪人的名片拿给一名船员看，船员看不懂。有人领他沿通道去见管事的人，有时候去见船长；通道里即使有阴凉，空气也是炽热的[1]。每次经过狭窄的、光秃秃的舱室，雅克便贪婪地往里张望。一个男人的主要生活，都集中在这样的舱室里。与豪华的房间相比，他开始更喜欢这样的舱室。人们客气地接待他，因为他也客气地笑着，而且他喜欢这些饱经风霜的男人的脸庞，孤独的生活使每个人的眼中都闪现出特有的神采。而且，他把自己的喜欢表露在脸上。有时候，他们当中有人会讲一点法语，便向他提出一些问题。办完事后，他很满意地又回到热得像着了火一样的码头上，沿着烫手的街边扶栏回到办公室。只是，在火热的天气跑码头，让他觉得很疲劳，晚上便睡得很沉，到了九月份，他显得很瘦，精神也很紧张。

眼看在学校一天学习十二个小时的生活即将来临，他感到松了一口气，同时，他要向办公室的人说明必须放弃工作，这让他感到十分窘迫。最难受的是在五金店辞工时。他感到胆怯，不愿意到办公室去，宁肯让外婆去说明他辞工的原因。但是外婆认为，就不要讲究形式了，他只要把钱拿到手，反正以后再也不去了，也不用解释什么。雅克本来觉得让外婆去承受

---

[1] 码头工人的事故？详见日记。

老板的雷霆怒火，是自然而然的事，从某种意义上说，她的确该为这种处境负责，是她让雅克说的谎。他说不清为什么，但是对外婆的逃避很生气。更何况，他觉得让外婆出面的理由也很有说服力："要是那样，老板会派人找来的。""也是，"外婆说，"那你就对他说，你要到舅舅那里去干。"雅克怀着要下地狱的感受，正要走，外婆又对他说："一定要先把钱拿到手，然后再说辞工的事。"到了晚上，老板把每个人叫进办公室，给大家发工资。"拿着，孩子。"老板将一个信封递给雅克，说道。雅克迟疑着已经伸出手，老板又对他笑了笑。"你干得很好。你可以把这话告诉你的家人。"雅克已经在说，在解释他不能再来上班了。老板看了看他，惊呆了，一只手仍然向他伸着。"为什么？"在这种情况下，他不得不说谎；可是他无法张口。雅克无语，脸上一副不知所措的表情，老板明白了。"你要回去上学？""对。"雅克说。他心里十分害怕，又感到慌乱不堪，但是突然之间，他松了一口气，泪水却夺眶而出。老板气得站起来。"你来的时候就知道开学时要回去上学。你外婆也知道。"雅克只能点头承认。现在，老板吵吵嚷嚷的声音响彻了整个屋子；他们没有说实话，作为老板，他痛恨不说实话的人。他是否知道，老板有权不给他钱，要是给了，那才是傻瓜。不行，他别想拿到钱，让他外婆来，要给她点颜色看看，如果他们实话实说，老板说不定会雇用他；可是，他们竟然说谎！"他不能去上学了，我们太穷了"，老板竟然就上当了。"真是这样。"雅克突然没头没脑地说。"什么，真是什么样？""我们太穷了。"然后雅克就不说话了。老板看了看雅克，又慢慢补充说："……所以你们就说谎，就对我编了些假话？"雅克咬着牙，眼睛看着脚下。有那么一会儿时间，谁也不说话。静场的时间显得真长。接着，老板拿起桌上的信封，递给雅克："拿着你的钱，走吧。"老板粗暴地说。"不。"雅克说。老板将信封塞进他口袋里："走吧。"雅克在街上跑，现在，他哭了。他两手抓着上衣的领子，好不去触碰衣袋里的钱，那钱像是燃烧的一团火一样。

为了放弃休假而撒谎，去给人家干活，远离他迷恋的夏天的天空和大海，然后再撒谎，为的是能够回学校去上课；这种事太不公平了，让他心里难受得要死。因为，最糟糕的，还不是他不能撒谎，他可以为一些小事说点儿小小不言的假话，但他不能因为生活所迫而去说谎；最糟糕的，是他失去了欢乐，失去了夏天他本应得到的休息，失去了让他心醉神迷的阳光，一年的时光完全日复一日地早早起床，白天一整天待在暗无天日的地方，紧赶慢赶地干活。他失去了穷人生活中最宝贵的东西，失去了他可以尽情享受的无可替代的财富，为的是挣点儿钱；可是挣的钱却买不来他失去的宝贝的百万分之一。然而，他明白他必须这样做，即使在他抗拒得最为激烈的时候，在内心深处的某个地方，他为能给家里挣点儿钱而自豪。因为，那是他以可悲的谎言为代价，牺牲夏天的宝贵时光而得到的唯一的补偿，是他第一次领到的工资。那天，他走进饭厅时，外婆正在饭厅里削土豆皮，把削好的土豆放进一个水盆里。埃尔奈斯特舅舅坐在那里，两条腿夹着很有耐心的小狗布里昂，给它捉虱子。母亲刚刚回来，正在橱子旁边解开一个脏衣服的包裹，那是人家让她浆洗的。雅克走上前去，一声不吭地将一百法郎的钞票和他抓在手里的几个大硬币放在桌子上。外婆也一声不吭，将一个二十法郎的硬币推向雅克，将别的收起来。她用手碰碰卡特琳娜·科尔梅利的腰，以吸引她的注意，并将钱给她看："这是你儿子挣的。""是啊。"她说，一双忧郁的眼睛看了看孩子。舅舅点了点头，同时按住两膝之间以为受刑结束了的狗。"好，好，"他说，"你是个男子汉了。"

是啊，他是个男子汉了，他偿还了些许的亏欠，想到家人的贫穷多少得到一些改善，心里便充满自豪感；当男人开始感觉到自由，不受任何限制的时候，便能体会到这种几乎是恶狠狠的自豪感。紧接着开学了，当他走进二年级的院子时，他已经不再是一个懵懂的孩子，他已经和四年前不一样了；当时，他在清晨时分离开贝尔古，脚下的一双鞋在鞋底上钉了不少钉子，这让他走路摇摇晃晃，一想到他正在走向一个陌生的世界，心里便紧张。现在，他投向同学们的目光多少失去了一些天真。况且，这时发生的很多事情，开始让他不再是从前那样的孩子。在此之前，当外婆打他时，他始终耐心地忍受着，好像挨打是一个孩子生活中不可避免的义务一样；有一天，他从外婆手中夺过牛筋鞭子，内心隐隐升起一股狂怒之火，决心回击满头白发的老人；外婆明亮而冰冷的目光让他勃然大怒。这时，外婆明白了，并向后退去，退回自己屋里，关起门来，心里怨恨她养大的孩子一个个都没有人性。但是，她深信，她再不能打雅克，她也的确再没有打过他。因为，他已经不再是孩子，他现在成了一个瘦削、强壮的少年，头发乱蓬蓬的，眼里透出急切的神情；他整个夏天都在工作。他为家里挣了一份工资。他刚刚被正式任命为中学足球队的守门员。而且三天前，他刚刚从一个年轻姑娘的唇上领略了并不是特别成功的初吻。

面对自己的懵懂

是啊,事情就是这样,孩子的生活就是这样过来的,在街区像孤岛一样的穷人家里,生活就是这样,在一个残废的、无知的家庭里,每件事都涉及到基本生活的必需。他年轻的血液在身体里汹涌奔腾,他对生活的渴望可以吞噬一切。他的聪明才智具有野性,而且贪婪,从始至终就是一场欢乐的谵妄,有时候,只有来自陌生世界的干预,才使谵妄突然被打断,让他茫然不知所措。但是,他很快又恢复了常态,他寻求理解、认识、吸纳他并不了解的世界;而且,他也的确吸纳了这个世界。因为,他贪婪地与世界接触,并不想绕过挡在面前的障碍;他有良好的意愿,却没有低级下流的想法;他以泰然的信念面对世界,信心满满,他一向深信不疑的是,只要他愿意,他就一定能够达到目的。而且对他来说,在这个世界上,只是在这个世界上,永远不会有任何事情是不可能的。他时刻准备着(儿时的一无所有使他做好了应付一切的准备),无论何时何地,他都要守住自己,不与世争,因为,他并不想在世上为自己争得一席之地,他只想要欢乐,只想要自由,要力量,要生活中所有美好、神秘的东西,要一切不用金钱买卖、金钱也永远买不来的东西。由于贫穷，他努力提高自己，准备有一天不用向别人伸手，就能拿到钱，而且绝不受制于钱；正如现在，雅克到了四十岁上，手里已经掌握着很多事物，却又深信他比最卑微的人还渺小，无论如何，和母亲相比，他什么也不是。是啊，他就是这样的人，他在大海边，在风中，在街头的游戏中长大，忍受着漫长的夏天的酷暑，沐浴着短暂的冬天的暴雨。他没有父亲，没有父亲传承的传统，但是，在他需要的时刻，上天给他送来了一位父亲，使他在【　】[1]的人和事物中前进。知识向他敞开了大门；他自己摸索出一套类似于行为准则的东西（对于当时他所面对的环境来说，这就足够了，但是后来，当他面对世界的弊病时，又觉得不够），创造了他自己的传统。

难道只有这些吗？所有的行动，所有的游戏，那时的胆识，热情，家庭，煤油灯和漆黑的楼道，风中的棕榈叶，他的出生，在海水中的洗礼，以及最后，暗无天日的、辛苦的夏天；难道只有这些吗？这的确是他生活中曾经有过的往事，是啊；但是除此之外，还有他内心的懵懂，还有那些年间在他心里隐隐激荡着的朦胧的情愫，就像地下，就像乱石滩深处的水一样。这些东西从未暴露在光天化日之下，却也是黑暗中的光明。不知道那光明来自何处，也许是透过岩石的缝隙，从火红的地心被吸引到了地下洞穴黑暗的空气中。而且，即使在看起

1　此处有一个无法辨识的词。

来寸草不生的洞穴里，也仍然有黏糊糊【被挤压在一起】的植物在吸收生长的养分。他内心里盲目的萌动从来没有停止过，他现在仍然能够感觉到心绪像从前一样动荡。那是深埋在他心中的黑色的火焰，就像泥煤里的火，表面上熄灭了，但是内里还在燃烧。里面的火让泥煤表面的裂缝不断移动，让植物的碎屑扰动起来，让表面的淤泥和下面的泥煤保持一致的运动。日复一日，年复一年，他心中仍然时时升起深沉的、令人难以察觉的波动，仍然产生最强烈的，最可怕的欲望，正如身处荒漠中的人一定会产生焦虑，也好比对过去的回忆能为落难者带来极大的安慰一样。有时候，他突然渴望自己一无所有，突然想过简朴的生活。另外，他有时也希望自己一无是处。在多少年的时间里，他内心隐隐的躁动莫不与身边这片一望无垠的土地遥相呼应；在他还是个孩子的时候，他便感觉到这地方对他的压力。前面是大海，背后是人们称为内地的无尽的高山、平原、荒漠；在大海与内地之间，时时刻刻都有危险，只是人们不说，因为人们觉得这危险是理所当然的。但是，雅克能够感觉到危险。那是在比尔芒德勒小镇一个小农庄里，房子是拱顶式的建筑，墙用石灰刷成白色。在睡觉之前，姨妈总是把每个房间都检查一遍，看看厚实的木板窗扇的大插销是否都插好了。他总觉得自己被抛弃在了这样的地方，好像他是这里的第一个居民，或者第一个征服者。他踏上的是强者为王的国度，这里的正义，就是无情地惩罚习俗无法阻拦的行为，周围的人群既吸引人，又让人感到不安，既近在咫尺，又有着极大的隔膜。白天你与他们打交道，也可以与他们产生友谊或者兄弟情谊。可是一到了晚上，他们就退回令人感到陌生的、你永远不能进入的家中，与他们的妻女一起守护着自己的家。你从来没有见过他们的妻女，如果在街上见到她们，你也不会知道她们是谁，因为她们用面纱遮着半张脸，白色衬衣上面只露出性感而美丽的、温柔的眼睛。在街区里，他们的人数很多，虽然他们忍让、不愿意惹事，但只是因为人数多，便无形中成了一种威胁。有时候晚上，当法国人和阿拉伯人之间发生斗殴时，你能在街上嗅出这种威胁的意味。当然，两个法国人之间，或者两个阿拉伯人之间也有可能发生斗殴，但是，人们的态度是不一样的。街区里身穿褪色的蓝工装服，或者带风帽的破旧长袍的阿拉伯人慢慢走近前来，人群从各个方向连续不断地聚集起来，密集的人群并没有使用暴力，只是在聚集的运动中，将被街头斗殴吸引来的几个法国人慢慢隔离在人群外面。打架的法国人在退却的过程中，突然迎头碰上对手和一群阴沉着脸、毫无表情的阿拉伯人。这时，如果他不是在本地长大的，如果他不知道只有勇敢的人才能在这里生存下去，他会被吓得屁滚尿流。他面对的是一群威胁性极大的人。然而，他们并没有威胁任何人，他们只是在现场不由自主地旁观了一场群体性的运动。而且，在大部分情况下，正是这群人维持着阿拉伯人的斗志，使他们疯狂地醉心于打斗。在警察到来之前，人群会让打架的阿拉伯人躲起来。因为，凡是遇到这种情况，很快就会有人报警，警察也很快就会赶到现场。警察在雅克家的窗户下不容置辩地将打架者和另外一个人推上汽车，粗暴地对待他们，将他们送到警察局去。"可怜的人们，"雅克的母亲说。她看到警察紧紧抓住两个男人的肩膀，将他们推上汽车。在他们离开后，孩子便觉得威胁、暴力和恐怖的影子在街上不停地徘徊。一种莫名的焦虑让他嗓子发干。这天夜里，他心中就像有一团纠结的树根，让他与这片既美好又可怕的土地产生了无数的联系，让他喜欢这片土地上炎热的白天和倏忽降临的、令人感到揪心的夜晚。他觉得，缺乏安全感的生活就像是他的另外一种生活，虽然被日常生活的表象所掩盖，但是，被掩盖的东西也许才更加真实。而且，这种生活的历史是由一系列朦胧的欲望和强烈的、无法用语言表达的感受组成的：小学校的气味，街区马厩的气味，母亲手上的洗涤剂的气味，上面的街区茉莉和忍冬开花时的香气，他贪婪地读过的字典和图书的油墨味，以及家里和五金店的厕所的尿臊味，大教室的气味（在课前或者课后，他有时单独一人走进凉爽的大教室）。还有他喜欢的同学身上的热气：迪迪耶的身上总带着一股热乎乎的羊毛和粪便的气味；大个子马可尼的母亲总给他往身上喷洒很多科隆花露水，坐在教室板凳上的雅克就很想离他更近些。皮埃尔有一次偷拿了姨妈的一支口红，他们几个人闻着口红的气味，心里生出慌乱而不安的感觉，像几只小公狗追着一只发情的母狗走进一座房子时一样，他们想象女人就像这个带甜味的香脂块一样，散发着香柠檬和奶油的味道。在充满喊叫、汗水和灰尘的粗俗的世界上，口红的气味向他们揭示了一个讲究的、微妙的世界[1]，这个世界具有言语无法表达的诱惑力。即使他们围着口红说粗话，也不足以让他们抵挡那种诱惑。从他最幼稚的儿时开始，他便喜欢人的肉体，在海滩上看到美丽的人体，他会发出幸福的笑声；肉体的温暖时时刻刻吸引着他，其实，他对女人并没有确定的想法，只是一种动物的本能。不是为了拥有女性的肉体，即使拥有了，他也不知道该拿它干什么，他只是想进入那肉体的辐射范围。靠着同学的肩膀时，他心中生出极大的依赖和信任感；在拥挤的电车上，当某个女人的手与他的手触碰的时间稍微长一点儿，他就像要昏过去一样；那是一种要活下去的欲望，是啊，他要活得更长久，要与地球上最炽热的东西融合在一起，这就是他不知不觉中对母亲的期待。他的期待没有得到满足，或者他不敢从母亲那里得到满足，但他在小狗布里昂身上体会到了这种温暖；他在阳光下与它躺在一起，闻着它身上强烈的毛皮味，便觉得布里昂身上最强烈、最有动物特点的气味中，永远保留着生命非同寻常的温暖。雅克的生命离不开这样的温暖。

在他内心深处的懵懂当中，出现了一种如饥似渴的热情，一种在心里始终如一的对生活的疯狂追求，这种追求让他的身体至今安然无恙，只是让他的感情变得更加苦涩。当他又回

---

[1] 增加到清单中。

到家人当中，当他面对童年时期的情景时，他年轻时逃避过的感情突然之间变得异常强烈。比如他曾经爱过的女人，那是他的真情实感，他爱得全心全意，他的整个身心全都扑在那份爱上。和她在一起时，欲望能够压倒一切，当他抽身而出，默默地在心中发出一声长啸，在享受人间至乐的同时，世界又恢复了火热的秩序。他因为她的美丽，因为她对生活的疯狂追求而爱她，她对生活的追求大胆，不顾一切。她不愿意承认时间会流逝，虽然她知道，此时此刻，时间就正在不停地流逝。她不愿意让人们将来在谈到她时说："她那时还年轻。"而是相反，她要一直年轻，她要永远年轻。所以有一天，当他笑着对她说，年轻的岁月过去了，现在我们日薄西山了，她便嚎啕大哭："不，不，"她流着泪说，"我太喜欢爱了。"她聪明，而且在很多方面有过人之处，也许恰恰因为她真的聪明，她真的有过人之处，才不愿意接受世界的现状。她回到在外国的出生地，短期住一段时间；当她去看望家人时，气氛总是十分凄惨。她去看望几个姨妈，别人就说："你是最后一次见到她们了。"的确，她们的脸庞，她们的身体，她们的衰败，让她刚见面便喊叫着想走；全家人一起吃饭时，桌子上铺的绣花台布还是出自久已不在人世的曾祖母之手，没有任何人想到死者，只有她想到曾祖母年轻时的样子，想到她的快乐，想到她活下去的渴望。年轻时的曾祖母像她一样美如天人。吃饭时，大家都夸她漂亮。餐桌四周，墙上挂着这些女人的照片，照片上的她们一个比一个年轻、漂亮，正是吃饭时赞美她的那些人；可是，她们现在年老色衰了。于是，她感到热血沸腾，她想逃离，她要逃到人不会变老也不会死的地方，那里的美不会凋零，那里的生命永远保持野性，永远灿烂。可是，哪里有这样的地方呢？回去时，她在他怀中哭泣，而他也不顾一切地爱她。

他也和她一样不顾一切地热爱生活，也许爱得比她更加强烈，因为他出生在没有祖先、没有记忆的地方，在他之前的人从人世间消失得更加彻底。而且，人在衰老的过程中不像她在文明的国度【 】[1]，还可以从伤感中得到心灵的抚慰。他就像一柄孤独的剑，颤动着勇往直前，注定了要在致命的一击中永远折断；那是纯粹的生命之激情与彻底的死亡之间发生的碰撞。今天，他感觉到生命、青春、人都在离他而去，他无法挽留其中的任何一个。在多少年的时间里，一股暗中的力量使他高高地站在岁月之上，为他提供了无限的养分，让他面对世界，能够在艰难的处境中活下来；现在，他只能盲目地希望这股力量继续不遗余力地支持他，正如她给了他活下去的理由一样，希望这力量能够让他安于变老，接受死亡的理由。

---

[1] 此处有一个无法辨识的词。

附 录

活页一

4. 在船上。与孩子午睡＋1914年的战争。

*

5. 在母亲家——暗杀事件。

*

6. 到蒙多维的旅行——午睡——殖民化。

*

7. 在母亲家。童年（续）——他找到了童年的往事，但没有找到父亲的往事。他听说他是第一人。莱卡夫人（Leca）。

*

"她用全身的力气拥抱了他两三次，紧紧地搂着他，将他放开，看看他，然后又把他抱紧，再一次吻他，好像她衡量了一下（刚刚）给予他的温情，觉得还差一点，还[1]。接着，她立刻转过身去，似乎不再想到他，似乎什么也不想了，有时候甚至用某种奇怪的表情看着他，好像现在，他成了多余的人，好像他搅扰了她生活在其中的空虚、封闭、有限的世界。"

---

[1] 原稿句子到此中止。

活页二

1869年,一个移殖民写给一名律师的话:

"在阿尔及利亚,一定要有强健的体魄,才能够受得了医生的治疗。"

*

四周都是壕沟和围墙的村庄(而且四角有塔楼)。

*

在1831年派出的600名移殖民当中,150名死在了帐篷里。阿尔及利亚大量的孤儿院与此有关。

*

在布法里克,他们干活时肩上扛着枪,衣袋里装着奎宁。"他生就一副布法里克的脸庞。"1839年百分之十九的人死亡。奎宁在咖啡馆像消费品一样销售。

*

布果给土伦市长写信,让市长选择三十名身体结实的姑娘,让她们在土伦嫁给殖民战士。这就是"鼓乐声中的婚礼"。但是,事情办成之后,除了未婚妻之外,还有更好的事情等着他们。这便是福卡军垦农场的诞生。

*

开始时的共同劳动。这就是军垦农场。

*

"地区性"的移殖民。舍拉加的移殖民就是来自格拉斯的六十六户园艺家庭。

*

阿尔及尔的市政府往往没有档案。

*

马翁人成群结伙来到这里,带着大箱子和孩子。他们说话算数,口头承诺抵得上字据。他们从来不雇用西班牙人。他们造就了阿尔及利亚沿海一带的富庶。

比尔芒德勒和贝尔纳达的家。

米提贾平原上第一个移殖民托纳克医生的故事。参见邦迪科恩的《阿尔及利亚殖民史》第21页。

皮莱特的故事,同上,第50页和第51页。

活页三

10. 圣布里厄 [1]

     *

14. 马朗

20. 儿时的游戏

30. 阿尔及尔。父亲及其死亡（＋暗杀）

42. 家庭

69. 吉尔曼先生和学校

91. 蒙多维——殖民化和父亲

II

101. 中学

140. 面对自己的懵懂

145. 青少年 [2]

---

1 数字所对应的是手稿的页码。

2 手稿到144页就结束了。

活页四

喜剧的主题同样重要。将我们从最凄惨的痛苦中挽救出来的，是我们被抛弃的、孤独的感觉，然而，我们并不是完全孤独的，"其他人"还不至于不"关注"痛苦中的我们。从这种意义上说，我们短暂的幸福时刻，有时候正是我们被遗弃的感觉膨胀，将我们举升到无尽的忧伤的时刻。从这种意义上说，幸福常常也不过就是我们的不幸被人同情的感觉。

在穷人身上十分明显——上帝将怜悯与绝望放在一起，正如他将良药放在病痛的旁边一样[1]。

*

年轻时，我向别人要求的，比他们能够给予的更多：连续不断的友谊，永远的激情。

现在我知道，向别人要求的，不能超过他们能够给予的：默默的陪伴。而在我眼中，他们的激情，他们的友谊，他们的高尚姿态保留着全部奇迹的价值：这是完整的圣宠产生的效果。

玛丽·维东：飞机

---

[1] 外婆之死。

活页五

他曾经是生活的王者,他有光彩照人的天赋,有欲望,有力量,有快乐,而他来请求她原谅的,正是这一切;她曾经是岁月和生活的奴隶,她什么也不知道,她对任何事都没有要求,也不敢有要求,然而,她完美地保留了他失去了的真理,只有这一真理才是人活下去的理由。

星期四在库巴

训练,体育运动

舅舅

毕业会考

疾病

母亲啊,温柔的人,亲爱的孩子,比我的时代更加伟大,比历史更加伟大,历史让他服从她,比我在这个世界上爱过的所有的东西更加真实,母亲啊,原谅你的儿子吧,他逃离了你那像黑夜一样的真理。

外婆像专制暴君,但是,她站在桌边给家人上菜。

儿子让人们尊重他母亲,却打了舅舅。

第一人（笔记与提纲）

什么也比不上卑微、无知、固执的生活……
——克洛岱尔,《交换》

或者

关于恐怖主义的谈话：

客观上，她是负有责任的（连带责任）

换个说法吧，否则我揍你

什么？

别跟西方人学那些最愚蠢的东西。再也别说"客观上"，否则我揍你。

为什么？

你母亲躺倒在阿尔及尔到奥兰去的火车前了吗？（无轨电车）

我不明白

火车被炸了。死了四个孩子。你母亲连动都没动。如果客观上，她还是负有责任（连带责任），那就是说，你同意枪毙人质。

她事先并不知情。

这个女人也不知情。永远也不要再说什么客观上。

你要承认有些人是无罪的，否则我连你也杀了。

你知道我做得出来。

是啊，我见过你杀人。

*

[1] 约翰是第一人。

把皮埃尔当作标志，让他有一个过去，一个家乡，一个家

---

1 参见《阿尔及利亚殖民史》。

庭，一种道德观（？）——皮埃尔——迪迪耶？

*

海滩上，青少年的爱——降临在海上的夜色——满天星星的夜。

*

在圣埃蒂安与阿拉伯人相遇。以及两个落难的人在法国的友情。

*

动员。我父亲被动员参军之前，从来没有见过法国。等他见到法国了，也就被打死了。

（像我们家这样卑微的家庭可以给予法国的。）

*

当雅克已经反对恐怖主义之后，与萨多克的最后一次谈话。但是，他还是接待了萨多克，因为避难权是神圣的。在他母亲家。他们是当着他母亲的面谈话的。最后，雅克指着母亲说："你看。"萨多克站起来，走向母亲，手放在心脏上，拥抱了他母亲，并行阿拉伯式的鞠躬礼。然而，雅克从来没有见过他这样行礼，因为他是法国人。"她是我母亲，"他说，"我母亲死了。我爱她，尊重她，就好比她是我的母亲一样。"

（她在一次暗杀事件中倒下了。她生病了。）

*

或者：

是啊，我恨你。对于我来说，世界上的荣誉属于被压迫者，而不属于有权势的人。他们只有耻辱。当历史上受压迫者有了知识……那么……

再见，萨多克说。

你别走，他们会抓住你的。

那样更好。我可以恨他们，我会在恨中和他们走在一起。你是我的兄弟，而我们要分别。

……

夜里，雅克在阳台上……听见远处传来两声枪响，有人在奔跑……

"怎么回事？"母亲说。

"没什么。"

"啊，我替你感到害怕。"

他扑向她怀里……

然后，因为留宿而被抓。

派人去烤面包　　　　　　　　洞里的两个法郎

外婆，她的权威，

她的精力

他私自留下的零钱

*

阿尔及利亚人的荣誉意识。

*

学会什么是正义和道德，那就是根据效果去判断一种情绪的好与坏。雅克可以沉迷于女色，但是如果女人占有了他所有的时间……

*

"如果生活、行动、感觉只是为了说一个人错了,另一个人对了,我对这种事厌倦了。我厌倦了按照别人给我划定的形象生活。我决定自己做主,我在互相依附中要求独立。"

*

皮埃尔是艺术家?

*

约翰的父亲是赶大车的?

*

玛丽生病之后,皮埃尔发生了一次克拉芒斯式的危机(我什么都不喜欢……),雅克(或者格列尼埃)针对他的堕落做出回应。

*

让宇宙和母亲相对(飞机,最为遥远的国家都联系在了一起)。

*

皮埃尔律师。而且是伊夫东的律师。[1]

*

"如我们一样勇敢、自豪、强大……如果我们有信仰,如果我们有上帝,那么,我们就是不可战胜的。可是,我们什么

---

[1] 伊夫东是共产党社会活动家,在一家工厂安放过炸药。在阿尔及利亚战争期间被绞死。

也没有，我们必须从头学习，完全为了荣誉而生活，而荣誉也是有缺陷的……"

*

这同时也应当是一个世界终结的历史——同时也有这些光辉岁月的遗憾……

*

菲利普·库隆贝尔和蒂帕萨的大农庄。与约翰的友谊。他在农庄上空因飞机失事而死。人们发现他时，驾驶杆插进了他的腰部，他的面部在仪表板上被碰得稀烂。成了一团血糊糊的肉酱，而且上面像撒胡椒盐一样散落着玻璃碴子。

*

标题：游牧人。从一次搬家开始，以撤离阿尔及利亚的土地结束。

*

两个狂热的事件：穷妇人和异教的世界（聪明与幸福）。

*

大家都喜欢皮埃尔。雅克的好成绩和骄傲引起他的敌意。

*

私刑场景：四名阿拉伯人被扔下卡苏尔山。

*

他母亲"是"基督。

*

让人讲雅克的事，通过别人引出他，并通过众人勾画的矛盾的形象介绍他。

有教养，喜欢体育运动，生活放浪，喜欢孤独，但也是最好的朋友，心眼坏，极其忠诚，等等。

"他谁也不爱"，"没有人像他那么仁慈"，"冷漠，拒人于千里之外"，"热情，像一团火"，大家都认为他精力充沛，可是他总是在床上躺着。

就这样，让人物变得高大起来。

当他说："我开始相信我是天真的。我是沙皇。我统治一切事物和所有人，一切事物和所有人都听从我支配（等等）。后来，我听别人说，我没有真正的爱心。于是我也认为我对自己非常蔑视。后来我认为，别人也没有真正的爱心，要接受这样一个现实，那就是我和所有人都差不多。

再后来，我认定情况并非如此，我应当只责备我自己，我并不是特别伟大，我可以随意对自己感到失望，并等待变成伟大人物的时机。

换句话说，我在等待成为沙皇的时机，而不是享受当沙皇的快乐。"

*

还有：

人不能怀揣着真理生活——"在知道真理的同时"——，这样的人会与其他人分别开来，他再也不会赞同其他人的幻想。他是个鬼怪——我就是这样的人。

*

马克西姆·拉斯戴依：1848年移殖民的受难之路。蒙多维——

中间穿插蒙多维的历史？

举例1、坟墓，返回，以及蒙多维的【　】[1]

1续、1840年到1913年的蒙多维。

*

他像西班牙人的一面　简朴，好色，精力充沛而一贫如洗。

*

雅克："任何人都无法想象我忍受的痛苦……对那些做了大事的人，人们会给他荣誉。但是有些人，尽管他们有地位，却能约束自己，不让自己犯下滔天大罪；对于这样的人，人们更应该赞美。是啊，那就赞美我吧。"

*

与伞兵中尉的谈话：

"你说得太好了，咱们去找个地方，看你还有没有这么多的好话说。走吧。"

"好，但是，我可事先警告你，因为，你大概从来没有遇到过男子汉。你好好听着。我认为，正如你所说的，对于一会儿发生的事，你应当负有责任。如果倒下的不是我，那就算什么事都没有发生。但是，只要一有机会，我就会当众打你的脸。如果我被打败，又能从失败中站起来，不管是明年还是

---

[1] 此处有个无法辨识的词。

二十年之后,我会亲手杀了你。"

"好好照顾他,"中尉说,"他可是个了不起的家伙。"[1]

*

雅克的朋友自杀了,为的是"成全欧洲"。为了"造就"欧洲,必须有人自愿牺牲。

*

雅克同时有四个女人,所以他过着"空虚"的生活。

*

C.S.:灵魂一旦遭受过巨大的痛苦,便想作恶……

*

参见《斗争运动史》。

*

夏特在医院死去,而旁边人的收音机里,正在播放一些愚蠢的故事。

——心脏病。死于游走性丹毒。"如果我自杀了,至少主动权是我的。"

*

"只有你知道我是自杀的。你知道我的原则。我讨厌自杀。因为自杀的人会让别人痛苦。如果一定要自杀,那就要进行掩饰。这是出于仁慈之心。我为什么要把这事告诉你呢?因为你喜欢不幸的事。这是我送给你的一份礼物。祝你好胃口!"

---

[1] (他遇到他时,他手里已经没有了武器,〔挑起〕决斗)。

＊

雅克：跳跃的，不断更新的生活，人和经验的多样性。更新和【脉动】的能力（洛普）——

＊

结尾。她向他抬起骨节粗大的手，摸了摸他的脸。"你啊，你是最伟大的人。"她（有点衰老的眉弓之下）黑眼睛里，透出多少爱和赞赏啊，可他心中的某个人——知道真相的那个人——不禁生气了……片刻之后，他将她抱在怀里。因为她才是最睿智的人，她爱他，他应当接受她，为了承认这份爱情，他必须有几分自爱……

＊

穆西尔的主题：在现代世界寻求精神的救赎——陀思妥耶夫斯基：《群魔》中的【往来】与分别。

＊

酷刑。具有连带责任的刽子手。我从来没能接近过任何男人——现在，我们肩并肩了。

＊

基督徒的心态：纯净的感觉。

＊

书"应当是"未完成的。比如："在带他回法国的船上……"

＊

他嫉妒了，却又假装没有嫉妒，故作一副上流社会男人的样子。继而，他就不再嫉妒。

*

到了四十岁上，他承认他需要有人为他指路，遇事能够责备他或者赞美他：一个父亲。是权威而不是权力。

*

×看见一个恐怖分子正向……开枪。他听见那人在自己身后一条漆黑的街上跑。他一动不动，突然转过身，伸腿将那人绊倒，那人的手枪掉在地上。他拿起枪，逼着那人。接着，他考虑了一下，觉得不能把他交给警察，便把他带到稍远处的一条街上，让他在前边跑，并冲他开了一枪。

*

年轻的女演员到了兵营：一棵草，一片煤渣当中的第一棵草，以及特别明显的幸福的感觉。可怜而欢乐。后来，她爱上了约翰——因为他"清纯"。我？可是，我【并不值得你】爱我。恰恰是这样。【引起】别人爱的人，哪怕是失意的人，也是世界的王者，他们证明了这个世界有理由存在。

*

1885年11月28日：吕西安出生于乌莱德-法耶，是巴迪斯特（43岁）和科尔梅利·玛丽（33岁）的儿子。1909年（11月13日）与辛戴丝·卡特琳娜（出生于1882年11月5日）结婚。1914年10月11日死于圣布里厄。

*

45岁的时候，他在比较各种日期的时候发现，他哥哥是在结婚两个月之后出生的？可是，刚刚向他描述结婚仪式的舅舅说，她穿着瘦瘦的长裙子……

*

一名医生在新房子里为他的第二个儿子接生，房子里的家具还堆积在一起。

*

1914年7月，她和孩子离开了塞布兹河边，孩子身上被蚊子咬得肿了起来。8月份征兵动员。丈夫直接到了阿尔及尔的【部队】。有一天晚上，他偷跑出来，去看望两个孩子。从此家人便再也没见过他，一直到他被宣布死亡。

*

一个被驱逐的移殖民破坏了葡萄园，将盐碱水放进葡萄园里……"如果我们在这里所做的一切都是犯罪，那就要清除掉……"

*

妈妈（谈到N.）：你被"录取"的那天——"当人们给了你奖学金的时候"。

*

克里科兰斯基和禁欲的爱情。

*

他感到奇怪的是，刚刚成为他的情妇的马塞尔并不关心国家的不幸。"你来。"她说。她打开一扇门：她的九岁的孩子——出生时被产钳破坏了运动神经——瘫痪了，不会说话，左半边脸比右半边更"高",需要人喂他吃饭,需要人给他洗澡,等等。他将门关上。

*

他知道自己患了癌症,但是他不说他知道。别人以为是在演戏。

*

第一部分:阿尔及尔,蒙多维。他遇见一个阿拉伯人,那人和他谈到自己的父亲。他与阿拉伯工人的关系。

*

杜埃:水闸。

*

贝拉尔在战争中死去。

*

当F.知道了他与Y.的关系后,哭喊道:"我也漂亮。"Y.的叫喊:"那让人来,把我带走。"

*

在悲剧之后,之后很久,F.和M.相遇。

*

基督没有降落在阿尔及利亚。

*

他接到的她的第一封信,看到她手写的他的名字,他的感觉。

*

最理想的是,如果书从头至尾是写给母亲的——只到结束时才得知她不认识字——对,应该是这样[1]。

*

他在世上最大的希望,就是他母亲能够在书中看到她的生活,她的骨肉。这是不可能的。他的爱,他唯一的爱永远,恐怕永远是无声的。

*

将贫穷的家庭从贫穷的命运中拉出来,穷人的命运就是消失在历史中,不留下任何痕迹。无声的人。

他们过去和现在都比我伟大。

*

从出生的那天夜晚开始。第一章,然后第二章:35年后,一个男人在圣布里厄下了火车。

*

我认识的格列尼埃就像我的父亲一样,他出生在我真正的父亲死去并被埋葬的地方。

*

皮埃尔与玛丽。开始时,他无法拥有她:正因为如此,他才开始爱她。相反,雅克和吉西卡立刻便坠入幸福。所以他花了很长时间才真正爱上她——她的身体让他看不到真正的她。

*

【菲加里】高原上的柩车。

---

1 T.I. 是加了下划线的。

*

德国军官和孩子的故事：什么也抵不过别人能够为他而死。

*

吉耶词典的页面：其气味，插图。

*

木桶工场的气味：刨花比锯末的气味更加【　】[1]。

*

约翰，他永远不知道满足。

*

还在少年时，他便离开家，为的是自己单独睡觉。

*

在意大利第一次注意到宗教：通过艺术。

*

第一章结尾：与此同时，欧洲正在校准大炮。六个月之后，这些大炮才投入战斗。母亲来到阿尔及尔，手上牵着一个四岁的孩子，怀里抱着第二个；怀里抱着的孩子被塞布兹河的蚊子咬得浑身肿了起来。他们来到外婆家；外婆家住在穷人街区一个有三间卧室的公寓里。"母亲，谢谢您收留我们。"外婆腰板挺得笔直，明亮而无情的眼睛看着她："女儿啊，你得干活啊。"

*

---

[1] 此处有一个无法辨识的词。

妈妈：好比一个无知的信使。她不了解基督的生平，只知道他被钉在十字架上。谁还能了解得比她更多呢？

*

早晨，在外省一家旅馆的院子里，等待 M.。在他的体验当中，这种幸福感一向是短暂的，违反道德的——因为违反道德，所以幸福也就不可能持续——，甚至大部分时间会让这种感觉充满烦恼，只有极少数的几次，他不由自主地体会到这种感觉，就像此时此刻一样，在清晨柔和的光线中，在仍有露水，因而显得亮闪闪的大丽花当中，他的幸福感是纯粹的……

*

××的故事。

她来了，她非要不可，"我是自由的"，等等，假装她是被解放了的女人。接着，她在床上脱光衣服，想方设法地要……最终一个不好的【 】[1]。不幸的人。

她离开了她的丈夫——绝望了，等等。丈夫给对方写信："您对此负有责任，您要继续和她见面，否则她会自杀。"实际上，必然的失败：爱上绝对的人，在这种情况下，人就会酝酿不可能的事——因此，她自杀了。丈夫来找他。"您知道我为什么来吧。""知道。""那就好。您可以选择，我杀了您，或者您杀了我。""不，选择的重担应当压在您的身上。""那您就杀

---

[1] 此处有个无法辨识的词。

了我吧。"事实上,这是典型的两难处境,在这样的处境中,受害者并不是真正的负有责任的人。但是,他【无疑】对没有处理好的其他事情负有责任。

*

××。她心中具有破坏和死亡的精神。她已经【献身给】属于上帝。

*

一位自然主义者:对食物、空气等等时刻处在怀疑当中。

*

在被占领的德国:

晚上好,长官先生。

晚上好,雅克说着,关上门。雅克的声音让他感到奇怪。他明白了,很多征服者之所以都有这样的声音,是因为征服和占领让他们感到狼狈。

*

雅克不想活了。他所做的事,失去了名称,等等。

*

人物:尼高尔·拉德米拉尔。

*

父亲的"非洲之苦"。

*

结尾。带他儿子去圣布里厄。在小广场上,两人面对面站着。你生活得怎么样?儿子说。什么?对,你是谁,等等。他

（高兴地）感觉到死亡的影子在他周围变得越来越浓稠。

*

V.V. 在这个国家，我们这个时代，这个城市的男人和女人，我们互相拥抱，互相排斥，周而复始，最终分别了。但是，在这期间，我们在不断地互相帮助中活下去，表现得像那些要一起斗争，一起忍受痛苦的人一样默契。啊，这就是爱——是对所有人的爱。

*

他一辈子在餐馆点带血的牛排，在四十岁的时候，却突然发现他喜欢的是煎得恰到好处的牛排，根本不是带血的。

*

解放自己，再不受艺术和形式的束缚。恢复直接的、不通过中间媒介的接触，因此也就是恢复单纯。从这种角度来说，忘记艺术，就是纯粹的"忘记"。并非出于道德的放弃自我。相反，接受自己的地狱。想变得更好的人会喜欢自己，想享受的人会喜欢自己。只有这样的人才会放弃自己的现状，放弃自我，接受由此而产生的一切。这样的人才会与现实有直接的接触。

通过这种第二等级上的纯粹，再次发现希腊人的伟大，或者俄罗斯人的伟大。不要害怕。什么也不怕……但是，谁来帮助我！

*

今天下午，在从格拉斯到戛纳的公路上，在令人难以置信的冲动中，他突然发现他爱吉西卡，可是，他们在很多年前就有关系了，他终于爱了，与她相比，世界上所有其他的东西似乎都黯然失色。

*

在我说过和写过的东西当中，我什么也不是。结婚的不是我，成了父亲的不是我，等等。

*

在很多回忆录当中，人们都说失踪的儿童是阿尔及利亚殖民化造成的。对。我们所有人都在这里。

*

早晨的电车，从贝尔古到政府广场。前面，是电车司机及其操纵杆。

*

我要讲述一个怪物的故事。
我就要讲述的故事……

*

妈妈和历史：有人告诉她人造卫星的事："啊，我可不愿意待在那上面！"

*

"倒叙"章节。卡比利亚村人质。被阉割的士兵——扫荡，等等，渐渐地，一直到殖民化的第一声枪响。但是，为什么要停留在这里呢？该隐杀了亚伯。技术问题：只写一章还是追述？

*

拉斯戴依：一个长着浓密的大胡子的移殖民，鬓角花白。

他父亲：圣德尼郊区的一个木匠；他母亲：洗衣工。

况且，巴黎所有的移殖民（而且很多都是参加1848年革命的人）。很多是巴黎失业的工人。制宪会议通过决议，用五千万法郎派一支"殖民军"：

每个移殖民：

一所住房

2到10公顷土地

种子，农作物，等等

口粮配额

没有铁路（铁路只通到里昂）。所以要走运河——由马拉纤的拖船。《马赛曲》，《出征之歌》，神职人员的祝福，授予蒙多维的旗帜。

六条拖船，每条船长一百到一百五十米。睡在草垫子上。女人在换衣服时，互相扯着床单遮挡一下。

近一个月的旅程。

*

到了马赛，在大检疫站停留一周（1500人）。然后登上一艘老旧的驱逐舰："希望号"。出发时，正在刮密史脱拉风。五天五夜——所有的人都病倒了。

波尼——当地所有的百姓都在码头上欢迎移殖民。

堆积在船舱里的物品，而且有的东西丢失了。

从波尼到蒙多维没有路（男人步行，以便在军队的辎重车上为妇女和儿童留出更多的位置和空气）。在沼泽平原，或者荆棘灌木中，人们只能摸索着前进，阿拉伯人带有敌意的目光盯着他们，一群群卡比利亚狗狂吠着，几乎从未间断地尾随着他们——1848年12月8日[1]。蒙多维还不存在，军用帐篷。夜里，女人在哭泣——阿尔及利亚的雨落在帐篷上，雨下了八天，河水泛滥。孩子们在帐篷里大小便。木匠建起了简陋的窝棚架子，上面用被单子盖着，以保护家具。人们在塞布兹河边割了些空心的芦苇，以便让孩子们能够在屋里向屋外尿尿。

在帐篷里住了四个月。然后用木板盖的临时窝棚；每个双套的窝棚要住六户人家。

1849年春季：天气热得早。窝棚里像蒸笼一样。疟疾，然后是霍乱。每天死八到十个人。木匠的女儿奥古斯蒂娜死了，后来他妻子也死了。妻弟也死了。（人们把他们葬在凝灰岩中。）

医生的药方：跳舞，让人的血液沸腾起来。

除了在小提琴的音乐声中举行葬礼的时候，他们每天夜里跳舞。

到了1851年，土地才分配给人们。父亲死了。只剩下罗西娜和欧也妮。

到塞布兹河的一条支流去洗衣服时，要有一队士兵护卫。

---

1 日期被作者圈了起来。

部队修建了围墙和壕沟。低矮的小房子和小花园,他们自己动手建设。

五六只狮子在村子四周吼叫(努米底亚的黑鬃狮)。豺狼,野猪,鬣狗,豹子。

村庄受到攻击。牲畜被偷。在波尼和蒙多维之间,一辆大车陷入泥中。旅客去找人救援,车上只留下一名怀孕的年轻妇女。等人们回来时,发现她的肚子被剖开,乳房被割了下来。

第一座教堂,四面灰泥墙,没有椅子,没有长凳子。

第一所学校:用树木枝条搭建的简陋的棚子。三名修女。

土地:地块分散,人们肩上扛着枪去种地。晚上回村庄。

一支有3000名法国士兵的部队路过,夜间部队劫掠了村庄。

1851年6月:暴动。村庄四周有数百名披着阿拉伯斗篷的骑兵。人们把炉子上的烟囱架在矮小的围墙上,假装是大炮。

*

巴黎人真的去种地了。很多人戴着高筒黑礼帽下地干活,他们的妻子穿着丝绸的裙子。

*

禁止吸烟。只能抽带盖的烟斗(为了防火)。

*

1854年盖的房子。

*

在君士坦丁省,三分之二的移殖民还没有来得及摸过镐头或者犁就死了。

移殖民的古老墓地，无尽的遗忘[1]。

*

妈妈。实际情况是，尽管我爱她，我也无法在她那样盲目的、无言的、对未来没有打算的耐心中生活。我无法像她那样，生活在无知当中。我走遍世界，建设，创造，烧毁人的存在。我每天的事情都安排得满满的——但是，任何事情都不像……一样能够填满我的心。

*

他知道他要走了，再一次欺骗自己，忘记了他知道的事情。但是，他知道的是，他生活的真相就在这里，就在这间屋子里……他无疑是在逃避这一真相。谁能与自己的真相生活在一起呢？只要知道真相在那里，只要最终了解它，知道它在心中维持着默默的，无声的【热情】，就能让他面对死亡。

*

妈妈晚年时信了基督教。贫穷的，不幸的，无知的女人【　】[2]指给她看人造卫星？[3]但愿十字架能够支撑她！

*

1872 年，当父亲的家人安顿下来之后，相继发生了：

1　"无尽的遗忘"被作者圈了起来。
2　此处有一个无法辨识的词。
3　故事发生的时代，苏联成功发射了人造卫星，是轰动世界的大事。

巴黎公社,

1871年的阿拉伯暴动(在米提贾平原第一个被杀死的人,是一个小学教师)。

阿尔萨斯人占了起义者的土地。

*

时代的维度

*

与母亲的无知相对的,是历史和世界上所有【 】[1]。

比尔·哈凯姆:"远方"或者"那边"。

她的宗教是可以看得见的。她知道她亲眼见到的事情,却无法解释。耶稣,就是受苦,他倒下了,等等。

*

女战士。

*

写他的【 】[2],以找到真相

*

第一部分

移民

1.搬家途中出生的孩子。战争之后六个月[3]。孩子。阿尔及

---

[1] 此处有一个无法辨识的词。
[2] 此处有两个无法辨识的词。
[3] 1848年在蒙多维。

尔，父亲穿着朱阿夫军团的军服，戴着船形帽上前线。

2.四十年之后，儿子在圣布里厄的墓地站在父亲的墓前。他返回阿尔及利亚。

3.为了了解"事件"到了阿尔及利亚。寻找。

到蒙多维的旅行。他找到的，是自己的童年，而不是父亲。

他听说他是第一人[1]。

*

第二部分

第一人

少年时期：打架

   体育运动和道德

成年人：(政治行动【阿尔及利亚】，抵抗运动)

第三部分

母亲

爱

王国：共同从事体育运动的老同学，老朋友皮埃尔，旧时的老师以及两次参军

  母亲[2]

在最后一部分，雅克向母亲解释了阿拉伯问题，克里奥尔

1　马翁人1850年——阿尔萨斯人1872—1873年——1914年。

2　整个这一部分被作者圈了起来。

的文明，西方的命运。"是啊，"她说，"是啊。"继而，她完全表明了她的信仰。结束。

*

这个人身上有个秘密，他想揭示这一秘密。

但是最终，秘密只不过是贫穷，贫穷使人默默无闻、没有过去。

*

海滩上的年轻人。白天，海滩上到处是人们的喊叫声，到处是阳光，到处都有人在出大力，到处都有隐在暗中的，或者摆在明面上的欲望。白天之后。夜色降落在海上。一只雨燕在高高的天上叫。他因焦虑而心里发紧。

*

最终，他以恩培多克勒为楷模。一生单独生活的【　】[1]哲学家。

*

我想在这里写两个血脉相连的人，以及两个人所有的不同之处。她就像土地上生长出的最好的东西一样，而他则是个不声不响的恶棍。他投身于我们的历史上所有疯狂的事件；她也走过同样的历史，似乎她是各个时代的人一样。她大部分时间默不作声，只是说几句话，表达自己的内心；而他则不停地说，她在缄默中只用一句话表达的意思，他用了数千句话也表

---

[1] 此处有个无法辨识的词。

达不清楚……母亲和儿子。

*

可以随便用种种语调讲话。

*

在此之前觉得与所有受害者休戚与共的雅克，现在承认他与刽子手也是休戚与共的。他的忧伤。定义。

*

在生活中，要做自己的生活的旁观者。再加上能够让生活更加完美的梦想。只是，我们在生活，而别人梦想着我们的生活。

*

他看着她。一切都停滞了。时光在流逝，同时发出噼噼啪啪的响声。正如在放映电影时出了故障，影像突然消失了，黑暗的放映厅里只听得见放映机的声音一样——屏幕上什么也没有。

*

阿拉伯人卖的茉莉花环。一串黄色和白色的花散发着香味【　】[1]。花环很快枯萎【　】[2]，花朵变黄【　】[3]，但是，在穷人家的屋子里，香味能够持续很久。

---

[1] 此处有六个无法辨识的词。
[2] 此处有两个无法辨识的词。
[3] 此处有两个无法辨识的词。

*

巴黎五月的日子，空气中到处飘荡着栗树白色花簇的香味。

*

他曾经爱他的母亲和孩子，爱一切不由他选择的人。最终，他又反对一切，质疑一切，他一向所爱的，只是必不可少的事物。命运所给予他的人，他眼中所看到的世界，他在生活中未能避免的一切，疾病，使命，荣耀或者贫穷，总而言之，那是他的命运之星。对于其他的，对于他不得不选择的一切，他都竭尽全力去爱，这是不一样的。他无疑经历过赞叹，激情，甚至也有过温情的时刻。但是，每个时刻都将他投向其他的时刻，每个人都让他投身于其他的人。为了完成他选择的事物，他什么也没有爱过，除非时势使然，渐渐地遇到他不得不接受的一些事物，慢慢地，这样的事物偶然又成为他愿意接受的事物，最终成了他不得不接受的事物：吉西卡。真正的爱不是选择的，也不是自由的。人心，尤其是人心，并不是自由的。人心是不可避免的事物，是承认事物的不可避免。而他，老实说，他一向只用心地爱过不可避免的事物。现在，他只剩下爱自己的死亡了。

*

[1]明天，六亿黄种人，几十亿黄种人、黑种人、棕红皮肤的人蜂拥来到欧洲海角……在最好的情况下【也会使它改变宗

1　这是他在午睡时梦到的。

教】。于是，人们教给他和与他相似的所有人的一切，也包括他学会的一切，从那天开始，他这个种族的所有人，他为之生活的所有的价值观，都将因为无用而死亡。那还有什么价值可言呢？……他母亲一声不吭。他将武器放在母亲面前。

*

M.十九岁。他当时三十岁。他们那时候互相并不认识。他明白时光不能倒流，不能阻止被爱的人以前的生活状态，无法阻止被爱的人做过或者忍受过的事，我们无法拥有任何我们选择的事物。否则，就必须从出生的第一声哭喊开始选择，而我们与他人在出生时是分别的——除了和母亲不是分别的。人们只能拥有必需的事物，这一点必须重复（详见前面的说明），必须服从。然而，这是让人多么怀念，多么遗憾的事物啊！

必须放弃。不，必须学会爱不纯洁的事物。

*

最后，他要求母亲原谅他——为什么你曾经是个好儿子呢——但是，正是由于其余的她不知道的一切，甚至她无法想象【 】[1]的一切，她才是唯一可以原谅他的人（？）

*

因为我颠倒了顺序，那就先让人看到吉西卡老年的样子，而后再让人看到她年轻的样子。

*

---

[1] 此处有一个无法辨识的词。

他娶了M.，因为她从未经历过男人，他对此着迷。他之所以娶她，总而言之是因为他自己的缺点。然后他再学着去爱那些献身的女人——也就是说——爱生活中可怕的必然性。

*

1914年战争的一章。那是我们的时代的孵化器。通过母亲的眼睛去看？她不了解法国，不了解欧洲，更不了解世界。她以为炮弹片是自主的，想打死谁就打死谁，等等。

*

交叉叙述的章节，用母亲的声音讲述。对同一些事实的评述，只不过是用她只有四百个词汇的语言叙述的。

*

总而言之，我将讲述我爱的人。只讲我爱的人。内心深处的欢乐。

*

[1]萨多克：

1."但是，你为什么要这样结婚呢，萨多克？"

"我要用法国的方式结婚吗？"

"用法国的方式，或者其他的方式！你为什么要接受你认为愚蠢和残酷的传统呢？"[2]

1　所有这一切恰恰是要用【未曾亲身经历的】非现实主义的抒情风格来讲述。
2　法国人是对的，但是，他们认为对的东西，对我们是一种压迫。所以我才选择阿拉伯的疯狂，被压迫者的疯狂。

"因为我国的人民认同这种传统，我国的人民没有其他的传统，人们固化在其中了，而且，与这种传统分别，那就意味着与人民分别。所以明天，我要走进这间屋子，脱下一个陌生女人的衣服，我要在嘈杂的枪声中强奸她。"

"好吧。在此之前，我们去游泳吧。"

2. "怎么样了？"

"他们说，眼下，要巩固反法西斯主义的战线，法国和俄罗斯要共同自卫。"

"他们不能在自己的国家实行正义，从而来自卫吗？"

"他们说，那是以后的事，必须等待。"

"正义是不会在这里等待的，这你很清楚。"

"他们说，如果你们不等待，那在客观上就是为法西斯效劳。所以，对于你原来的同事们来说，监狱就是个好地方。"

"他们说，这很遗憾，但是，他们没有别的办法。"

"他们说，他们说，你就什么也不说。"

"我什么也不说。"

他看着他，一股火气开始上升。

"这么说，你背叛我了？"

他没有说"你背叛我们了"。他是对的，因为背叛涉及到肉体，单独的个人，等等……

"不，我今天退党……"

3."你别忘记了1936年。"

"对于共产党,我不是恐怖分子。我当了恐怖分子是为了反对法国人。"

"我是法国人。这个女人也是。"

"我知道。活该你们倒霉。"

"这么说,你背叛我了。"

萨多克的眼中闪着一种狂热的光亮。

*

如果最终我选择的是时间顺序,雅克夫人或者医生将是蒙多维最早的移殖民的后代。

"我们不要抱怨,"医生说,"你只要想想我们最早的亲戚,在这里……等等。"

*

4."雅克的父亲死在了马恩河。这个默默无闻的生命还剩下了什么呢?什么也没有剩下。一段无形的记忆——在森林大火中被烧死的蝴蝶翅膀的灰烬而已。"

*

阿尔及利亚的两种民族主义。1939年到1954年之间的阿尔及利亚(反叛)。法国的价值观在阿尔及利亚的意识当中变成了什么,第一人的意识。两代人的编年史说明为什么会发生目前的悲剧。

*

米利亚纳的夏令营,早晨和晚上军营的号角。

*

爱情：他本来希望她们之前都没有过去，都没有过男人。他只遇到过一个这样的人，便把自己的一生都献给了她，但他本人却从来未能做到忠诚。因此，他希望女人成为他本人所不是的那种样子。以他的人品，他遇到的女人都和他一样，于是他爱上了这样的女人，发疯一般与她们热恋。

*

少年时期。他对生活充满活力。他对生活的信仰。但是，他吐血。因此，生活就是如此，医院，死亡，孤独，如此荒诞。由此出现了分散。而在他的内心深处：不，不，生活不是这样的。

*

从戛纳到格拉斯的路上灵光一闪……

他知道，即使他要重归他一向所处的干涸当中，他也要用他的生命，他的内心，他全心全意地感激……他曾经有一次，也许只是一次，但他也曾经……

*

开始这一形象的最后一部分：

在多少年间，一头瞎眼的驴拉着水车转圈，忍受着劳苦，恶劣的大自然，阳光，苍蝇，它一忍再忍，慢慢地转圈子，干着表面看起来无益、单调、痛苦的事，水没完没了地从下面冒出来……

*

1905年。L.C.[1]的摩洛哥战争。但是，在欧洲的另一端是卡利亚耶夫。

*

L.C.的生活。整个是不由自主的，除了活下去，坚持下去的愿望。孤儿院。农业工人，不得不娶了他妻子。他的生活就是这样不由自主地建立了起来——后来，他就在战争中被杀死了。

*

他去看望格列尼埃："像我这样的人，我承认，应当服从命令。他们必须有严厉的规则，等等。宗教，爱情，等等：对我来说，这是不可能的。

*

因此，我决定服从您。"后续发生的事（消息）。

*

最终，他不知道谁是他父亲。可他自己呢，他是谁？第二部分。

*

无声电影院。给外婆念字幕。

*

不，我不是一个好儿子：好儿子会留下来。而我却跑遍了世界。我欺骗了她，只顾虚荣，荣誉，无数的女人。

"可是，你一心只爱她？"

---

1 有可能是指父亲吕西安·加缪（Lucien Camus）。

"啊，我一向只爱过她？"

*

在父亲的坟墓旁，他感觉到时间在解体——新的时间顺序就是书的顺序。

*

他是个放浪形骸的男人：女人，等等。因此，【过度的行为】在他心中受到了惩罚。而后，他知道了。

*

当夜色很快降落在海上或者高原上或者蜿蜒的山上时，心中的焦虑感。这是面对神圣事物时的焦虑，是面对永恒时的恐惧。在面对德尔斐的神庙时，也会出现同样的焦虑，并产生同样的效果。但是，在非洲的土地上，神庙被破坏了，只剩下压在心头的巨大的负担。它们就这样消失了！默默地，背弃了一切。

*

他们不喜欢他身上的地方，就是他像阿尔及利亚人。

*

他与金钱的关系。部分原因是贫穷（他什么也不为自己买），另一部分原因是他的自傲：他从来不讨价还价。

*

最后对母亲的忏悔。

"你不理解我，然而，你是唯一可以原谅我的人。很多人愿意这样做。很多人用种种语调说我有罪，可他们越是这样说，我就越是没有罪。其他人可以对我这样说，我知道他们说的对，我也应该得到他们的原谅。但是，人们只向我们知道会原谅我们的人要求原谅。因为人们请求的，只是原谅，而不是要求你值得原谅，值得等待。【但是】只是简单地和他们讲话，把一切都告诉他们，并接受他们的原谅。对有些男人和女人，我可以提出这种要求，但我知道，尽管他们有着良好的愿望，但在他们心中，他们是不能，也不会原谅我的。只有一个人可以原谅我，但对这个人，我从来没有罪责，而且我把我的整颗心都给了这个人，然而，我本来可以走向这个人，我常常默默地这样做，但是他死了，只剩下我一个人。只有你可以这样做，但是，你不理解我，你也不能看我写的东西。因此，我对你说，我为你写，只为你一个人写，等这一切都结束了，我请求你原谅，什么也不解释，你会对我笑笑……"

*

从地下编辑部的办公室撤退时，雅克杀了一个跟踪他的人（那人一脸怪相，跟跄了一下，略微向前弯着腰身。这时，雅克觉得一股强烈的愤怒从心里升起，冲着那人【咽喉部】从下向上又开了一枪，那人的脖子根部立刻出现了一个冒着血的大洞，接着，他厌恶、气愤得发疯了，又冲着那人的眼睛【　】[1]开了一枪，也不看他打中了哪里……）……然后，他就到旺达家去了。

*

---

[1] 此处有四个无法辨识的词。

贫穷而无知的柏柏尔农民。移殖民。士兵。没有土地的白人。(他喜欢这些人,而不喜欢混血儿,他们脚上穿着黄色尖头鞋,扎着领巾,只学会了西方人身上最坏的东西。)

*

结尾。

归还土地,无主的土地。归还那些既不会有人卖,也不会有人买的土地(是啊,基督从来没有降临阿尔及利亚,因为,就算是僧侣,在这里也有产业和租地)。

他叫出声来,看了看母亲,又看看其他人:

"归还土地。把所有的土地都给穷人,他们一无所有,他们那么穷,甚至从来就没有想过会有,会拥有什么东西,有的人在这个地方像她一样;这里是穷苦人生活的地方,大部分是阿拉伯人,也有一些法国人,他们出于固执,出于忍耐而生活在这里,或者在这里苟延残喘,这里只有他们才能够享有人世间的荣誉,那就是穷人的荣誉。把土地交给他们,就像把神圣的东西交给神圣的人一样,而我会因此而再次成为穷人,最终被抛弃在天涯海角,去流浪,我会满意地微笑着死去,因为我知道我曾经那么热爱的土地和我敬重的男男女女在我出生的阳光下汇聚在了一起。"

(于是,默默无闻的处境从此也变得繁盛起来,也能够包容我了——我将再来这里。)

*

造反。参见《阿尔及利亚的明天》,第48页,塞尔维耶出版社。

民族解放阵线的年轻的共产党政治家，他们在战争中为自己取的名字是塔尔赞。

对，我指挥，我杀人，我在山里，在太阳下，在风雨中生活。你还有更好的建议吗：贝都纳行动。

以及萨多克的母亲，参见第115页。

*

面对……在世界最古老的历史中，我们是第一人，但不像人们在【　】[1]报纸上叫喊说的那样，我们不是没落的第一人，而是朦胧中不同的人，是晨曦中的第一人。

*

没有上帝，也没有父亲的孩子。人们推荐给我们的老师使我们感到荣幸。我们活着，但是我们没有合法性——自傲。

*

人们称之为新一代人的怀疑论——谎言。

拒绝相信说谎者的老实人，从什么时候开始成了怀疑论者了呢？

*

作家的职业之所以高尚，在于抵抗压迫，因此也就是在于接受孤独。

*

---

[1] 此处有一个无法辨识的词。

帮助我支持相反的命运的精神，也许同样会帮助我接受幸运的命运——而支持我的，首先是一个伟大的、非常伟大的想法：我是在为自己从事艺术工作。

我并不认为艺术高于一切，而是因为艺术不会与任何人分离开来。

*

【古代是】例外。

作家是从奴役开始的。

他们争得了自由——不可能再【 】[1]

*

K.H.：凡是被夸大的事物，都是没有意义的事物。但是，K.H. 先生在被夸大之前，就是没有意义的。他坚持要累积。

---

[1] 此处有四个无法辨识的词。

两封信

1957年11月19日

亲爱的吉尔曼先生，

最近一些天，我想让与我有关的喧闹消停一些，然后再来对您敞开心扉。人们刚刚给了我太大的荣誉，这既不是我的追求，也不是我想要的。但是，当我听到这一消息时，我最先想到的，除了我母亲之外，就是您。没有您，没有您把充满感情的手伸向我这个穷人的小孩子，没有您的教导和榜样，就没有我今天的一切。我不会把这种荣誉当成整个世界，但是，这件事至少是一次机会，让我告诉您，您在过去和现在仍然对我产生着何种影响，我向您保证，您付出的努力，您的工作，以及您在工作中付出的仁慈之心，在您教过的一个小学生心中仍然充满力量，小学生虽然长大了，但他仍然是对您充满感激之情的学生。

紧紧地拥抱您。

阿尔贝·加缪

阿尔及尔，1959年4月30日

亲爱的孩子，

我收到了你给我寄来的，经作者约翰·克洛德·布里斯维尔先生好意亲笔题了辞的《加缪》一书。

我无法表达你的慷慨让我感到的快乐，也不知道该如何感谢你。你成了一个大小伙子，可是对我来说，你永远是"我的小加缪"，如果可能的话，我很想把你紧紧地抱在怀里。

那部作品我还没有细看，只看了前面几页。谁是加缪？我觉得那些想探明你的个性的人并没有完全成功。你总是本能地表现出某种克制，不愿意表露你的天性，你的情感。更何况你是个单纯的、直接的人，所以你的天性和感情就被你掩饰得更加严密。而且，你的心地非常善良！这都是你在上学时给我的感觉。一个愿意认真教书的老师，不会放过任何机会了解学生和孩子，而这样的机会层出不穷。一次回答问题，一个动作的姿势，一个态度，都能揭示很多东西。因此我认为，对当时你这个可爱的小人儿，我是很了解的，而孩子常常就像是一棵幼苗，后来的成年人就是从这棵幼苗长大的。你在课堂上学习的喜悦之情，从很多方面都表现了出来。你的脸上流露着乐观的性情。我对你的关注是深入的，但我从来没有疑心到你真正的家庭境况。只是当你母亲为让你取得奖学金来见我时，我才略有所知。更何况这事发生在你即将离开我的时候。在此之前，我觉得你和其他同学的家境是一样的。你的表现一向十分得体。你和你哥哥一样，衣着十分整洁。我想，对你母亲，我怎么夸奖都不过分。

再回到布里斯维尔先生的书，书中有很多照片。我在图片中认出你可怜的爸爸的照片，感到非常激动，我一向认为他是"我的同志"。布里斯维尔先生好意地提到我：我要为此而感谢他。

我看到，写你的专著，或者谈到你的作品越来越多。而且我十分高兴地注意到，你虽然是个著名人物（事实就是如此），但是你并没有因此而被冲昏头脑。你仍然是加缪。这样太好了！

我很有兴趣地看了你改编并上演的剧作中的情节，比如《群魔》。我爱你，所以也祝贺你取得的巨大成功：荣誉是你该得的。马尔洛也想让你编一部戏剧。我知道你非常喜欢戏剧。但是……你能够将所有这些活动都同时做好吗？我担心你会过度劳累。你要向老朋友保证注意身体。你有一个可爱的妻子和两个孩子，他们需要丈夫和爸爸。说到这事，我要告诉你我们师范学院老院长常对我们说的话。他对我们要求特别严格，这使我们看不到，感觉不到他真正地爱我们。"上天记着一本大账，你们所有过分的举止，都会被记在上面。"我承认，就在我行将忘记他的时候，我曾多次想起这明智的忠告。你要力图保持上天的账本上为你记账的一页永远是空白的。

安德烈提醒我说，我们在电视上一个文学节目中看到了你，听到了你的声音，那是一个关于《群魔》的电视节目。看到你回答人们提出的问题，令人心情激动。而且，我情不自禁地想指出，说到底，你一定没有想到，我会看到你，听到你讲话。这对你不在阿尔及尔的缺憾是一种补偿。我们已经很长时间没有见到你了……

在结束之前，我想告诉你的是，作为不信教的小学教师，面对威胁到我们学校的阴谋，我感到痛苦。我相信，在我的整个教师生涯当中，我一向十分尊重孩子们心中最为神圣的东西：他们追寻真理的权利。我爱你们所有的人，并相信尽到了我的一切努力，不将我个人的观念表现出来，以免影响你们年轻的理解力。在涉及到上帝时（这是教学大纲里有的），我当时说的是，有的人相信上帝，有的人不相信。而且每个人都有充分的权利按照自己的愿望相信或者不相信上帝。同样，对于宗教的问题，我也只限于指出现在世上有哪些宗教，至于相信哪种宗教，那是每个人的选择。为了实事求是，我还补充说，有些人不信奉任何宗教。我知道这样说，有些人不愿意听，他们想让小学教师成为传教士，更准确地说，是成为天主教的传教士。在阿尔及尔的师范学院（当时设在加朗公园），我父亲和他的同学们一样，不得不每个星期天去望弥撒、领圣体。有一天，对这种迫不得已的事，他实在感到厌烦了，便把"圣体"饼放在一本弥撒书里，把书合上！这事被告到学院院长，院长毫不迟疑地将我父亲开除了。拥护"自由学校"的人想要的，就是这样的结果（像他们一样自由地……思想）。考虑到目前国民议会的构成，我很担心会出现不好的事。《鸭鸣报》指出说，在某个省，世俗学校有一百多个班级的墙上挂着耶稣受难的十字架。我认为这是在恶意戕害孩子们的意识。过一段时间，情况会变成什么样呢？想到这些事，我便深深地感到忧伤。

亲爱的孩子，我已经写满四页信纸了：我这是在浪费你的时间，请你原谅我。我们这里一切都好。我女婿克里斯蒂安在服兵役，明天即将开始第二十七个月的服役！

你要知道，即使我不写信，我也经常会想到你们所有的人。我和吉尔曼夫人紧紧拥抱你们全家四人。

致以，亲切的敬意。

吉尔曼·路易

我还记得你和我们班里像你一样初领圣体的同学们来访时的情景。你明显对当时穿的制服，对当时庆祝的节日感到高兴和自豪。老实说，我因你们的欢乐而感到高兴，我认为，你之所以参加初领圣体，那是因为这样做使你感到高兴？那么……

一个族群的史诗

在阿尔贝·加缪的小说中，我们此前还从未读到过如此恢宏壮阔的画面：马车行驶在一条颠簸的路上。天空中，团团乌云在暮色中向东飞去。三天前，云团是在大西洋上空形成的，等到刮起西风，乌云便开始涌动，起初还只是慢慢地伸展开来，而后很快便加大了动作的幅度，而且飞得越来越快，在秋天波光粼粼的海面上掠过，直向大陆而去。经过摩洛哥的山脊时，被割成长条状，到了阿尔及利亚的高原上，再次聚集成云团；快到突尼斯的边界时，又试图取道第勒尼安海方向，欲到海上寻求安身之所。这里类似一个巨大的海岛，北面是起伏动荡的汪洋大海，南面是一片沙丘，沙丘貌似静止的海浪，以令人难以察觉的速度在这个无名的国度向前推进，正好比各个帝国和民族在数千年间让这里发生的似有似无的变迁。就这样，一片动荡的海和一片静止的海一南一北，从两边守护着这个地方。天上的乌云奔波了数千公里，到了这里的上空精疲力竭了，有的变成了稀稀拉拉的大雨点，落下来，在马车里四名旅客头顶的篷布上发出砰砰的响声。

这是阿尔贝·加缪生前未完成的最后一部长篇小说《第

一人》的开篇第一段,我们仿佛面对着一幅云谲波诡的巨大地图:大西洋,摩洛哥,阿尔及利亚,突尼斯,第勒尼安海。那个"北面是起伏动荡的汪洋大海"、飞云在其上空奔波了数千公里的巨大岛屿,就是北非大陆——小说《第一人》的空间背景。

为什么加缪在一开篇首先要描绘这样一幅恢宏壮阔的画面?因为这部自传体作品要表现的,远不止是作者个人和家庭的生活,而是主人公雅克及其父亲所代表的欧洲下层移殖民在北非的集体命运,他们的生活遭遇与北非尤其是阿尔及利亚那片广阔的空间密切相关,时间的跨度则长达百年,从19世纪的30至40年代直至加缪创作《第一人》的20世纪50年代。几代移民在那片土地上的繁衍生息具有了一种历史感和沧桑感,甚至是带有传奇色彩的史诗性质,这就是为什么从小说一开始,加缪就有意识地赋予《第一人》中的故事以更为广阔深远的空间和历史意蕴的缘故。

1830年,为拓展海外领地及缓解国内矛盾,法国国王查理十世派遣军队渡过地中海,攻占了阿尔及利亚首都阿尔及尔。十四年后,法国基本上控制了阿尔及利亚全境,同时鼓励欧洲人向阿尔及利亚移民。据统计,1833年阿尔及利亚的欧洲移民为7800人,到1847年增加到数万人。1848年革命以后,几年间移民数增至10万多人。

加缪生前并不真正了解家族先辈的历史,他不到一岁即失去父亲,父系家族的历史他只是从母亲和外祖母口中听到过只言片语，而这些只言片语后来被证实也是不准确的。在《第一人》中，雅克和母亲曾经有过一段关于他父亲身世的对话。雅克对母亲说："他出生于1885年，你是1882年，你比他大三岁。……你跟我说过，他父母很早就死了，他的几个兄弟把他送进了孤儿院。"母亲回答："对，送他去孤儿院的还有他姐姐。"雅克又问："他父母有个农场？"母亲回答："对。他们家在阿尔萨斯。"

雅克母亲对外部世界一无所知，她甚至连历史、地理概念都搞不清，她只知道她生活在离大海不远的地方，法国在海的那一边，……那儿还坐落着一个地区名叫阿尔萨斯，她丈夫的父母就是那里的人，很久以前，他们在那些被叫作德国佬的敌人到来时逃离，来到阿尔及利亚定居下来。

事实上，阿尔贝·加缪的祖先移居阿尔及利亚的时间比普法战争更早，而且他们也不是阿尔萨斯人。他的曾祖父名叫克洛德，1809年生于法国西南部的波尔多。他和妻子玛丽－苔莱丝在法国向殖民地移民的初期便到了阿尔及利亚，在靠近阿尔及尔的乌莱德－法耶村定居下来，从事开荒种地的农业劳动[1]。大致也是在19世纪的30至40年代，阿尔贝·加缪的外曾祖父米盖尔·桑德斯·索特洛和妻子马格丽塔从西班牙的梅诺卡岛（巴利阿里群岛的第二大岛屿）移民到了阿尔及利亚，

---

[1] 参见赫伯特·劳特曼《加缪传》，第21页。

从事的也是开垦荒地的农业劳动[1]。从19世纪30至40年代曾祖父一辈移民到阿尔及利亚算起，到阿尔贝·加缪这一辈已经是第四代，到加缪开始产生自我身份意识的青年时代，时间跨度已长达百年。作为欧洲移民的后代，他的根已经深深地扎在了阿尔及利亚的土地上，无论从历史角度看还是从感情上说。阿尔及利亚已经成为他真正的祖国。

加缪的父亲吕西安·奥古斯特·加缪1885年出生在阿尔及尔省的乌莱德-法耶，是最早一批法国移民的后代。他曾经干过帮人送货和押运的差事，后来被经营葡萄酒批发和出口的利科姆商行雇佣，学会了制作各种葡萄酒，成了一名地位类似于工头的酿酒工人，在葡萄酒酿造季节被公司委派到酿酒庄园监督酿酒的每一个环节，然后装船运往波纳港用于出口。一战之初的1914年8月，吕西安·加缪被征召入伍，随阿尔及利亚的朱阿夫军团奔赴法国本土与德军作战。在8月24日打响的马恩河战役中，炮弹片将吕西安·加缪的头部炸伤，他被送到靠近英吉利海峡的圣布里厄的临时医院接受治疗，不到一周以后（1914年10月11日）因伤势过重不治身亡，年仅29岁，遗体就埋葬在圣布里厄的一处墓地。当时不满一岁的阿尔贝·加缪从此成了失去父亲的战争孤儿。父亲只留下了几份户籍证明、一些褪色的模糊照片、一枚十字军功章、一枚死后追授的奖章以及几块弹片。他是儿子生命中的第一人，却又是加

---

[1] 参见赫伯特·劳特曼《加缪传》，第23页。

缪了解得最少的一个人。

关于自己的父亲，加缪从小只能从母亲和外祖母嘴里听到一些零星的回忆。《反与正》的一段情节里最早出现了父亲的话题。当时已经成年的作者回家看望母亲。在沉默和寥寥数语的对话中，作者问："我长得真的像父亲吗？"母亲回答："啊，一模一样。当然你没见过他，他死的时候你才六个月。不过你要是也有一撇小胡子的话，那就像极了他！"[1]类似的对话也出现在《第一人》的主人公雅克·科尔梅利和他的母亲之间。"你父亲为利科姆做事，利科姆把他派到了圣拉波特的农庄来。""是圣阿波特？""对，是圣阿波特。后来战争就爆发了，他死了，人们把炮弹片寄给了我。"

对于自己从未见过的父亲，雅克·科尔梅利起初只有一种陌生感。然而，当40岁的他来到靠近英吉利海峡的圣布里厄墓地，在墓碑前突然意识到父亲死时年仅29岁，他心中的陌生感立刻被一阵震撼和怜悯所取代："他看到了墓碑上父亲的出生日期，同时也发现，他原来根本不知道父亲的生辰。接着，他看到两个日期，'1885—1914'，下意识地算了一下：二十九岁。一个突如其来的想法让他感到万分惊诧，甚至连身体都为之颤抖了一下。他四十岁了，而埋在这块石板下的人，这个曾经是他父亲的人，比他还年轻。他心中突然充满如滔滔洪水般的情愫和怜悯，这种感情的冲动不是产生于儿

---

1 参见加缪《是与否之间》，收入《反与正》，第70页。

子对已逝父亲的怀念，而是来自于成年人面对被无辜杀害的孩子时感到的震惊和同情——这让人觉得有些莫名其妙，不合天理。"

据阿尔及利亚政府当局的统计，一战中作为海外军团为法国而战的阿尔及利亚士兵共计死亡47000人，其中法国人25000人，"土著"22000人，此外还有数千名伤员和受到毒气伤害的士兵。换言之，加缪父亲的悲怆命运不只属于他一个人，而且属于与他身世相似的一大批人。这些来自法国的下层移民的后代大多家境贫穷，靠自己的劳动艰难地维持生活，法国没有给予他们什么，却在战争中要他们献出了生命。

作为战争孤儿，雅克的命运同样具有代表性。这个穷人家的孩子不满一岁就失去了父亲，依靠每年300法郎的抚恤金和母亲替人帮佣的微薄收入长大。加缪读小学时的班上，有好几个孩子和他一样也都因为战争失去了父亲，《第一人》中雅克的个人命运和群体命运所共同具有的悲怆感便由此而来。富有爱心的老师路易·热尔曼[1]对这些没有父亲的孩子总是付出更多的同情与关心，每当小雅克在黑板上写了一个答案，贝尔纳先生就会将他搂进怀里，严肃地对全班说："是啊，我对科尔梅利有一种偏爱，正如我对所有在战争中失去了父亲的孩子一样。我和他们的父亲一起参加了战争，可是我活了下来，我在这里至少想代替死去的战友。"

---

[1] 在《第一人》里名叫贝尔纳先生。

加缪成年后曾试图寻找祖辈的线索时，却发现阿尔及利亚市政部门没有可供法国人查询的资料。他的老师让·格勒尼耶回忆说，当"阿尔贝·加缪在寻找自己的身世来历时发现阿尔及利亚各处的市政府没有档案资料"[1]。

他生前一直相信祖父母是阿尔萨斯人的说法，在1958年出版的《时事之三》前言和《第一人》中，他都曾做过这样的描述。"阿尔萨斯"这个关键词，让一种可能的祖辈历史在他的头脑中呈现出来。历史上的普法战争在巴黎遭围困沦陷之后于1871年1月结束，按照《法兰克福和约》的规定，原属法国的阿尔萨斯、洛林两省被割让给德国，但当地的居民有权选择法国国籍并在法国生活。为了接纳这部分人口，法国议会通过决议，在当时已经成为法国殖民地的阿尔及利亚划出10万公顷的土地，用以安置阿尔萨斯、洛林的移民进行拓荒垦殖。"阿尔萨斯移民"便是指这批因为不愿生活在德国人的统治下而背井离乡移居到阿尔及利亚的法国人。这是一段悲怆的历史，一段不仅属于个人，而且属于一个庞大群体的历史。由于加缪深信自己父系的先辈就是这个群体中的一员，于是1871年阿尔萨斯移民的历史便成为了《第一人》的历史基础。阿尔萨斯移民不愿做亡国奴的尊严与骨气，给加缪的这部小说增添了一种历史感和命运的沧桑感。

有意思的是，《第一人》所涉及的历史背景实际上比以上

---

[1] 参见让·格勒尼耶《回忆阿尔贝·加缪》，第182页。

所述要更为复杂，因为这是一部尚未完成的小说手稿，加缪的许多构思还没有得到最后的统一。仔细对比小说的文稿和附录的活页以及创作笔记和提纲，我们会饶有兴致地注意到加缪的创作构思过程，注意到历史是如何进入到小说中的。比如，除了祖辈的阿尔萨斯来源之外，加缪生前还曾了解到与自己家庭情况相似的另一批法国移民的来历，他们是参加过1848年革命的下层巴黎人，大多是工人、木匠和洗衣女工。这一来历使加缪对下层法国人移居阿尔及利亚的时间推断从普法战争上溯到19世纪40年代，无意中与他自己的先辈移居阿尔及利亚的时间重合了。

1848年6月，法兰西第二共和国当局宣布解散为缓解失业问题设立的巴黎国家工场，此举激起巴黎十多万工人的愤怒，随即爆发了历时三天的武装起义。这次起义被镇压后，大批起义者被处死或判刑，约有4000多人被流放到阿尔及利亚[1]，更多的工人则沦入绝望的失业中，为此"制宪会议通过决议，用5000万法郎派一支'殖民军'，（许诺）给每个移殖民一所住房和一块两到十公顷的土地。"于是，在阿尔萨斯移民传说的基础上，加缪在《第一人》中又增添了1848年巴黎下层革命者移居阿尔及利亚的内容，进一步丰富和增强了小说的历史感和传奇色彩。《第一人》中蒙多维的农场主韦亚尔先生就是巴黎移民的后代。

---

[1] 参见马克·费罗《法国史》，第284页。

他告诉叙述者,他的曾祖父是圣德尼的木匠,曾祖母是洗小件布制日用品的女工,"当时,巴黎失业的人很多,怨声载道。"愿意去阿尔及利亚谋生的志愿者超过了1000人,"他们是1849年出发的。"

在加缪的脑海中,1848年巴黎的移民故事充实了1871年阿尔萨斯移民故事的细节,两个不同时期的移民经历汇成了一幅相似的历史画面:"没有铁路(铁路只通到里昂)。所以要走运河——由马拉纤的拖船。《马赛曲》,《出征之歌》,神职人员的祝福,授予蒙多维的旗帜。

六条拖船,每条船长一百到一百五十米。睡在草垫子上。女人在换衣服时,互相扯着床单遮挡一下。

近一个月的旅程。

到了马赛,在大检疫站停留一周(1500人)。然后登上一艘老旧的驱逐舰:希望号。出发时,正在刮密史脱拉风。五天五夜——所有的人都病倒了。"

史诗的基础几乎总是先辈的历史,而且是已经带有某种传奇色彩的历史。更为重要的是,这种历史不仅仅是某一个人的,而是一个庞大群体的。在这样的历史背景下,《第一人》中发生在阿尔及利亚蒙多维和阿尔及尔的一个家庭故事,就具有了普遍的象征意义。这个家庭所代表的是一个特殊的群体:来自欧洲的下层移殖民(les petits colons),他们的身份不是位居上层的殖民者(les gros colons),即那些殖民地的统治者、军官、政府官员、企业主、公司中上层职员等等。他们也不是一般意义上从法国迁居到阿尔及利亚的移民（immigrés），因为他们不仅仅是换一个地方定居，还要在那里拓荒垦殖。

"从波尼到蒙多维没有路（男人步行，以便在军队的辎重车上为妇女和儿童留出更多的位置和空气）。在沼泽平原，或者荆棘灌木中，人们只能摸索着前进，阿拉伯人带有敌意的目光盯着他们，一群群卡比利亚狗狂吠着，几乎从未间断地尾随着他们——1848年12月8日。蒙多维还不存在，军用帐篷。夜里，女人在哭泣——阿尔及利亚的雨落在帐篷上，雨下了八天，河水泛滥。孩子们在帐篷里大小便。木匠建起了简陋的窝棚架子，上面用被单子盖着，以保护家具。人们在塞布兹河边割了些空心的芦苇，以便让孩子们能够在屋里向屋外尿尿。

在帐篷里住了四个月。然后用木板盖的临时窝棚；每个双套的窝棚要住六户人家"……

加缪在《第一人》中特别强调，他所描写的这个移民群体与殖民统治者迥然有别，因为他们都是普通劳动者，就像世界上的无数移民及其后代一样，他们以及他们出生在阿尔及利亚的后代，都具有法律和道德上的合法性。在构成加缪笔下法国下层移民的两个来源中，阿尔萨斯移民是不愿接受德国人的统治而移居阿尔及利亚的，他们的移民是为了捍卫民族尊严，因而令人钦佩崇敬。1848年的巴黎下层移民首先是反抗统治的革命者，其次是来到阿尔及利亚拓荒垦殖的下层劳动者，而不是殖民统治者。这些移民经历了开荒垦殖的艰辛，靠自己的双手在阿尔及利亚生存下来，他们不仅具有勇敢无畏的英雄主义精神，而且还具有劳动者的纯洁与道德崇高感。

这些移民的后代有不少人在后来的战争中被征入伍，像加缪的父亲一样充当炮灰死于战场，他们的妻子成为了寡妇，一生的命运从此被改变；他们的孩子则像加缪本人一样成为战争孤儿。这一代代人的命运遭际无疑具有一种沧桑感和悲怆感，令人唏嘘感叹。

在阿尔及利亚定居了上百年之后，这些下层移民的归属感早已不是法国，他们在感情上已经完全将阿尔及利亚当作自己的祖国，因为几代人的延续，他们的根已经扎在北非，与那片土地血脉相连。然而，阿尔及利亚独立运动爆发后，像加缪一家这样已经是四代移民的家庭又面临再次成为外国人的危险。历史的无常与命运的弄人让加缪对自己所属的下层移民群体的共同命运增添了更多的关切与同情。

在《第一人》中，雅克·科尔梅利去蒙多维寻访自己的出生地圣阿波特农场，见到了蒙多维的农场主韦亚尔先生。此时阿尔及利亚独立战争已经一触即发，韦亚尔的父母都回到了法国的马赛居住。韦亚尔则独自一人留守在农场。他将雅克·科尔梅利迎进屋里："农庄主举起斟满乳白色酒液（茴香酒）的杯子：'要是您晚来一会儿，可能就什么也看不到了。不管怎么说，这里再也没有一个法国人可以向您介绍情况。'"韦亚尔一口气喝干了杯中的酒，向雅克提起自己的父亲："他是个上了年纪的老式移民，就是巴黎人咒骂的那种人，这您是知道的。确实，他一向非常严厉。六十来岁，体形干瘦，生了一张

【马】脸，就像吃苦耐劳的清教徒一样。他是像族长一样的人，您明白吧。他让阿拉伯工人卖力地给他干活，但是他很公平，他的几个儿子也一样干活。因此，当去年不得不撤退时，情况就难以掌控了。那个地区没法待了。睡觉时也得带着枪。拉斯基尔农庄受到攻击的事，您还记得吗？……农庄主家，父亲和两儿子被杀，母亲和女儿长时间被强奸，最后也被弄死了……总而言之……倒霉的镇长对聚集在一起的农民工们说，必须重新考虑【移殖民的】问题，和对待阿拉伯人的方式，现在，那一页已经翻过去了。"

撤离的命令下达后，韦亚尔的父亲一句话也没有说。当时葡萄已经采摘下来，酒也贮在酿酒桶里。他打开了所有的酒桶让葡萄酒流满了整个院子，然后一连三天开着拖拉机将自己土地上的葡萄拔得一株不剩。他告诉闻讯赶来的一个法军上尉："年轻人，既然我们在这里所做的一切都是罪恶，那就要消除罪恶。"此后，韦亚尔的父母便离开阿尔及利亚回到了法国。韦亚尔本人则告诉雅克："我要留下，并会坚持到底。不管发生什么事情我都会留在这里。我把家人送到了阿尔及尔，我就在这儿等死，对这种事，生活在巴黎的人是不会理解的。"移民的悲剧命运被浓缩在了这个令人感叹的情节之中。

事实上，加缪在自己母亲身上就深切地体会到，让那些出生在阿尔及利亚、已经与那片土地血脉相连的移民后代再次离开自己的家园对于他们而言意味着什么。阿尔及利亚独立运动爆发时，加缪的母亲已经年过七旬，耳朵半失聪，腿脚也不好，几乎足不出户。加缪每次听收音机或者看到报纸报道谋杀或者炸弹爆炸事件，都会想到母亲。他不断地请求母亲搬到法国和他一起居住，但是老人实在不喜欢巴黎的气候和气氛，更不愿离开生活了一辈子的阿尔及尔。

《第一人》讲述了主人公雅克回到阿尔及尔探望母亲时，发生在他家楼下的一次爆炸事件。巨大的爆炸声让老人的眼中"充满了无法抑制的恐惧"，她告诉儿子，最近一周里这样的爆炸已经发生了两次。雅克要母亲跟自己去法国，但是母亲带着一种忧伤的神情坚决地摇了摇头："哦！不，那边很冷。现在我太老了。我想留在这个家里。"从19世纪40年代加缪的曾祖父和外曾祖父先后移居阿尔及利亚算起，到加缪已经是第四代。对于他的母亲、舅舅、哥哥以及他妻子弗朗西娜的全家人而言，阿尔及利亚就是他们的家园，在那片定居了一百多年的土地上再次成为外国人或者是身份不完整的暂住者，这是他们无论从情感上还是理智上都无法接受的。

加缪曾为《第一人》写下这样一句话："两代人的编年史解释了现在的悲剧。"两代人指的是父母亲一代和他自己这一代。悲剧指的是前面我们提到的法国下层移民的共同命运。对这种共同命运的记忆本来很可能湮没消失在历史的长河中。因为加缪的父母亲那一代人已经被贫困的生活和战争所吞噬，无法从中超越出来对自己的命运进行反思。他们能做的只是逆来顺受，"接受一切无法逃避的事实"。

然而，不可能的事情却发生了。阿尔贝·加缪，这个生长在阿尔及尔贫民区的少年，这个从小失去父亲的战争孤儿，这个母亲是文盲、舅舅是制桶工人的苦孩子，靠着抚恤金念完了小学和中学，又完成了大学的学业，最终竟然奇迹般地成为一个获诺贝尔奖的作家。于是，仿佛天意的安排一般，探寻祖辈和父辈的坎坷经历，从个别到整体，从现象到本质，对下层移民的集体命运做出叙述和解释，进而从这种命运中找到值得自豪和骄傲的地方，建立起对自己和群体身份的自信、自尊和自豪感，便成为了作家阿尔贝·加缪的必然使命，而史诗的要素，往往就产生于一个民族或一个群体自我意识的觉醒之时。事实上，早在青年时代写成的随笔集《反与正》和《婚礼集》中，加缪作为一个下层移民后代的自我意识就已经开始觉醒了。此后二十多年里，这种自我意识一直萦绕在他的心中。他渴望弄清楚自己的身世，弄清楚自己是谁，弄清楚自己家庭多舛命运的缘由。作为不到一岁就失去父亲的战争孤儿，他从懂事起就有一种挥之不去的身世飘零感，渴望知道自己的父亲究竟是一个什么样的人。同样，在很长的时期里他也在探寻祖辈移民阿尔及利亚的传奇历史，以及他们的后代作为一个特殊群体所共同经历的坎坷命运，正是在此意义上，《第一人》远非一部单纯的自传性作品，因为加缪在这部小说中要表现的不仅仅是自己一家人的遭遇，而是整个阿尔及利亚的法国下层移民这个群体的集体命运。《第一人》的创作构思一直酝酿了二十多年，对于加缪来说，这是他一生中最为重要的题材。在1958年撰写的《反与正》再版前言中，我们已经能够看出他对这样一部作品的预告："也许，当有一天我自身和我所表达的达到了平衡之时，……我才能够写出自己梦想的作品来。"稍后加缪再次提到："如果……有一天我无法重写《反与正》，那么我将永远一事无成，这就是我的隐秘信念。"[1] 就在获得诺贝尔奖之前加缪还曾私下告诉朋友，自己的下一部作品才是真正的杰作。

这部构思了二十多年的遗作的确有着崭新之处——一种整体上的崭新的风格：久远的先辈历史及其传奇色彩，长达百年的时间跨度，下层移民群体在阿尔及利亚生存的特殊环境和共同遭遇，赋予了《第一人》的叙事以一种历史感与沧桑感。移民群体在阿尔及利亚垦荒的艰辛蕴含着勇敢和英雄精神，他们的后代作为普通劳动者也具有一种道德上的纯洁感和崇高感，所有这些因素共同构成了《第一人》的史诗性质。在这部感人的作品中，加缪写出了自己心目中的父亲形象，写出了自己家庭的命运，写出了几代下层法国移民的共同命运，并且从这种命运中发掘出了值得自豪和骄傲的地方。在此基础上，加缪最终对自己的身世做出了阐释，建立起了对自己和自己所属的群体身份的自信、自尊和自豪感。

早在1936年至1938年构思创作的《婚礼集》中，加缪就把作为普通劳动者的下层欧洲移民看作是一个特殊的群体，使用"民族"一词去称呼他们，将他们的集体命运加以升华，坚

---

[1] 参见加缪《反与正》再版前言第31页。

信这个特殊群体在道德和创造力上要高出欧洲那些文明开化的人,坚信他们是未来新人的希望所在:"这是一个没有过去、没有传统的民族,但是却并非没有诗意。……与文明开化的民族相反,这是一个具有创造力的民族。我疯狂地希望,这些懒洋洋躺在海滩上的野蛮人,也许正在不自觉地塑造着某种新的文化,最终人的伟大将在其中找到自己真正的形象。"[1]在《第一人》中,"第一人"首先是指雅克·科尔梅利的父亲。这不仅因为他是雅克生命中的第一人,而且也因为家族先辈的历史缺乏文字记载,雅克的寻根实际上只能追溯到父亲的墓碑。在更丰富的意义上,《第一人》开篇雅克父亲到达圣阿波特时(1913年秋天)的垦荒者形象,也象征着七十年前(19世纪40年代)踏上阿尔及利亚土地的第一批移民:他们白手起家,从零开始了一段崭新的历史,是下层移民群体的"第一人"。

不过,就这部小说的整体而言,"第一人"无疑更主要地是指主人公雅克·科尔梅利本人:一个没有上帝信仰、从小失去父亲、在贫穷和地中海的海水与阳光中独自长大的男孩。关于雅克回家看望母亲一段,加缪写下了这样的话:"在母亲家里。童年的延续——他找回童年,没有父亲。他明白他是第一个人。"关于雅克到蒙多维寻找自己的出生之地一段,加缪再次写道:"蒙多维之行。他找回了童年,但找不到父亲。他明

---

[1] 参见加缪《阿尔及尔的夏天》,收入《婚礼集》《夏天》合集,第46页。

白了他是第一个人。"与此相应,加缪在概括雅克的成长经历时也提到:"不曾有人跟他交谈过,他必须独自学习,独自在体力与能力上成长起来,独自寻找做人的道德与真理……那个人曾经无依无靠,在贫穷中,在幸福的海滨,在世界最初的晨光下成长,孤独地走进他那个时代的人类社会,走进他自身可怕而激昂的历史。"

黄晞耘

汉译文学名著

第一辑书目（30种）

伊索寓言	〔古希腊〕伊索著　王焕生译
一千零一夜	李唯中译
托尔梅斯河的拉撒路	〔西〕佚名著　盛力译
培根随笔全集	〔英〕弗朗西斯·培根著　李家真译注
伯爵家书	〔英〕切斯特菲尔德著　杨士虎译
弃儿汤姆·琼斯史	〔英〕亨利·菲尔丁著　张谷若译
少年维特的烦恼	〔德〕歌德著　杨武能译
傲慢与偏见	〔英〕简·奥斯丁著　张玲、张扬译
红与黑	〔法〕斯当达著　罗新璋译
欧也妮·葛朗台 高老头	〔法〕巴尔扎克著　傅雷译
普希金诗选	〔俄〕普希金著　刘文飞译
巴黎圣母院	〔法〕雨果著　潘丽珍译
大卫·考坡菲	〔英〕查尔斯·狄更斯著　张谷若译
双城记	〔英〕查尔斯·狄更斯著　张玲、张扬译
呼啸山庄	〔英〕爱米丽·勃朗特著　张玲、张扬译
猎人笔记	〔俄〕屠格涅夫著　力冈译
恶之花	〔法〕夏尔·波德莱尔著　郭宏安译
茶花女	〔法〕小仲马著　郑克鲁译
战争与和平	〔俄〕列夫·托尔斯泰著　张捷译
德伯家的苔丝	〔英〕托马斯·哈代著　张谷若译
伤心之家	〔爱尔兰〕萧伯纳著　张谷若译
尼尔斯骑鹅旅行记	〔瑞典〕塞尔玛·拉格洛夫著　石琴娥译
泰戈尔诗集：新月集·飞鸟集	〔印〕泰戈尔著　郑振铎译
生命与希望之歌	〔尼加拉瓜〕鲁文·达里奥著　赵振江译
孤寂深渊	〔英〕拉德克利夫·霍尔著　张玲、张扬译
泪与笑	〔黎巴嫩〕纪伯伦著　李唯中译
血的婚礼——加西亚·洛尔迦戏剧选	〔西〕费德里科·加西亚·洛尔迦著　赵振江译
小王子	〔法〕圣埃克苏佩里著　郑克鲁译
鼠疫	〔法〕阿尔贝·加缪著　李玉民译
局外人	〔法〕阿尔贝·加缪著　李玉民译

第二辑书目（30种）

枕草子	〔日〕清少纳言著	周作人译
尼伯龙人之歌	佚名著	安书祉译
萨迦选集		石琴娥等译
亚瑟王之死	〔英〕托马斯·马洛礼著	黄素封译
呆厮国志	〔英〕亚历山大·蒲柏著	李家真译注
波斯人信札	〔法〕孟德斯鸠著	梁守锵译
东方来信——蒙太古夫人书信集	〔英〕蒙太古夫人著	冯环译
忏悔录	〔法〕卢梭著	李平沤译
阴谋与爱情	〔德〕席勒著	杨武能译
雪莱抒情诗选	〔英〕雪莱著	杨熙龄译
幻灭	〔法〕巴尔扎克著	傅雷译
雨果诗选	〔法〕雨果著	程曾厚译
爱伦·坡短篇小说全集	〔美〕爱伦·坡著	曹明伦译
名利场	〔英〕萨克雷著	杨必译
游美札记	〔英〕查尔斯·狄更斯著	张谷若译
巴黎的忧郁	〔法〕夏尔·波德莱尔著	郭宏安译
卡拉马佐夫兄弟	〔俄〕陀思妥耶夫斯基著	徐振亚、冯增义译
安娜·卡列尼娜	〔俄〕列夫·托尔斯泰著	力冈译
还乡	〔英〕托马斯·哈代著	张谷若译
无名的裘德	〔英〕托马斯·哈代著	张谷若译
快乐王子——王尔德童话全集	〔英〕奥斯卡·王尔德著	李家真译
理想丈夫	〔英〕奥斯卡·王尔德著	许渊冲译
莎乐美 文德美夫人的扇子	〔英〕奥斯卡·王尔德著	许渊冲译
原来如此的故事	〔英〕吉卜林著	曹明伦译
缎子鞋	〔法〕保尔·克洛岱尔著	余中先译
昨日世界：一个欧洲人的回忆	〔奥〕斯蒂芬·茨威格著	史行果译
先知 沙与沫	〔黎巴嫩〕纪伯伦著	李唯中译
诉讼	〔奥〕弗兰茨·卡夫卡著	章国锋译
老人与海	〔美〕欧内斯特·海明威著	吴钧燮译
烦恼的冬天	〔美〕约翰·斯坦贝克著	吴钧燮译

第三辑书目（40种）

埃达	〔冰岛〕佚名著　石琴娥、斯文译
徒然草	〔日〕吉田兼好著　王以铸译
乌托邦	〔英〕托马斯·莫尔著　戴镏龄译
罗密欧与朱丽叶	〔英〕莎士比亚著　朱生豪译
李尔王	〔英〕莎士比亚著　朱生豪译
大洋国	〔英〕哈林顿著　何新译
论批评　云鬈劫	〔英〕亚历山大·蒲柏著　李家真译注
论人	〔英〕亚历山大·蒲柏著　李家真译注
亲和力	〔德〕歌德著　高中甫译
大尉的女儿	〔俄〕普希金著　刘文飞译
悲惨世界	〔法〕雨果著　潘丽珍译
安徒生童话与故事全集	〔丹麦〕安徒生著　石琴娥译
死魂灵	〔俄〕果戈理著　郑海凌译
瓦尔登湖	〔美〕亨利·大卫·梭罗著　李家真译注
罪与罚	〔俄〕陀思妥耶夫斯基著　力冈、袁亚楠译
生活之路	〔俄〕列夫·托尔斯泰著　王志耕译
小妇人	〔美〕路易莎·梅·奥尔科特著　贾辉丰译
生命之用	〔英〕约翰·卢伯克著　曹明伦译
哈代中短篇小说选	〔英〕托马斯·哈代著　张玲、张扬译
卡斯特桥市长	〔英〕托马斯·哈代著　张玲、张扬译
一生	〔法〕莫泊桑著　盛澄华译
莫泊桑短篇小说选	〔法〕莫泊桑著　柳鸣九译
多利安·格雷的画像	〔英〕奥斯卡·王尔德著　李家真译注
苹果车——政治狂想曲	〔英〕萧伯纳著　老舍译
伊坦·弗洛美	〔美〕伊迪斯·华尔顿著　吕叔湘译
施尼茨勒中短篇小说选	〔奥〕阿图尔·施尼茨勒著　高中甫译
约翰·克利斯朵夫	〔法〕罗曼·罗兰著　傅雷译
童年	〔苏联〕高尔基著　郭家申译
在人间	〔苏联〕高尔基著　郭家申译
我的大学	〔苏联〕高尔基著　郭家申译

地粮	〔法〕安德烈·纪德著	盛澄华译
在底层的人们	〔墨〕马里亚诺·阿苏埃拉著	吴广孝译
啊，拓荒者	〔美〕薇拉·凯瑟著	曹明伦译
云雀之歌	〔美〕薇拉·凯瑟著	曹明伦译
我的安东妮亚	〔美〕薇拉·凯瑟著	曹明伦译
绿山墙的安妮	〔加〕露西·莫德·蒙哥马利著	马爱农译
远方的花园——希梅内斯诗选	〔西〕胡安·拉蒙·希梅内斯著	赵振江译
城堡	〔奥〕弗兰茨·卡夫卡著	赵蓉恒译
飘	〔美〕玛格丽特·米切尔著	傅东华译
愤怒的葡萄	〔美〕约翰·斯坦贝克著	胡仲持译

第四辑书目（30种）

伊戈尔出征记		李锡胤译
莎士比亚诗歌全集——十四行诗及其他	〔英〕莎士比亚著	曹明伦译
伏尔泰小说选	〔法〕伏尔泰著	傅雷译
海上劳工	〔法〕雨果著	许钧译
海华沙之歌	〔美〕朗费罗著	王科一译
远大前程	〔英〕查尔斯·狄更斯著	王科一译
当代英雄	〔俄〕莱蒙托夫著	吕绍宗译
夏洛蒂·勃朗特书信	〔英〕夏洛蒂·勃朗特著	杨静远译
缅因森林	〔美〕梭罗著	李家真译注
鳕鱼海岬	〔美〕梭罗著	李家真译注
黑骏马	〔英〕安娜·休厄尔著	马爱农译
地下室手记	〔俄〕陀思妥耶夫斯基著	刘文飞译
复活	〔俄〕列夫·托尔斯泰著	力冈译
乌有乡消息	〔英〕威廉·莫里斯著	黄嘉德译
生命之乐	〔英〕约翰·卢伯克著	曹明伦译
都德短篇小说选	〔法〕都德著	柳鸣九译
无足轻重的女人	〔英〕奥斯卡·王尔德著	许渊冲译
巴杜亚公爵夫人	〔英〕奥斯卡·王尔德著	许渊冲译
美之陨落：王尔德书信集	〔英〕奥斯卡·王尔德著	孙宜学译
名人传	〔法〕罗曼·罗兰著	傅雷译
伪币制造者	〔法〕安德烈·纪德著	盛澄华译
弗罗斯特诗全集	〔美〕弗罗斯特著	曹明伦译

弗罗斯特文集	〔美〕弗罗斯特著　曹明伦译
卡斯蒂利亚的田野：马查多诗选	〔西〕安东尼奥·马查多著　赵振江译
人类群星闪耀时：十四幅历史人物画像	
	〔奥〕斯蒂芬·茨威格著　高中甫、潘子立译
被折断的翅膀：纪伯伦中短篇小说选	〔黎巴嫩〕纪伯伦著　李唯中译
蓝色的火焰：纪伯伦爱情书简	〔黎巴嫩〕纪伯伦著　薛庆国译
失踪者	〔奥〕弗兰茨·卡夫卡著　徐纪贵译
获而一无所获	〔美〕欧内斯特·海明威著　曹明伦译
第一人	〔法〕阿尔贝·加缪著　闫素伟译

图书在版编目（CIP）数据

第一人 /（法）阿尔贝·加缪著；闫素伟译. —北京：商务印书馆，2023
（汉译世界文学名著丛书）
ISBN 978-7-100-22466-6

Ⅰ. ①第… Ⅱ. ①阿… ②闫… Ⅲ. ①长篇小说—法国—现代 Ⅳ. ① I565.45

中国国家版本馆CIP数据核字（2023）第 082695 号

权利保留，侵权必究。

汉译世界文学名著丛书
第一人
〔法〕阿尔贝·加缪 著
闫素伟 译

商 务 印 书 馆 出 版
（北京王府井大街36号 邮政编码100710）
商 务 印 书 馆 发 行
北京中科印刷有限公司印刷
ISBN 978 - 7 - 100 - 22466 - 6

2023年6月第1版　　　开本 850×1168　1/32
2023年6月北京第1次印刷　印张 10¼
定价：45.00 元